Jens Burmeister

Tod in der Steillage

AF188872

Jens Burmeister

Tod in der Steillage

Kriminalroman

Bibliografische Information der Deutschen Nationalbibliothek:
Die Deutsche Nationalbibliothek verzeichnet diese Publikation in der Deutschen Nationalbibliografie; detaillierte bibliografische Daten sind im Internet über http://dnb.dnb.de abrufbar.

© 2019 Dr. Jens Burmeister
3. Auflage
Herstellung und Verlag: BoD – Books on Demand, Norderstedt
Cover: Atelier Reichert, Stuttgart
Titelfoto: shutterstock, Kondor 83
ISBN: 978-3-7481257-61

www.jensburmeister.com

»Kein Parfüm dieser Welt ist so vollkommen, wie der
Duft von nasser Erde.«

(Damaris Wieser)

Prolog

Nun sollte der Höhepunkt des Abends folgen. Er hatte den Wein perfekt temperiert und rechtzeitig dekantiert. Nichts wollte er dem Zufall überlassen. Schon seit Tagen hatte er sich wie ein Kind darauf gefreut, Estelle endlich wiederzusehen und diesen grandiosen Abend gemeinsam mit ihr zu beschließen.

Höhnisch gellte ihr Lachen in seinen Ohren. Ihre Verachtung bohrte sich in sein Gehirn wie der Stachel eines Skorpions. Er presste sich mit beiden Händen die Ohren zu und versuchte, die Wut zu unterdrücken. Vergeblich. Die Wut wurde immer stärker. Er fühlte jetzt nichts anderes mehr als diese verdammte Wut. Estelle drehte sich von ihm weg, so als könne sie ihm nicht mehr ins Gesicht sehen. Immer noch lachte sie. In Trance packte er eine Flasche und schlug zu. Wie durch dichten Nebel sah er, wie sie sich an den Kopf fasste und sich erschrocken umblickte. Sie taumelte, stieß einen spitzen Schrei aus, prallte gegen die Kommode und fiel zu Boden. Das Lachen war verstummt. Der Nebel hatte sich verzogen. Ohne Regung beobachtete er, wie die rote Pfütze auf dem Fußboden immer größer wurde.

1. Kölner Schnitzeljagd

Als Celine die ersten kühlen Mai-Regentropfen auf der Haut spürte, ahnte sie, dass sich nun die Spreu vom Weizen trennen würde. Schließlich war sie mit Männern unterwegs. Sie blieb stehen, stemmte die Arme in die Hüften und funkelte ihre Begleiter an.

»Was ist los, seid ihr aus Zucker oder habt ihr euer mentales Pulver schon verschossen? Nur noch zwei Stationen und schon sind wir beim Cache!«

»Cash gehört en de Täsch«, ätzte Hagen, körperlich der größte der vier Geocacher.

»Oder zurück in die Realwirtschaft.« Lässig schob Sven, der wie üblich maximal tiefenentspannt wirkte, die viel zu große Ray Ban Sonnenbrille in die verwuschelten Haare. Celine liebte diese Geste.

»Genau, deshalb lasst uns hier pausieren und in der Waldschenke unsere Solidarität mit der regionalen Wirtschaft demonstrieren.« Joshuas Witz wirkte bemüht, das war für dessen Verhältnisse normal. Joshua schaute zu Celine, dann zu den anderen Jungs und wieder zurück zu Celine. Er ging zwei Schritte vor, sah sich nervös um und stapfte entschlossenen Schrittes in Richtung Waldschenke.

Celine reichte es. Seitdem sie aus der Linie 4, Haltestelle Schlebusch, ausgestiegen waren und die digitale Schatzsuche im Norden Kölns begonnen hatten, nervte Hagen mit seinen zynischen Bemerkungen. Sven trottete wortkarg neben der Gruppe her und Joshua versuchte, sie anzubaggern. Diese Truppe war viel zu heterogen. Das Studium als einzige Gemeinsamkeit war definitiv zu wenig.

»Okay Jungs, ich zieh das Ding jetzt allein durch. Ihr könnt euch von mir aus in der Waldschenke volllaufen lassen«, rief Celine mit kräftiger Stimme. Nach einem Blick auf das GPS-Gerät drehte sie sich um und folgte dem feuchten Waldweg.

Genüsslich sog sie den Duftcocktail aus Kiefernnadeln, Pilzen, Waldboden und Frühjahrsblüten ein und begann, sich zu entspannen. Was sie am Wald so sehr liebte, waren genau diese Momente: wenn er sie in grüner Molligkeit umfing und im steten Wechsel von Licht und Schatten, Wärme und Kälte alle ihre Sinne reizte. Der tröpfelnde Mairegen war in Sprühnebel übergegangen. Celine fühlte sich wie in einer überdimensionierten finnischen Sauna. Erstaunt schaute sie auf das GPS-Gerät. Es befahl den Abzweig auf einen matschigen Seitenweg. Sie zwängte sich durch eine enge Gasse, die durch stachelige Brombeerbüsche zugewachsen war. Ein Blatt klatschte ihr ins Gesicht. Celine erschrak. Wie feuchte Lappen in einer Autowaschanlage baumelten die Blätter über dem Weg. Zecken, Meningitis, schoss es ihr durch den Kopf. Fieberhaft tastete sie ihr Gesicht ab. Glück gehabt, es war nichts hängen geblieben.

FSME, die Frühsommer-Meningoenzephalitis, hatte ihr Professor gerade gestern in grellen Farben ausgemalt. Die Medizinvorlesungen, die der weißhaarige Schlacks hielt, waren mit Sadismus gespickt. War sie die einzige Idealistin unter all den karrieregeilen Medizinstudenten? Genau deshalb hatte sie nicht direkt nach dem Abitur mit dem Studium begonnen, sondern erst ein Praktikum in Ghana absolviert. Die schrecklichen Bilder hatten sich tief in ihr Gedächtnis gebrannt.

Kaum noch heilbare Kranke, die sich viel zu spät ins Hospital schleppten. Die verwundeten Kinder in den ghanaischen Slums. Jetzt, im Studium, wollte sie von Grund auf lernen, wie sie durch die moderne Heilkunst helfen konnte. Deswegen gingen ihr solche Typen wie der sadistische Medizin-Prof und der zynische Hagen so gegen den Strich. Sven und Josh waren da ganz anders. Wegen denen war sie ja auch mitgekommen. Und doch – wegen typisch männlicher Trägheit in Tateinheit mit Gruppenzwang war sie inzwischen allein unterwegs.

Diffuses Unbehagen kroch in ihr hoch. Ihr Mund war trocken und der Herzschlag beschleunigte sich. Verflixt, jetzt musste sie doch bald an der nächsten Geocaching-Station sein! Sie zog den, inzwischen aufgeweichten Text, den Josh ausgedruckt hatte, aus ihrer Jacke. Der sagte kryptisch: »Du siehst eine rote Schrift auf weißem Grund. Übersetze den Namen ins Griechische und bilde aus dem Endbuchstaben des griechischen Wortes ein geläufiges deutsches Wort mit drei Buchstaben. Der letzte Buchstabe bildet die gesuchte Zahl, wobei gilt A=1, B=2, … Z=26. Diese Zahl musst du in die GPS-Koordinaten einsetzen, damit du weißt, wie es zum Cache weitergeht.« Von Station zu Station wurden die Geocaching-Aufgaben rätselhafter.

Trieb hier jemand üble Späße mit ihr? Josh oder einer seiner Freunde? Der hatte das Ganze schließlich vorgeschlagen. Ihr aufgeschwemmter WG-Mitbewohner war ihr inzwischen richtig ans Herz gewachsen. Genau wie sie steckte er voller Ideale. Studierte Biologie, weil ihn die Lebenswissenschaft begeisterte, und engagierte sich nebenbei in der Food-Quality-Bewegung. Einmal in Fahrt konnte sich Josh stundenlang über Gentechnik, Fleischkonsum, künstliche Lebensmittel und Aromastoffe aufregen. Und über Greenpeace-Aktionen gegen Tierversuche in der Kosmetikindustrie schwadronieren. Dass er versuchte bei ihr zu landen, nervte Celine zwar manchmal, tat aber auch ihrem Selbstbewusstsein gut. Josh oder einer seiner Freunde als Autor dieser Geocaching-Tour? Ein absurder Gedanke. Sekunden später begriff sie, was in der kryptischen Tour-Beschreibung gemeint war. Da hinten stand ein Schild. Inmitten einer winzigen Lichtung, zwischen dicht stehenden Birkenstämmen. Es war halb umgeknickt und auf ein rostiges Rohr montiert. Sie hastete zwischen den Birken hindurch, um die Aufschrift lesen zu können.

›GOTT‹, prangte es feuerwehrrot auf weißem Blech. Das rostige Rohr darunter war mit ebenso rostigem Stacheldraht umwickelt. Ein kalter Windstoß legte modrigen Waldgeruch über die Szenerie. Celine bekreuzigte sich, spontan, aus einem unbewussten Bedürfnis heraus. Sie verharrte bewegungslos. Gebannt starrte sie auf das Schild. Als Installation im New Yorker Museum of Modern Art hätte es Furore machen können.

›GOTT.‹ Sie musste an ihren Bruder denken, vier Jahre älter als sie. Mit seiner religiösen Überzeugung war er ihr stets ein Vorbild gewesen. Doch jetzt saß er im Gefängnis. Bis zum Pfarrer hatte er es nicht gebracht. Seine Geilheit hatte ihm die Zukunft verbaut. Mit seinen sexuellen Eskapaden hatte er die Seele seiner Schwester so schwer angegriffen, als hätte er ihr einen Schwung Säure ins Gesicht gekippt.

›GOTT‹, las sie sich erneut laut vor. Warum musste sie das Geocaching-Ding so stur allein durchziehen? Mit den Jungs zusammen hätte das Ganze viel weniger

12

bedrohlich, eher belustigend gewirkt. Doch sie saßen gemütlich in der Waldschenke, mit vom Alkohol gelöster Zunge. Na ja, auf das Gefasel konnte sie gut verzichten. Ihr Handy surrte. Das war Josh. Celine drückte ihn entnervt weg. Okay, der griechische Gott hieß ja wohl Zeus. Und jetzt noch ein geläufiges deutsches Dreibuchstabenwort, das mit ›S‹ begann? Sehr witzig, dachte sie, vermutlich meint er Sex, was schon sonst.

Celine ergänzte die Koordinaten durch ein X, also eine 24 und tippte N51° 01.6245 E07° 04.0475 in ihr GPS-Gerät. Sie griff ihr Smartphone und drückte auf den Auslöser der Kamera. Ein Foto des Gottesschildes wollte sie noch mitnehmen. Klick. Sie checkte das Bild. Es war schwarz. Nochmals klick. Wieder ein schwarzes Bild. So etwas war ihr noch nie passiert. Irritiert ging sie weiter.

Sie überquerte eine morsche Holzbrücke, unter der ein trübes Bächlein dahinglitt. Darin eine pelzige Ratte. Celine schüttelte sich. Nach ein paar Metern endete der Weg vor einem Schild, das ein Naturschutzgebiet ankündigte. Dahinter Maschendrahtzaun und Stacheldraht. Den Ausblick auf das Naturschutzgebiet konnte sie nur schemenhaft durch dichten Regentropfen-Schleier wahrnehmen. Vor ihr breitete sich ein weiter See aus, der an drei Seiten von Tümpeln und sumpfigem Gelände umgeben war. Es mutete an, als wäre ein Meteorit in den Wald eingeschlagen und hätte dabei einen gewaltigen Krater hinterlassen, der inzwischen mit Wasser, Sumpf und Wiesen gefüllt war. Der Wald wuchs bis an den Kraterrand, der ringsum durch den Stacheldrahtzaun militärisch gesichert war. Weggesperrte Natur, dachte Celine.

»Das Areal wird im Volksmund ›Hornpott‹ genannt, weil hier um 1820 in einer Leimfabrik Knochen zu Kunstdünger gemahlen wurden und in einem ›Pott‹ Horn gebrannt wurde, um Leim und Knöpfe herzustellen. Später entstand an gleicher Stelle eine Kiesgrube, die nach ihrer Ausbeutung zu verlanden begann«, erläuterte ihr Geocaching-Führer. Also doch kein Meteorit, nur Hornpott und eine Kiesgrube. Erst jetzt realisierte Celine, was das GPS von ihr verlangte: Trotz Zaun und Verbotsschild sollte sie ins Naturschutzgebiet eindringen.

»Verdammte Scheiße«, murmelte sie.

Ein Ausdruck, der ihr höchst selten über die Lippen kam. Aber jetzt war es zu spät zum Kneifen. Sportlich schwang sie sich über den Maschendrahtzaun. Beinahe wäre sie dahinter ausgerutscht, denn es ging steil den Hang hinunter zu den Tümpeln. So ausgetreten wie dieser rutschige Weg war, war sie wohl nicht die Erste, die das Verbotsschild missachtet hatte.

Der Regen wurde heftiger. Dicke Tropfen prasselten, die Wolken verbreiteten eine massige Schwärze. Zum Glück hatte der Handy-Wetterbericht sie vorgewarnt. Sie zog die Kapuze dichter ins Gesicht, bis sie sich wie Reinhold Messner beim Abstieg vom Nanga Parbat fühlte. Da hinten, unter der Birke mit dem knorrigen Zebrastamm, da musste doch endlich der Cache sein. Dumm nur, dass die Birke mitten im Wasser stand. Und noch dümmer, dass eine Gruppe von drei Galloway-Kühen hinter einem Gebüsch hervortrotteten. Die Kühe hielten inne, um Celine gründlich in Augenschein zu nehmen. Ihre Knie zitterten und beruhigten sich erst wieder, als sie den Eindruck gewann, dass beide Seiten am Einhalten eines Sicherheitsabstandes interessiert waren.

Langsam umrundete sie den Tümpel, der die solitäre Birke umgab, behielt die Galloways stets im Auge und

14

begriff endlich, was hier passiert war. Der Baum stand auf einer Art Halbinsel inmitten eines Tümpels, der stellenweise sehr tief zu sein schien. Der Regen hatte die Halbinsel gänzlich verschluckt und so schien die Birke inmitten des Wassers auf den ersten Blick unerreichbar. Celine zog die Wanderschuhe aus und betrat nackten Fußes vorsichtig tastend die Halbinsel. Das Wasser war kühl, der Untergrund moosweich und in einer faustgroßen Höhle im Stamm der Birke wartete der Geocache. Sie schreckte auf. Da war ein Gluckern. Kurz vor der Halbinsel. Genau dort, wo das Wasser am tiefsten war. Entsetzt beobachtete sie, wie eine müllsackblaue Masse an die Oberfläche trieb. Der Sack war oben mit einem groben, schwarzen Strick zugeschnürt. Kurz darunter war er eingerissen. Aus dem aufgeschlitzten Müllsack starrte Celine das kalkweiße Gesicht einer Frau an. Halluzinierte sie? Hatten Mairegen, Gotteswarnung, Verbotsübertritt und Nacktfüßigkeit sie um den Verstand gebracht? Wieder bekreuzigte Celine sich instinktiv. Das hier war superreal, war weder Film noch Fiktion. Der Vergrößerungseffekt des Wassers bewirkte, dass Celine jede Pore des aufgedunsenen Frauengesichtes erkennen konnte. Die Kreise der prasselnden Regentropfen hauchten der toten Haut auf zynische Weise wieder Leben ein. Celines Herz trommelte, ihre zitternden Knie schickten Wellen über das Wasser. Sie vergaß den Cache. Hektisch sprintete sie zurück ans Ufer. Schlüpfte in die Wanderschuhe, ignorierte die immer noch starrenden Galloways und rannte so schnell sie konnte aus dem Naturschutzgebiet heraus. Ihr Handy. Jetzt sollte es doch mal zu etwas nutze sein. Sie versuchte, Josh zu erreichen. Kein Empfang. Ausgerechnet jetzt. Immer noch zitterte ihr Körper. Das tote Gesicht, das sie aus dem Wasser anstarrte, hatte sich in ihr Hirn eingebrannt. Sie hastete die matschige Steigung nach oben, schwang sich über den Zaun und konnte es nur als Ironie empfinden, dass sich der Himmel wieder aufklarte und Blaues durchscheinen ließ. Auf dem kürzesten Weg rannte sie zurück zu den Jungs. Zurück zu dem Ort, an dem der ganze Schlamassel begonnen hatte, zurück zur Waldschenke.

Keuchend trat Celine ein. Sie wurde von gemütlicher Wärme, Stimmengewirr, Alkohol- und Kaffeegerüchen empfangen. Die Gaststube war fast leer. Im hinteren Teil des Raumes hatten sich die Jungs versammelt. Joshua begrüßte sie jovial.

»Hey Celine, setz dich zu uns, erzähl von deinem Adventure. Warum hast du dich nicht wenigstens mal kurz gemeldet? Abgenommen haste auch nicht. Ich meine das Telefon.«

Zitternd nahm Celine Platz. Entgeistert starrte sie in die Runde.

»Was ist los, du bist ja kreidebleich! Und völlig durchnässt! Und du zitterst ja wie, wie ... Espenlaub.« Joshua fummelte nervös an seinem Pferdeschwanz herum.

»Beim Cache, im Teich, eine Frau, furchtbar, in einem Müllsack.«

Jetzt endlich hatte Celine auch die volle Aufmerksamkeit der anderen Geocacher.

»Waaas?«, riefen ihre alkoholisierten Kommilitonen und starrten Celine wie Karpfen durch eine Aquariumscheibe an.

Wie gewohnt feuerte Hagen einen seiner typischen Kommentare ab: »Tatort ist doch erst morgen Abend. Sag uns einfach, welches Zeug du im Wald geraucht hast, scheint ja echt genial zu sein.« Er lächelte. Die kräftigen Falten in den Mundwinkeln unterstrichen den Zynismus seiner Worte.

Jetzt platzte Sven der Kragen. Erstmals am heutigen Tag verlor er die Contenance. »Hör auf mit diesem abgefuckten Gelaber, Hagen! Du siehst doch selbst, wie mies es Celine geht.«

Celine warf Sven einen dankbaren Blick zu.

»Okay, okay, entspann dich, komm wieder runter, Sven. Man wird doch noch einen launigen Spruch machen dürfen.«

Joshua öffnete den Mund und schloss ihn wieder. Celine begann, wieder klar zu denken. »Ich muss die Polizei rufen, die müssen sofort den Tatort sichern. Hoffentlich habe ich keine Spuren zerstört.«

Sie griff ihr Smartphone, wählte zum ersten Mal in ihrem Leben die Nummer 110 und schilderte in präzisen Worten den Sachverhalt. Sie erhielt die Zusage, dass so schnell wie möglich eine Streife kommen würde sowie die Anweisung, sich keinesfalls von der Stelle zu bewegen. Celine bejahte, legte auf und schien für den Moment beruhigt zu sein, das sie aufwühlende Gefühlschaos in sachliche Bahnen gelenkt zu haben. Auch Josh schien sich wieder gefangen zu haben.

»Eine Runde Schnaps für alle und du berichtest, was genau passiert ist.«

»Moment mal, wenn wir unsere Antialkoholikerin bekehren wollen, dann ja wohl nicht mit ordinärem Schnaps. Sondern mit Champagner!«, rief Sven, der sich neben dem Biologiestudium als Sommelier betätigte.

Zur allgemeinen Überraschung willigte Celine ein. Vielleicht, weil es Sven gewesen war, der den Vorschlag gemacht hatte. Vielleicht auch, weil sie immer noch aufgewühlt war. Oder einfach nur deshalb, weil sie nicht immer als die spaßverderbende Öko-Tussi dastehen wollte. Nach einem Blick auf die rechte Spalte der Getränkekarte befand Sven, dass es doch eher ein Riesling-Sekt vom Mittelrhein sein sollte. Auch wenn der Sommelier weder dem Sekt noch dem Anbaugebiet besonders viel zutraute. Spätestens, als die Gläser hellgelb funkelnd und perlend vor ihnen standen, wurden sich die Kommilitonen der Absurdität dieser Situation bewusst. Hagen genoss dies sichtlich. Gab es hier irgendetwas zu feiern? Eine verkorkste Geocaching-Tour, einen Leichenfund? Celine roch an dem Riesling-Sekt und sog die herbfruchtigen und hefigen Aromen ein. Bereits der erste Schluck belebte und reizte ihre Sinne mit Funkeln, Prickeln, Fruchtigkeit und pikanter Würze. Vielleicht war es doch ein Fehler von ihr, generell auf solche Genüsse zu verzichten?

»Herbe Äpfel, so wie Granny Smith, Limettenblüten, eine Spur Cassis im Hintergrund, Noten von Brothefe und ein frisch aufgebrochener Liebstöckel-Stängel. Auch die Erinnerung an feuchtes Gesteinsmehl ist erlaubt«, fasste Sven im Sommelier-Jargon seine Eindrücke zusammen. »Am Gaumen lebendige Perlage, Schmelz, Brothefe, herbfrische Frucht und leichte Liebstöckel-Würze. Im Finale spielen Salz und Kräuter miteinander. Ein typischer, fruchtbetonter und erfrischender Riesling-Sekt vom Mittelrhein. Nicht so subtil und raffiniert wie Champagner – aber auch nicht zu verachten.«

Celines Augen hafteten wie Heftzwecken an Svens Lippen. Er hingegen badete in seiner blumigen Sommelier-Sprache. Joshua verdrehte die Augen so sehr, dass Celine nur noch das Weiße sehen konnte.

»Celine, möchtest du nicht über deine Erlebnisse sprechen? Was genau ist passiert?«

18

»Jetzt will Josh es aber wissen«, ätzte Hagen abermals, bevor Celine mit ihrer Erzählung begann.

Der Sekt belebte sie und löste ihre Zunge. Es half ihr, sich das Geschehene von der Seele zu reden. Sie versuchte, den Jungs die Intensität ihrer schrecklichen Erlebnisse so authentisch wie möglich zu vermitteln. Als sie bei dem Gottesschild angekommen war und Hagen dies scharf mit »sollte es denn möglich sein! Diese junge Frau hat in ihrem Walde noch nichts davon gehört, dass Gott tot ist« kommentierte, betraten zwei Streifenpolizisten die Waldschenke.

Sie kamen wie veritable Filmfiguren daher: er groß, sportlich, breitschultrig, kurzhaarig und mit Schnäuzer, sie klein, ebenfalls sportlich und mit zum Pferdeschwanz gebundenem, blondem Haar. Der Schnäuzer ging schnurstracks auf Celine zu.

»Sind sie Frau Gereon? Haben Sie die Einsatzzentrale wegen eines Leichenfundes verständigt?«

Celine nickte.

Währenddessen schaute die Blonde abschätzig von Sektglas zu Sektglas.» Dann lassen Sie bitte Ihr Sektglas stehen und führen uns zum Fundort.«

»Fundort, klar. Ist ja gleich in der Nähe.«

Celines Worte vibrierten noch im Gastraum der Waldschenke, als sie bereits im Polizeiwagen verschwand, den sie zügig bis zum Zaun des Naturschutzgebietes lotste. Sie blieb im Wagen sitzen und betete darum, dass sich ihr Fund als Fata Morgana erweisen möge, egal wie peinlich das für sie wäre. Rasch kehrten die beiden zurück. Das Gesicht der Blonden war kreidebleich. Der Schnäuzer gab zackige Anweisungen: »Sag der Zentrale Bescheid, die sollen das KK 11 informieren. Am besten, die kommen direkt hierher. Frau Gereons Freunde sollen bloß in der Waldschenke sitzen bleiben. Erkennungsdienst brauchen wir natürlich auch. Wir bleiben hier, damit niemand die Leichenruhe stört.«

Celine seufzte hörbar auf.

»Wird gemacht, Chef«, antwortete die Blonde mit einem genervten Seitenblick.

Die nächste halbe Stunde verbrachten die drei schweigend im Polizeifahrzeug. Der Erkennungsdienst fuhr vor, gefolgt von einem hellgelben Sportwagen.

Überrascht beobachtete Celine, wie sich ein Zwei-Meter-Hüne aus dem Cabrio herausquetschte. Er schüttelte sich wie ein zotteliger Hund, der sein Fell von Wasser befreien muss. Die Blonde und der Schnäuzer sprangen aus dem Auto und gaben ihren Lagebericht ab. Celine ließ den Blick über das zu kurze, in Blautönen karierte Jackett, das rosafarbene Hemd, die braune Stoffhose und die italienischen Wildlederschuhe gleiten. Dazu der viel zu klein geratene Sportwagen, leicht angegraute, fettig-lockige Haare und ein Gesicht, in das das Leben sich tief eintätowiert hatte. Der Kommissar wirkte wie ein gealterter Rockstar – oder wie der Sportdirektor eines Bundesligisten.

Er öffnete die Tür an Celines Seite. »Juten Tach, Frau Jereon, Bäumler ming Name, Kriminalpolizei Köln, wat hatten Se denn zo fiere?«

»Eigentlich, also ehrlich gesagt hatten wir gar nichts zu feiern, ... Können Sie sich ja denken. Sie spielen wohl auf den Sekt an. Das war eine Idee von Sven, unserem Sommelier. Und der hat uns alle schlagartig wieder ins Leben zurückgebeamt, der Sekt. Wir waren ja geschockt und sprachlos, während wir auf die Streife warten sollten.« Celine blickte müde aber aufmerksam in Bäumlers Gesicht, das gute dreißig Zentimeter über ihrem eigenen Blickfeld thronte. Aus ihrer Perspektive

20

wirkten die grauen Tränensäcke wie faltige Ballons, aus denen man die Luft nur unvollständig herausgelassen hatte. Die Lider hingen tief in die wasserblauen Augen, aus denen er Celine in einem Gemisch aus Wachheit und Hundeblick ansah. Die Nase war knotig und von roten Äderchen durchzogen.

Alkohol, dachte Celine und suchte mit geschultem Blick nach weiteren diagnostisch nützlichen Hinweisen.

Bäumler wechselte ins Hochdeutsche. »Soso, eigentlich hatten Sie nichts zu feiern. Was hat Sie denn so ganz alleine, ohne Ihre Kollegen, zur Leiche geführt?«

»Na das Geocaching. Die anderen hatten wegen des Regens keine Lust mehr und wollten lieber chillen.«

»Soso, Geocaching und Chillen, klingt ja reichlich up to date. Ich nehme jetzt den Fundort in Augenschein. Danach unterhalten wir uns noch ein wenig. Sie warten bitte hier.« Während er sprach, wehte Celine ein Gemisch aus abgestandenem Schnaps und herbsüßlichem Aftershave in die Nase, das sie erschauern ließ. Okay, geschenkt, es war Samstag. Aber ein paar Stündchen hatte dieser Tag ja bereits hinter sich ...

Gerade bewegte Bäumler sich in Richtung Naturschutzgebiet, als zwei in weiße Ganzkörperkondome gekleidete Kollegen heraufeilten. Ihre blauen Schuhüberzieher erinnerten Celine schmerzlich an den Müllsack, aus dem die Leiche sie angestarrt hatte.

»Chef, die Leiche schwimmt in einem Tümpel. In dem Tümpel steht ein Baum, der hat ein Loch und darin liegt ein Kasten. Sieht aus wie ein Sprengkörper. Wir haben die Sprengstoffkollegen verständigt, die sollen sich das mal ansehen, bevor wir da weiter machen.«

Bäumler zog die Augenbrauen hoch und murmelte: »Eine Bombe? Was zum Henker soll das denn?«

Celine schaltete sich ein. »Eine Bombe im Baumstamm? Sie meinen doch bestimmt den Geocache. Genau deswegen waren wir doch hier.«

Die Gesichter der Spusis färbten sich feuerrot. Sie hätten einem norddeutschen Leuchtturm Konkurrenz machen können.

»Na, dann pfeift die Sprengstoffkollegen mal wieder zurück und führt mich zum Fundort. Ich will mir selbst ein Bild von der Lage machen. Wie gesagt, Frau Gereon, Sie halten sich hier zu meiner Verfügung.«

Die Spusis schnitten den blauen Müllsack behutsam auf. Wie in einem Striptease entblätterten sie nach und nach die aufgedunsene, nackte Tote. Bäumlers Blick wanderte von den schulterlangen, blonden Haaren zu den angsterfüllten Augen und dem erschrocken offenstehenden Mund. Ein schönes, faltenfreies Gesicht, in Schrecken und Angst erstarrt. Ein Gesicht, das den Ausbruch der Gewalt im Moment des Todes nicht hatte fassen können. Er blickte weiter zu den kleinen festen Brüsten, den manikürten Fingernägeln, dem straffen Bauch und den ebenfalls sehr gepflegten Fußnägeln. Glatt und kalkweiß wie frisch aufgezogene Hotelbettwäsche. Warum hatte sie sterben müssen? Bäumler hatte schon unzählige Leichen gesehen. Aber jedes Mal ging es ihm wie bei seinem ersten Leichenfund. Übelkeit stieg in ihm hoch. Fassungslosigkeit ob der menschlichen Brutalität. Seine Routine half ihm nur dabei, sich äußerlich nichts anmerken zu lassen.

»Sieht makellos aus. Zumindest von vorne. Stinkt aber wie eine Leiche«, bemerkte einer der Spusis.

Bäumler zuckte mit den Schultern. Seit über zehn Jahren konnte er nichts mehr riechen. Was damals als leichte Erkältung begann, wurde er wochenlang nicht los, traktierte er mit Tabletten und Nasenspray und bezahlte es letztendlich mit dem Verlust eines Sinnesorgans. Ganz selten noch drangen Gerüche zu ihm durch, und wenn dies passierte, waren es seine privaten Glücksmomente. Es war ihm dann vollkommen egal, ob er Pferdemist, frisch aufgebrachten Asphalt oder Frühjahrsblüten roch. Beinahe egal war es ihm in diesen Momenten auch, ob er diese Gerüche wirklich registrierte, oder ob er sie sich nur einbildete. Früher liebte er seine Nase, vielleicht das Sinnesorgan, das die meisten Menschen am sträflichsten vernachlässigten. Der Geruch der Holunderbüsche im Frühjahr. Trocknendes Heu auf den Wiesen des Alpenvorlandes. Staubige Wege nach einem kräftigen Sommergewitter. Der Parfümhauch einer vorbeigehenden Frau. Oder einfach nur frisch aufgebrühter Kaffee am Morgen.

All das war für ihn der Inbegriff von Lebensintensität gewesen. Wie sehr vermisste er seine geliebten Rieslinge, durch deren filigrane Aromatik hindurch er ihre Herkunft zu riechen und zu schmecken glaubte. Und die kölsche Küche. Im Grunde reichten bereits Himmel un Äd mit zart karamellisiertem Apfelkompott, um ihn in kulinarische Verzückung zu versetzen. An jenem denkwürdigen Tag, an dem ihm endgültig bewusst wurde, dass er von nun an zur Leidensgemeinschaft der Anosmatiker zählen würde, ging er ins Autohaus und bestellte das Boxter Cabrio.

Zu Bäumler, der Leiche und den Spusis gesellte sich nun ein übergewichtiger, glatzköpfiger Rechtsmediziner, der knapp grüßte. Mit ihm hatte der Kommissar schon so manchen Streit ausgefochten.

Er hielt die Nase schnuppernd in die Höhe. »Herr Kriminalhauptkommissar, Anerkennung für Ihr Aftershave. Das lässt auf echte Kennerschaft schließen. Insbesondere die Basisnote, die an einen geselligen Freitagabend erinnert. Verraten Sie mir die Marke?«

»Vielen Dank, dass Sie in meiner anosmatischen Wunde stochern. Wie wär's, wenn Sie einfach Ihre Arbeit machen?« Der Mediziner schien mit dem Ausgang des kleinen Wortgefechtes bereits zufrieden und begann, die Leiche routiniert zu untersuchen. Mehrmals wischte er sich dabei den Schweiß mit einem überdimensionierten Stofftuch von der Stirn und sprach die Befunde in ein Diktiergerät. An äußeren Verletzungen konnte er nur die klaffende Wunde am Hinterkopf feststellen, die vermutlich zum Tod geführt hatte. Er schätzte, dass die Tote bereits seit einer Woche im Wasser gelegen hatte. »Mehr kann ich hier nicht ausrichten. Bringt sie mir unversehrt in die Rechtsmedizin. Oder korrekter: nicht noch versehrter, als sie bereits ist«, wies er die Spusis mit einem schmierigen Schmunzeln an.

Scherze dieser Art konnte Bäumler nicht ausstehen. Durch einen genervten Blick in Richtung des Rechtsmediziners verdeutlichte er diese Ansicht. Er liebte es geradeheraus und sah es als seine tägliche Aufgabe an, die ungeschminkten Tatsachen und die brutale Realität in maximaler Klarheit herauszuarbeiten. Und nicht, während der Arbeit seine Umgebung zu bespaßen, wie der verfettete Mediziner es ständig versuchte. Als Bäumler sich gerade zum Gehen wandte, fiel ihm auf, dass der Geocache immer noch in der Baumhöhle schlummerte. Bislang hatte noch niemand einen Blick in das Innere der grünen Blechdose geworfen. Er bat einen der Spusis, ihm die vermeintliche Bombe zu bringen und versuchte, die Dose vorsichtig zu öffnen. Das Ding sträubte sich und die Baumwollhandschuhe erschwerten das Handling zusätzlich. Bäumler wurde nervös. War es vernünftig gewesen, sich auf die Aussage der kleinen Medizinstudentin zu verlassen? Endlich sagte es ›Plopp‹ und der Kommissar konnte gerade noch verhindern, dass der Deckel wie ein Blechfrosch in den Teich davon sprang. Neugierig blickte er in die Dose.

»Ein USB-Stick und ein kleines Büchlein, sonst ist nichts in der Kiste.«

»Das ist völlig normal«, sagte einer der beiden Spusis, der eifrig auf seinem Smartphone herumtippte, um dann aus Wikipedia vorzulesen: »Ein Geocache ist in der Regel ein wasserdichter Behälter, in dem sich ein Logbuch sowie verschiedene, kleine Tauschgegenstände befinden. Der Besucher kann sich in ein Logbuch eintragen, um seine erfolgreiche Suche zu dokumentieren. Anschließend wird der Geocache wieder an der Stelle versteckt, an der er zuvor gefunden wurde. Der Fund kann im Internet auf der zugehörigen Seite vermerkt und gegebenenfalls durch Fotos ergänzt werden. So können auch andere Personen – insbesondere der Verstecker oder ›Owner‹ (englisch für Eigentümer) – die Geschehnisse rund um den Geocache verfolgen. Wesentlich beim gesamten Such- und Tauschvorgang ist, dass das Vorhaben von anderen anwesenden Personen nicht erkannt wird und so der Cache Uneingeweihten verborgen bleibt.«

»Vielen Dank für die kompetenten Ausführungen. Das Logbuch ist leer. Entweder war ich der erste Cache-Öffner oder meine Vorgänger wollten anonym bleiben. Den USB-Stick nehme ich mit nach oben. Ich hab meinen Laptop im Auto, bin gespannt, was da drauf ist.«

»Passen Sie auf, dass Sie den Stick nicht beschädigen! Sollen wir das nicht besser übernehmen?«

Der zweite Spusi nickte beifällig. Bäumler schüttelte den Kopf ob der Suggestion seiner computermäßigen Inkompetenz und ging wortlos zurück zu seinem Cabrio. Celine tippte gerade hektisch auf ihrem Smartphone herum.

»Wir zwei Hübschen fahren jetzt zur Waldschenke und unterhalten uns in Ruhe mit Ihren Geocaching-Freunden. Wird nicht lange dauern, dann können Sie den Rest des Wochenendes genießen.« Er griff nach seinem Smartphone und verfügte, dass man die Vermisstenmeldungen der letzten Tage durchgehen möge. Sportlich wendete Bäumler den Porsche auf dem Schotterweg und nach wenigen Sekunden erreichte das ungleiche Paar das Waldlokal. Celine hatte sich im Sitz verkrampft und war sichtlich froh, endlich wieder aus der engen Kiste aussteigen zu dürfen.

Die Waldschenke kannte Bäumler von früher. Oft hatten die familiären Wochenendausflüge hierher geführt. Das niedrige, weiß gekalkte Häuschen mit grünem Fachwerk und ebenso grünen Läden an den kleinen, weißen Fensterchen, lag am Waldrand inmitten lang gestreckter, niedriger Fachwerkhäuser. Dieses eigenwillige Ensemble außerhalb des Dünnwalder Ortskerns bildete einst eine Arbeitersiedlung, die um eine Sprengstofffabrik herum entstanden war. Sobald der Kommissar in die gemütliche Stube eintrat, fühlte er sich in seine Kindheit zurückversetzt. Er schüttelte sich, richtete sich zur vollen Körpergröße auf und sondierte die Lage.

Die Studenten schauten ihn gähnend aus glasigen Augen an.

»Hoppla, die Staatsmacht gibt sich endlich die Ehre!«, feuerte der größte von ihnen mit arroganter Miene in seine Richtung.

Der mittlere Geocacher schien in sich zu ruhen wie ein See in der Morgensonne. Der milchbärtige dritte trommelte nervös mit den Fingern auf die Tischplatte ein.

»Juten Tach zosammen, Stephan Bäumler, Kriminalpolizei Köln. Se wesse jo bereits, dat bei dä Zielposition Ihrer Jeocaching-Tour ene Leiche opgefunde wurd, de möglicherweise Opfer von nem Jewaltverbreche jeworde ess. Isch hab heezu enige Froge.«

Es war sonst gar nicht Bäumlers Art, Zeugenbefragungen im Kollektiv durchzuführen, weil der kölsche Kommissar so kaum Widersprüche zwischen den einzelnen Aussagen provozieren konnte. Aber in diesem speziellen Fall machte Bäumler eine Ausnahme, weil er nicht von einem Tatzusammenhang der Geocacher und der Frauenleiche ausging. Er schaute in die Runde und forderte die Studenten auf, sich jeweils steckbriefartig vorzustellen. Die Geocacher blickten überrascht. Mit einem so forschen Auftritt hatten sie augenscheinlich nicht gerechnet. Wieder war es der mit dem arroganten Gesichtsausdruck, der begann.

»Gestatten, Hagen von Träuble, geboren zu Freiburg im Breisgau im Jahre 1995, Wohn- und Studienort Köln am Rhein, Student der Zahnmedizin im dritten Semester.«

Bäumler versuchte mit einem knappen Nicken in Richtung dessen, der am entspanntesten wirkte, seinen Ärger über Hagens arroganten Auftritt herunterzuschlucken.

»Sven Bohn, gesprochen wie die Weinstadt Beaune an der burgundischen Côte d'Or, geboren 1983 in Köln, wohnhaft in Bergisch-Gladbach, Biologie im dritten Semester.«

»Und vorher?«, hakte Bäumler nach, dem Svens Alter nicht entgangen war.

»Ich habe als Sommelier im Restaurant auf dem Petersberg bei Bonn gearbeitet. Als Mundschenk der Reichen und Mächtigen. Allen, von Gerhard Schröder bis George Bush, habe ich dort den passenden Wein verpasst. Anfangs ganz faszinierend, aber irgendwann hatte ich die selbstherrlichen Inszenierungen und das ständige Bütteln satt. Jetzt bin ich Teilzeit-Mundschenk im Kölner Saga, habe auf Asiatisch umgesattelt. Die Gäste dort sind wesentlich entspannter.« Das Saga sagte dem anosmatischen Kommissar herzlich wenig. Aber was die Kölner Gastro-Szene anging, war er mit Sicherheit nicht auf der Höhe der Zeit.

»Danke, bitte weiter.«

»Joshua Kazmierski, geboren 1993 in Dortmund«, sagte der ungepflegt wirkende Student mit dem weißlichen, aufgeschwemmten Gesicht, dem Milchbart und den hinten zusammengebundenen, hellblonden Haaren. Er stockte kurz und beendete den Steckbrief: »Wohnhaft in Köln, Biologie im dritten Semester.«

»Celine Gereon, wie Sie ja bereits wissen, geboren 1994 in Köln. Ich wohne mit Josh in einer WG und studiere Medizin im gleichen Semester wie Hagen.«

»War das heute Ihre erste Leiche, Frau Gereon?« Celine zuckte zusammen und schniefte heftig. »Ja, die Leichen-Präpperei im Studium beginnt erst im nächsten Semester.«

»Sie kennen sich alle aus dem Studium?«

»Chemie für Biologen und Mediziner, das schweißt zusammen«, antwortete ausnahmsweise Sven. »Bitte berichten Sie mir so präzise wie möglich, was heute vorgefallen ist, beginnend mit der Anreise. Sparen Sie nicht mit Details. Alles kann bedeutsam für die laufende Ermittlung sein.«

»Und alles kann im Zweifel gegen uns verwendet wer- den, was?«, brach es aus Joshua hervor, dessen Gesicht so dunkelrot wie ein mächtiger, australischer Syrah anlief.

Celine unterbrach die spontan entstandene Stille. Gefasst und systematisch schilderte sie den Ablauf der verunglückten Geocaching-Tour. Beginnend mit der gemeinsamen Anreise in der Linie 4. Dann die Trennung an der Waldschenke. Ihre seltsame Begegnung mit dem Gottesschild. Das merkwürdige Worträtsel. Das Eindringen in das Naturschutzgebiet. Und schließlich der grausige Fund. Die Gruppe lauschte schockiert. Celines Stimme zitterte bei ihren letzten Worten. In der Schenke waren sie inzwischen die einzigen Gäste. Bäumler war froh, dass sein Auftritt so wenig Aufmerksamkeit bei den anderen Gästen hervorgerufen hatte.

»Den Cache haben Sie nicht berührt, richtig?«

Celine bejahte mit immer noch zitternder Stimme. Hektisch hob und senkte sich ihr Brustkorb.

»War jemand von Ihnen vorher schon mal hier in dieser Gegend?«

Die Geocacher schüttelten die Köpfe so simultan wie Abgeordnete des nordkoreanischen Parlaments.

»Josh, die Tour war doch deine Idee und du meintest, du kennst die Gegend«, stieß Hagen scharf hervor.

»Ja ... Also, im Prinzip schon, ist aber lange her und die Tour habe ich halt im Netz gefunden.« Joshuas Gesichtsausdruck war jetzt ein Gemisch aus ertapptem Schuljungen und dem Willen, Hagen einen spontanen, tödlichen Stoß zu versetzen.

»Warum ausgerechnet diese Tour?«

»Na ja, das passte halt wegen der Verkehrsanbindung für alle. Und der Cache war neu, noch kein Eintrag im Netz und so.«

»Herr ...«, Bäumler blickte auf seine Notizen, »... Herr Kazmierski, Sie kannten die Gegend bereits, die Tour aber nur virtuell?«

»Hmm, dafür gibt's schließlich das Netz.«

Ein Telefon spielte ›Mer losse d'r Dom en Kölle‹ und Bäumler griff hastig nach dem iPhone, das in der Innentasche seines karierten Jacketts steckte. »Bäumler hier. Hallo Jupp. Momang bitte.« Er stand auf und entfernte sich vom Tisch, sodass die Geocacher nur noch Wortfetzen wie »Französische Polizei ... Usine Saveur Francaise us Grasse ... Dienstreise noh Köln ... sigg drei Dagn«, verstehen konnten, die Bäumler murmelnd wiederholte, während er sich Notizen machte.

»Haben Sie sachdienliche Hinweise erhalten?«, meldete sich Hagen schon wieder vorlaut, sobald Bäumler an den Tisch zurückkehrte.

Der ignorierte den Einwurf, entschuldigte sich für die Unterbrechung und bat Joshua, ihm den Link auf die Geocaching-Seite zu schicken. »Ich schau jetzt mal kurz in meinem Laptop was nach, dann führen wir ein abschließendes Gespräch. Und dann – sind Sie entlassen.«

Bäumler schmunzelte. Er setzte sich an einen Vierertisch, der am weitesten von den Geocachern entfernt stand, nahm den Laptop aus der Tasche und startete den

Rechner. Viel Greifbares hatte er bis jetzt nicht in die Finger bekommen, aber immerhin war die Tote bereits so gut wie identifiziert. Die Todesursache schien auch klar, die Obduktion würde weitere Details liefern. Grasse sagte ihm etwas, das war doch diese Parfümstadt. Besonders schmeckte es ihm nicht, mit der französischen Polizei zusammenarbeiten zu müssen, denn die sprachen meist kein Englisch, von Deutsch ganz zu schweigen. Und er sprach nur ein paar klägliche Brocken Französisch. Von der Firma Usine Saveur Francaise, USF, einer Aromafabrik, hatte er noch nie gehört. Der Geocache und seine Jäger schienen mit dem Fall nichts zu tun zu haben. Auch wenn er diesen Hagen von Träuble zum Kotzen fand und Joshua augenscheinlich etwas zu verbergen hatte. Bäumler streifte die weißen Baumwollhandschuhe wieder über, nahm den USB-Stick aus der Plastiktüte und fand nach kurzem Suchen den passenden Slot am Laptop. Der Stick wurde erkannt. Er enthielt eine einzige Datei. Ein Video. Die Geocacher schielten herüber. Bäumler störte das nicht. Wegen der Sichtschutzfolie konnten sie mit Sicherheit nichts auf dem Bildschirm erkennen.

Das Video startete verschwommen, mit einigen Wacklern, bevor das Bild sich stabilisierte. Miss Piggy saß auf einem Holzstuhl vor einer weiß gekalkten Wand. Hinter ihr prangte das Logo der Rheinischen Aroma Fabriken. Die Szenerie erinnerte Bäumler an BRD-Terror-Zeiten der siebziger Jahre. Miss Piggy hielt ein Schild vor ihre rosa Plüschschnauze, das in großen Lettern verkündete:

›Aroma-Gangster der RAF. Wenn ihr euer A wieder haben wollt, spendet Bio-Lebensmittel im Wert von mindestens 10.000 Euro an die Kölner Tafel‹. Das Schwein wechselte auf ein zweites Schild: ›Künstliche

Aromen machen krank. Stoppt eure Verbrechen. So-fort!‹ Dann hielt Miss Piggy ein riesiges, metallenes A, das sie kaum festhalten konnte, in die Kamera. Noch-mals ein Zoom auf das Logo der Rheinischen Aroma Fabriken. Dann war der Spuk vorbei. Nun stand Bäum-ler komplett auf dem Schlauch. Was zum Henker sollte das?

Langsam dämmerte es dem Kommissar, dass er von dem Diebstahl des As aus dem Firmenlogo der Rheini-schen Aroma Fabriken gelesen hatte. Dass diese Aroma-Firma kein Problem damit hatte, die gleiche Abkürzung wie eine Terrororganisation zu verwenden, hatte ihn schon immer gewundert. Er erinnerte sich da-ran, dass die Firma ziemlich traditionsreich war. Da stand man vielleicht über solch kurzfristigen Erschei-nungen wie dem Linksterrorismus der alten BRD. Das Logo hatte wohl direkt über dem Haupteingang der Fir-menzentrale in Köln-Mülheim gehangen und war ge-rade erst neu designed worden. Dass der Diebstahl mit einer Erpressung zusammenhing, davon hatte er nichts gelesen. Aber Moment mal, schoss es Bäumler durch den Kopf: Hatte er nicht gerade am Telefon erfahren, dass die tote Französin in der Aromaindustrie gearbei-tet hatte? Und dass sie von einer Dienstreise nach Köln nicht wieder zurückgekehrt war? Gab es etwa doch ei-nen Zusammenhang zwischen dem Geocache und der Leiche?

Er stand auf, zog die weißen Baumwollhandschuhe wieder aus, strich das zerknitterte Jackett so gut es ging glatt und schüttelte sich abermals wie ein Hund. Er fasste die Fakten nochmals kurz zusammen, um sich auf die Abschlussbefragung der Geocacher vorzuberei-ten. Die vier kannten sich aus dem Studium. Bis auf Kazmierski und die Gereon, die zusammenwohnten, schien die Studenten nicht viel zu verbinden. Der arrogante Hagen von Tronje schien ständig zu versuchen, die anderen in die Pfanne zu hauen. Joshua, der aufgeschwemmte Milchbart aus dem Ruhrpott, hatte die Tour vorgeschlagen und schien als Einziger die Gegend zu kennen. Und dass der etwas zu verbergen hatte, war offensichtlich. Aber was genau, das leuchtete ihm genauso wenig ein, wie Heideggers Philosophie. Bäumler war klar, dass er diesen Joshua in die Zange nehmen musste. Vielleicht konnte er ihn ja mit seiner gewohnten Überfalltaktik zum Sprechen bringen.

Die Geocacher wirkten müde. Sie wollten wohl endlich raus aus der stickigen Schenke und rein ins studentische Leben. Gleichzeitig schienen sie neugierig auf das zu sein, was Bäumler jetzt mit ihnen veranstalten würde. Celine war gerade dabei, ihr dichtes, schwarzes Haar mit einem gelben Gummi zu bändigen. Joshua kratze sich geräuschvoll den Milchbart.

»Herr Kazmierski, sagt Ihnen die Abkürzung RAF etwas?«, stieß Bäumler wie geplant überfallartig hervor.

»Ja, schon ...«, begann Joshua zögerlich.

Hagen stieß ihn die Seite »Der interessiert sich nicht für Politik, der Herr Kazmierski. Oder? Sag schon, Josh!«

»Herr Tronje, antworten Sie bitte nur dann, wenn Sie gefragt werden. Ich befrage Herrn Kazmierski!«

»Von Träuble, wenn ich bitten darf!«

Mit einem Blick, der in seiner Kälte dazu geeignet war, Wasser spontan zum Gefrieren zu bringen, brachte Bäumler Hagen zum Schweigen. Er forderte Joshua mit einem Kopfnicken zu weiteren Erläuterungen auf.

»Hier in Köln gibt es dazu ja zwei spontane Assozi-
ationen. Die Terroristen aus den Siebzigern, Schleier-
Entführung und so und die Aromafabriken.«

Der Student antwortete jetzt im Stile eines Prüflings.

»Hatten Sie mit der RAF, also den Rheinischen
Aroma Fabriken, schon einmal zu tun?«

Joshua verneinte, verbunden mit einem erneuten
Traktieren seines Milchbartes.

»Dann sagt Ihnen die Abkürzung USF sicher auch
etwas?«

»Usine Saveur Francaise, das französische Pendant,
die machen Aromastoffe, genau wie die Rheinischen
Aroma Fabriken.« Der Stimme des Prüflings klang rau.

»Prima, dann zeige ich Ihnen jetzt mal etwas, das
Sie interessieren könnte.« Bäumler holte den Laptop
und startete das Video mit ein paar ungelenken Klicks.
Die Studenten blickten fasziniert und amüsiert zugleich
auf den Bildschirm. »Herr Kazmierski, kommt Ihnen
dieses Video bekannt vor?«

»Nein ... eigentlich nicht ... Damit habe ich nichts
zu tun.« Sämtliche Farbe war aus Joshuas Gesicht gewichen. »Sie haben das Video garantiert noch nie gesehen? Denken Sie daran, dass Falschaussagen in polizeilichen Befragungen strafrechtlich verfolgt werden
können.«

»Nein, wie gesagt, das Video kenne ich nicht.«

Joshua rutschte auf dem Stuhl herum. Dabei bemühte er sich sichtlich, Augenkontakt zu Bäumler zu
halten, während er sich erneut am Bart kratzte.

»Sie alle kommen am Montag um halb neun auf das
Polizeipräsidium im Walter-Pauli-Ring in Köln-Kalk.

Bringen Sie ein bis zwei Stunden Zeit mit. Dann unterhalten wir uns nochmals in Ruhe und nehmen Ihre Aussagen offiziell zu Protokoll.«

Die Begeisterung der Geocacher war mit Händen zu greifen, doch keiner von ihnen wagte einen Mucks. Bäumlers Blick schweifte über die Studentenrunde in der Waldschenke und verweilte am längsten auf dem aschfahlen Gesicht von Joshua Kazmierski.

2.   Die Enthüllung

Die Boeing setzte so hart auf der Landebahn auf, dass der Stoß sich wie ein Pfeil durch sein Rückenmark bohrte. Die Schubumkehr drückte ihn fester gegen den Gurt, bis endlich das gemütliche Ausrollen des Flugzeuges begann. Das Beifallklatschen blieb aus, was er befriedigt zur Kenntnis nahm.

»Herzlich willkommen am Flughafen Köln-Bonn. Bitte bleiben Sie noch so lange angeschnallt sitzen, bis wir unsere endgültige Parkposition erreicht haben und die Anschnallzeichen über Ihren Sitzen erloschen sind. Unser Kapitän Werner Willken und seine Besatzung verabschieden sich nun von Ihnen und bedanken sich dafür ...« An dieser Stelle blendete er das verbale Dauerfeuer aus.

Jaspal Wöhler schaute auf die Uhr. Zwei Minuten Verspätung. Gleich würde ein typisches Ritual folgen, das er zu seinen absoluten Fliegerei-Favoriten zählte. Während das Flugzeug noch rollte, löste die Mehrzahl der Insassen bereits ihren Gurt. Exakt in dem Augenblick, in dem das Flugzeug zum Stehen kam, sprangen alle gleichzeitig auf, als säßen sie auf einem Schleudersitz. Sekunden später war der Gang bereits bis zum Bersten gefüllt. Zwischen die Fluggäste passte nun kein Blatt Papier mehr, es ging weder vor noch zurück. Besonders amüsierten Jaspal diejenigen Mitreisenden, die einen Mittel- oder Fensterplatz gebucht hatten. Sie verharrten in gebückter Haltung mit eingezogenem Kopf zwischen den Sitzen, während die Gangplatzinhaber bereits triumphierend mit Handgepäck im Mittelgang steckten. Zeitgleich begannen alle, wie besessen ihre Smartphones zu bearbeiten. Mit der diffusen Angst im Nacken, in den letzten anderthalb Stunden etwas Weltbewegendes verpasst zu haben.

Jaspal genoss es, am Fenster zu sitzen, auch wenn es taktisch cleverer gewesen wäre, seine ein Meter achtzig Körperlänge am Gang zu platzieren. Die Faszination des Fliegens hatte, trotz der unzähligen Stunden, die er in den Leichtmetallkäfigen bereits zugebracht hatte, für ihn nichts von ihrem Reiz verloren. Er war ein durch und durch von Fortschritt und Technik begeisterter Naturwissenschaftler. Die Türen wurden geöffnet. Die gerade noch wie im ewigen Eis eingefroren wirkenden Fluggäste drängten sich hektisch zu den Ausgängen. Jaspal stand auf, nahm seinen Koffer aus dem Gepäckfach, quittierte das Servicelächeln der Stewardessen mit einem »Tschö« und trat heraus auf die Gangway.

Die Mailuft war mild und duftig. Jaspal nahm einen tiefen Zug und war froh, der klimatisierten Enge entkommen zu sein. Nun wartete der Bus, den er als einer der Letzten betrat und als einer der Ersten wieder verlassen würde. Er schaltete das iPhone ein. Die E-Mails waren typisch für einen Freitagabend. Peggy, seine Sekretärin, verabschiedete sich ins Wochenende. Newsletter sowie Urlaubsanträge füllten den Postkorb. Helmut von Roffhausen, sein Chef und Vorstandsvorsitzender der Rheinischen Aroma Fabriken, hatte für Montagmorgen um acht Uhr eine dreistündige Sondersitzung des Vorstandes anberaumt.

Jaspal seufzte und rieb sich die Augen. Da war doch schon wieder etwas im Busch. Die Geschäftszahlen waren seit Beginn des Jahres deutlich hinter den Erwartungen zurückgeblieben und von Roffhausen geriet mehr und mehr unter Druck. Schließlich stand der Halbjahresabschluss vor der Tür. Wie oft hatte Jaspal in den letzten Monaten versucht, von Roffhausen zu einem Strategiewechsel zu überreden. Straffung des Portfolios. Alte Produkte abstoßen, mehr Geld in die Forschung stecken. Den Investoren vermitteln, dass jetzt eine Durststrecke käme, am Ende dieser Rosskur aber ein nachhaltig aufgestelltes Unternehmen stände. Aber von Roffhausen, dieser alte Betonkopf, versuchte weiterhin, die Firma durch radikale Sparprogramme, Verlagerung der Produktion ins Ausland und Personalabbau wieder flott zu machen. Er wollte den raschen Erfolg und pfiff auf das Geschäft von übermorgen.

»Sie als Forschungsleiter sind viel zu sehr auf Ihren kleinen Ausschnitt der Welt fokussiert. Das Übermorgen ist Ihnen wichtiger, als das Heute, Herr Doktor Wöhler«, war seine Standardantwort auf Jaspals Vorschläge.

Er musste Claudia anrufen. Sein Telefon vibrierte.

»Jaspal Wöhler, was kann ich für Sie tun«, sprach er schmunzelnd ins Telefon, in der Annahme, seine Frau sei ihm zuvorgekommen.

»Paul Zeehse hier, guten Abend Herr Dr. Wöhler. Sie erinnern sich bestimmt. Der Künstler aus Boppard, der das neue Logo der Rheinischen Aroma Fabriken gestaltet hat. Das mit dem A, das anscheinend einigen Mitbürgern so prima gefallen hat, dass sie es einfach mitnehmen mussten.«

»Guten Abend Herr Zeehse. Entschuldigen Sie, ich hatte jemand anderen erwartet. Nett, mal wieder von Ihnen zu hören.«

»Kein Problem. Die Freude ist ganz meinerseits. Gibt es denn Neuigkeiten vom A? Weiß man inzwischen mehr über die diebischen Elstern?«

»Nicht dass ich wüsste. Ich war in den letzten Tagen geschäftlich in Nizza und insofern etwas abseits vom Geschehen. Ich habe natürlich von dem ärgerlichen Diebstahl gehört, kenne aber noch keine Details.«

»Immerhin, Sie waren zur Tatzeit in Nizza und haben ein wasserdichtes Alibi.« Zeehse lachte schallend. »Ich bin jedenfalls gespannt, wie die Geschichte weitergeht. Ich kann den Buchstaben jederzeit neu herstellen, aber reproduzieren kann ich ihn nicht. Das war ein Unikat, wie alle meine Werke.«

»Ich weiß, Herr Zeehse. Es tut mir leid, aber ich bin in dieser Sache wirklich der falsche Ansprechpartner. Bitte wenden Sie sich an meine Kollegen aus der Marketing-Abteilung. Ich muss jetzt aussteigen, bin gerade auf dem Köln-Bonner Flughafen.«

Jaspal wurde fast aus dem Bus gedrückt, während er Zeehse loszuwerden versuchte. Er ignorierte die bitterbösen Blicke der Mitreisenden, die der Meinung zu sein schienen, er hindere sie durch sein Telefonat am Fortkommen.

»Nein, nein, bitte entschuldigen Sie meine ungelenke Gesprächsführung. Das A war gar nicht der Grund meines Anrufes. Ich wollte Sie zu meiner Party morgen Abend in Boppard einladen. Wir haben eine kleine Sensation vorbereitet. Sie werden nicht enttäuscht sein, das verspreche ich Ihnen.«

»Eine Künstler-Party inklusive Sensation? In Boppard? Und Sie wollen ausgerechnet mich dazu einladen? Einen drögen Forscher aus der Aromaindustrie? Sind Sie sicher? Gleich morgen Abend? Jetzt ist es Ihnen gelungen, mich zu überraschen!«

Boppard kannte Jaspal nur flüchtig, vom Vorbeifahren mit Bahn oder Auto. Das war ein kleiner Ort hinter Koblenz, in einer großen Rheinschleife gelegen.

»Darf ich das als Zusage interpretieren? Selbstverständlich erwarte ich, dass Sie mich in weiblicher Begleitung beehren. Zum Beispiel mit Ihrer Frau.«

»Zum Beispiel klingt gut. Wissen Sie, meine Frau hat das Wochenende meistens straff durchgeplant. Ich kenne da noch keine Einzelheiten. Aber Ihre Einladung klingt spannend. Ich rufe gleich meine Frau an, das wollte ich ohnehin gerade tun. Was ist denn der Anlass Ihrer Party?«

»›Tod in der Steillage‹ heißt das Event. Aber keine Angst, die Teilnahme ist völlig gefahrlos. Es wird Kunst, Musik und Weine befreundeter Mittelrhein-Winzer geben. Und die erwähnte kleine Sensation. Mehr wird nicht verraten.

Also, dann bis morgen Abend um zwanzig Uhr bei mir zu Hause an der Bopparder Promenade.«

»›Tod in der Steillage‹, das klingt dramatisch. Also, ich sage mal, wir sind dabei. Ich rufe jetzt meine Frau an. Wenn Sie nichts mehr von mir hören, sehen wir uns morgen Abend.« Jaspal wunderte sich selbst über seine plötzliche Spontanität. Er setzte sich ins Taxi, nannte dem Fahrer das Ziel und drückte auf ›Claudia‹.

»Hallo Schatz. Tut mir leid, dass ich mich erst jetzt melde. Ich habe Nizza erfolgreich hinter mich gebracht.«

»Jaspal, endlich. Das wurde ja auch Zeit. Gehen wir zu unserem Lieblings-Italiener?«

»Gern, ich hab einen ausgewachsenen Appetit. Du weißt ja, dass ich dieses Instant-Essen im Flieger nicht ausstehen kann. Du, ich hab noch was ganz anderes. Ich bekam gerade einen Anruf von Paul Zeehse, diesem berühmten Künstler aus Boppard, du erinnerst dich bestimmt. Derjenige, der für horrendes Geld das A geschaffen hat, das uns gerade geklaut worden ist. Immer ganz in Schwarz, mit wallendem Haar und mit chamäleonartig wechselnder Augenfarbe. Der hat uns zu einer Künstler-Party mit Musik und Wein in seine Villa in Boppard eingeladen. Morgen Abend. Das wär doch was für uns, oder? Ich hab schon mal zugesagt, ich hoffe, wir haben nicht schon was anderes vor.«

»Doch. Haben wir. Und wenn du mir nur einmal zugehört hättest, wüsstest du das auch. Wir sind morgen Abend bei deinem Chef eingeladen. Zu einem Sommerfest im Garten seines Düsseldorfer Hauses. So richtig schön mit Pavillons, Orchester, feinem Catering und netten Leuten. Du weißt doch, wie viel Mühe sich von Roffhausen immer gibt, seinen Gästen etwas Besonderes zu bieten. Alle werden sie da sein, deine Kollegen, der Aufsichtsrat, unser Golf Club und so weiter. Ich hab mich schon so lange auf die Party gefreut. Das kannst du jetzt nicht ernsthaft platzen lassen!« Ihre Stimme klang schrill.

»Wenn ich an von Roffhausens gestelzte Partys denke, wird mir jetzt schon übel. Sehen und gesehen werden. Endloser Smalltalk. Bestimmt dirigiert sein ältester Sohn wieder dieses dilettantische Orchester. Und alle klatschen euphorisch über des Kaisers neue Kleider. Es tut mir leid, Claudia, aber ich habe die Nase so was von voll von diesem Spuk, das kannst du dir gar nicht vorstellen. Lass uns doch mal ausbrechen aus diesem Hamsterrad und etwas Neues machen. Etwas, das ein kleines bisschen verrückt ist.« Jaspals Stirn runzelte sich.

»Du hast gut reden, Jaspal. Du hast dich gerade drei Tage in Nizza vergnügt. Und kaum am Flughafen, planst du schon deinen großen Intellektuellen-Auftritt in einem Kaff am Rhein bei deinem Künstler-Freund. Ohne mich zu fragen. Glaubst du, da finde ich auch nur einen einzigen normalen Menschen, mit dem ich mich unterhalten kann? Ich habe deine Spielchen so was von satt. Geh du doch zu deinem Künstler. Ich fahre jedenfalls nach Düsseldorf und kümmere mich darum, dass wir den Kontakt zum normalen Teil der Menschheit nicht komplett verlieren.« Claudia Wöhler hatte aufgelegt.

Einige Stunden und gewitterartige Wortgefechte später hatte sich nichts an dem Verlauf der Frontlinien zwischen Jaspal und seiner Ehefrau geändert. Es war Samstagnachmittag. Der Aromaforscher steuerte seine metallic-schwarze Mercedes-S-Klasse in Richtung Boppard. Claudia flirtete derweil in Düsseldorf mit der vermeintlichen High Society. Jaspal passierte den Bopparder Hamm. Er warf kurze Blicke auf die mörderisch steilen Hänge mit den frühlingsgrünen Reben, die fast bis an die Bahnlinie wuchsen. Zwischen den Rebzeilen traten mächtige Schieferfelsen scharfkantig hervor. Er blickte nach links. Auf dem silberglitzernden Rhein schoben sich Containerschiffe, Frachter und Ausflugsdampfer träge vorbei. Wie in visueller Schnappatmung sog Jaspal die Bildfragmente in sich auf, verwundert darüber, dass ihm der Zauber dieser Landschaft bislang entgangen war. Er rauschte hier doch nicht zum ersten Mal vorbei.

Jaspal verminderte den Druck auf das Gaspedal, er ließ den Blick über den Weinberg schweifen und fragte sich, wie viel Aufwand es machen mochte, in diesen irrsinnig steilen Lagen Wein zu erzeugen. Auf dem rutschigen Schieferboden. Vermutlich war das noch reine Handarbeit. Das musste sich ja wohl auch in den Produktionskosten niederschlagen. Ob die Winzer entsprechende Preise für ihre aufwendigen Produkte erzielen konnten? Er erinnerte sich daran, dass der Mittelrhein als Eldorado für Wein-Schnäppchenjäger galt. Wie passte das mit dem Geknechte in den Steillagen zusammen?

Als jemand, der auf einem Rheingauer Weingut aufgewachsen war, liebte Jaspal den Riesling. Besonders gern genoss er ihn zur asiatischen Küche. Und natürlich war er es gewohnt, dafür einen angemessenen Preis zu bezahlen. Es war schon wieder ein paar Monate her, seitdem er seinen Bruder – genauer seinen Halbbruder – und seinen Vater zuletzt gesprochen hatte. Inzwischen hatte Steffen sich zum Glück durchgesetzt und leitete das Hochheimer Weingut Friedrich Wöhler ganz offiziell. Doch völlig raushalten konnte sein Vater sich aus dem Betrieb bis heute nicht. Jaspal musste die beiden endlich mal wieder anrufen. Der heutige Besuch im Nachbar-Weinanbaugebiet, samt Gedanken zum Preisgefüge in der deutschen Weinwirtschaft, waren hervorragende Gesprächseinstiege. Und nach so einem Gespräch, sachlich und ohne versteckte Vorwürfe, sehnte er sich seit Langem.

Er parkte die Limousine auf dem Gästeparkplatz an der Bopparder Rheinpromenade und betrachtete die verspielte Künstler-Villa. Sie mochte gegen Ende des 19. Jahrhunderts errichtet worden sein. Das dreistöckige Haus wirkte wie ein triumphal in die Höhe strebendes Ensemble aus Bogenfenstern, Säulen, Balkonen und Türmchen. Fasziniert schien es das rege Treiben auf der Promenade zu beobachten. Vorne links und hinten rechts besetzten Türmchen mit spitzen Schieferdächern die Ecken, die so unterschiedlich konstruiert waren, dass das Ensemble keiner simplen Symmetrie zu gehorchen schien. Die Mitte der Villa wurde durch zwei mächtige Balkone gebildet. Die vier roten Sandstein-Säulen des Erdgeschossbalkons trugen den Balkon des ersten Stockwerks. Das zweite Stockwerk präsentierte sich mit einem Scheingiebel, auf dessen Spitze eine Figur stand, die mit Sicherheit nicht zur historischen Ausstattung gehörte. Jaspal erkannte im Halbdunkel die Statue eines goldglänzenden Weingottes. In der linken Hand hielt er einen Pinsel und in der rechten ein Weinglas, das er begeistert gen Himmel reckte. Wenn Jaspal sich richtig erinnerte, hatte sich Zeehse mit dieser Skulptur nicht nur das Bopparder Denkmalschutzamt zum Feind gemacht.

Er ging einen großen Bogen um die Villa herum, deren Haupteingang auf der dem Rhein abgewandten Seite lag. Sein Magen knurrte. Er freute sich auf Aperitif und feine Häppchen. Sämtliche Fenster der ersten beiden Stockwerke waren hell erleuchtet. Die schwere, dunkelbraune, mit Applikationen besetzte Eingangstür öffnete sich. Paul Zeehse selbst begrüßte seinen wissenschaftlichen Gast. Er sah heute wieder Zeehse-typisch aus. Komplett in Schwarz gekleidet, mit schwarzen Stiefeln, schwarzen Lederhosen, schwarzem Hemd, schwarz gefärbtem, wallenden Haupt- und Barthaar. Die Augen stachen so dermaßen grün zwischen Tränensäcken und aufgeplusterten Lidern hervor, dass der Verdacht nahelag, er habe mit farbigen Kontaktlinsen nachgeholfen.

»Ich heiße Paul«, sagte er, Jaspal das Du gleichzeitig mit der Begrüßung anbietend.

»Jaspal«, antwortete der Gast knapp.

»Guten Abend Jaspal, toll, dass du gekommen bist! Schade, dass du uns ohne deine wundervolle Gattin beehrst.«

Erst jetzt sah Jaspal, dass Paul, wie er ihn ja nun nennen durfte, um den Hals eine schwarze Kordel trug.

An der Kordel baumelte ein Zehntelglas, wie man es von einschlägigen Weinfesten kennt, in einer roten Häkeltasche.

»Verbirgt sich ein privates Weinfest hinter deiner Party? Ein ›Tod-in-der-Steillage-Winetasting‹?« Jaspal musterte Zeehses Halsband.

»Psst, Jaspal, verrate bitte nicht zu viel. Mit deinem Scharfsinn nimmst du den anderen Gästen doch die ganze Spannung!«

Paul grinste dämonisch. Er führte Jaspal in einen weitläufigen, bereits gut gefüllten Saal, dessen Stirnseite von den drei imposanten Bogenfenstern gebildet wurde. Sie gaben den Blick auf den Rhein und die gegenüberliegende Flussseite frei. Der Fußboden des von Stimmengewirr brodelnden Saals war in abwechselnd schwarzem und weißem Marmor gefliest. Die hohe, mit Stuckapplikationen geschmückte Decke wurde von vier gläsernen Säulen getragen, in denen sich das Geschehen im Saal spiegelte. Die Wände waren schiefergrau und abgesehen von der Stirnseite fensterlos. Von der Decke baumelte ein riesenhafter, schwarzer Kronleuchter, der eine Vielzahl weißer Elektrokerzen trug und von drei Ketten gehalten wurde.

Jaspal war beeindruckt. Gleichzeitig fragte er sich, ob das hier eine Begegnung mit dem Höhepunkt des Innendesigns, oder nur das kitschig-protzige Wohnzimmer eines exaltierten Künstlers war. Der Gedanke an Claudia versetzte ihm einen Stich. Wie gerne hätte er diese Frage jetzt mit ihr erörtert. Hatten sie sich inzwischen fundamental auseinandergelebt? Oder war ihr Zerwürfnis temporärer Natur? An der Wand zu Jaspals Rechten hing ein großflächiges rechteckiges Etwas, das von einem dunkelroten Samtvorhang bedeckt war. Ging es bei der Veranstaltung am Ende um eine

Bildenthüllung? Linker Hand waren lang gezogene, weiß gedeckte Tische aufgestellt. Daneben befand sich eine kleine Bühne, auf der ein Streichquartett rhythmisch stampfende Musik zu spielen begann, die Jaspal an die Stücke von Apocalyptica erinnerte. Draußen auf dem Rhein tuckerten Containerschiffe träge vorbei. Der Saal füllte sich mehr und mehr mit Menschen und deren femininen wie maskulinen Parfümgerüchen.

Aus dem Gewusel der in etwa vierzig proseccoschlürfenden Gäste hatten sich drei Menschentrauben herausgeschält. In der Mitte des Saales standen Pauls Künstlerfreunde, die sich um die Ikone Hartmut Henker geschart hatten. In fantasievollen Outfits, darunter Damen auf halsbrecherisch hohen Absätzen, mit waffenscheinpflichtigen Miniröcken und animierenden Rückenansichten, rückten sie dem öffentlichkeitsscheuen Megastar der deutschen Kunstszene auf die Pelle. Er wiederum, mit schwarzem Rollkragenpullover unter grauem Jackett, fühlte sich sichtlich unwohl und versuchte, aus dem Mittelpunkt des Künstlerkreises zu entkommen.

Jaspals Herzschlag beschleunigte sich. Magisch fühlte er sich von dem berühmten Maler angezogen. Er marschierte schnurstracks auf die Gruppe zu. Zwei der Künstlerdamen öffneten den Kreis und drehten sich um.

»Hallo! Sind Sie nicht dieser indische Moderator? Der die Wissenschaftssendungen immer so sympathisch moderiert? Toll, wie Sie komplizierte Dinge so dermaßen einfach erklären, dass es jeder verstehen kann. Jetzt hab ich's. Sie sind Ranga Yogeshwar!« Die attraktive Blonde mit hochgestecktem Haar war hochgradig aufgeregt.

»Da muss ich Sie leider enttäuschen. Die Ähnlichkeit ist zwar frappierend, aber rein äußerlich, soweit ich informiert bin.« Er machte einen Schritt auf den Kölner Künstler-Papst zu. »Ich möchte Sie nicht belästigen, Herr Henker, aber diese Begegnung mit Ihnen bedeutet mir sehr viel. Jaspal Wöhler mein Name. Ich bin ein Bekannter von Herrn Zeehse.«

»Angenehm, Herrn Zeehse und mich verbindet eine langjährige Freundschaft.«

»Herr Henker, Ihr Fenster ist dafür verantwortlich, dass ich regelmäßig in den Kölner Dom muss. Und das bedeutet Einiges, denn Kirchen sind alles andere als meine bevorzugten Aufenthaltsorte. Das Pixelgewirr im neogotischen Gewand zieht mich immer wieder aufs Neue in seinen Bann. Wie haben Sie das nur hinbekommen?«

»Ich hab keine Ahnung. Sagen Sie es mir.« Henker gähnte.

»Der Farbrausch, die Einfachheit und Komplexität, die Areligiösität, die Interpretationsoffenheit.« Jaspal wischte sich über die Stirn.

»Na sehen Sie, Herr Wöhler, zum Interpretieren brauchen Sie mich beileibe nicht. Es war nett, Sie kennengelernt zu haben. Jetzt entschuldigen Sie mich bitte, ich muss telefonieren.« Hektisch verschwand Henker aus Zeehses marmornem Wohnzimmer.

Nach dieser kurzen Begegnung mit Deutschlands Malerfürst fühlte sich Jaspal beglückt und irritiert zugleich. War er Henker so sehr auf die Pelle gerückt, dass er ihm den Spaß an der Party endgültig verdorben hatte? Hatte er sich wie ein bescheuerter Teenager verhalten, der ekstatisch einer zusammengecasteten Boygroup zujubelt? Egal. Jaspal drückte die Schulterblätter zurück und die Brust heraus. Es war ihm ein Bedürfnis gewesen, dem Schöpfer des Kölner Meisterwerkes die Reverenz zu erweisen.

Jemand sprach ihn von der Seite an. »Herr Doktor Wöhler, welche Überraschung! Ich hatte Sie nicht hier, sondern bei der Festivität unseres Chefs in Düsseldorf erwartet. Sie sind doch nicht etwa ohne Ihre bezaubernde Gattin angereist?«

Jaspal brauchte ein paar Sekunden, um die Sprache wiederzuentdecken. Was machte Raimond Richter hier?

»Herr Richter, gerade noch sprach ich mit Ihrem malenden Widerpart, nominativ gesehen. Und Sekunden später taucht das olfaktorische Gegenstück hier auf.«

»Ach, Sie meinen den grauschwarzen Herrn, der soeben fluchtartig den Saal verließ? War das der berühmte Henker? Ich habe den kaum gesehen, so rasend ist der an mir vorbeigerauscht. Womit haben Sie ihn denn vertrieben?« Jaspal war kein Freund eines solchen rhetorischen Kräftemessens. Angestrengt überlegte er, wie er das Gespräch in zivilisierte Bahnen lenken könnte. Dass die Chemie zwischen ihm und Raimond Richter nicht stimmte, das war beiden Kollegen unausgesprochen klar. Aber in den langen Jahren gemeinsamer Arbeit hatte sich ein Waffenstillstand etabliert. Und der wurde nur noch gelegentlich von verbalen Scharmützeln unterbrochen.

Raimond Richter war der Chefparfümeur, die Supernase der Rheinischen Aroma Fabriken. Seine olfaktorischen Fähigkeiten waren so außergewöhnlich, dass er mit ihnen eine komplette ›Wetten, dass ...?‹-Sendung hätte bestreiten können. Außergewöhnlich war nicht nur die Empfindlichkeit seines Riechkolbens, dessen fleischliche Pyramide mit pferdeartigen Nüstern das blasse Gesicht dominierte. Regelmäßig verblüffte er die Kollegen durch sein Elefantengedächtnis für selbst flüchtigste Geruchserlebnisse. Zudem besaß er die Fähigkeit, das olfaktorisch erlebte in treffende Worte zu kleiden. Da, wo es für Normalsterbliche muffig oder bestenfalls pilzig roch, identifizierte er den Geruch nach Hallimasch. Und wo unbedarfte Riechlaien Blumen oder Rosen rochen, da duftete es für ihn nach der orientalischen Kletterrose. Wann immer man seine Beschreibungen einer Prüfung unterziehen konnte, stimmten sie. In der Aromafabrik hatte er sehr häufig das letzte Wort. Jede Produktionscharge, jedes neu entwickelte Aroma und jede neue Parfümkreation brauchten sein Placet.

Während Richter mit spitzen Fingern an seinem grüngemusterten Halstuch nestelte, nahm Jaspal den Gesprächsfaden wieder auf. »Herr Henker war kurz angebunden, das stimmt. Aber ich habe, wie Sie wissen, wenig gegen die Würze der Kürze. Wie schmeckt Ihnen denn die Party in Zeehses Wohnzimmer?«

»Danke, dass Sie nicht nach dem Geruch gefragt haben. Wie Sie wissen, bin ich an der Stelle ein wenig sensibel. Bedauerlicherweise habe ich keine Klappen an meinen Nasenlöchern. Das muss mein Gehirn ganz von alleine schaffen.«

Jaspal grinste. Die Vorstellung von fleischigen Klappen an den scheunentorgroßen Nüstern des Kollegen war einfach zu komisch. Er könnte sie immer dann aufklappen, wenn es ans Riechen ginge, während er ansonsten zum Atmen wie ein Fisch den Mund öffnen und schließen müsste.

»Na dann, zurück zur Party in Zeehses Wohnzimmer, wie Sie das so schön nennen, Herr Doktor Wöhler.

Ich finde, das hier ist eine hochwillkommene Abwechslung zum Arbeitsalltag. Die Wahl zwischen von Roffhausens Party und Zeehses Happening fiel mir, ehrlich gesagt, leicht. Zeehse ist ein großartiger Gastgeber, den ich als Künstler sehr verehre. Dass irgendwelche Spinner uns das A geklaut haben, ist eine riesengroße Sauerei. Zumal das ein Unikat war. Aber lassen Sie uns von angenehmeren Dingen sprechen. Wie war es in Nizza?« Richter konnte die Sticheleien einfach nicht lassen, aber Jaspal versuchte, den ironischen Unterton zu überhören.

»Die Tagung war wie immer vollgepackt und anstrengend. Aber auch sehr aufschlussreich. Mir ist die Strategie der USF immer noch nicht klar. Ich habe den Eindruck, dass wir trotz der Patentsache einen Vorsprung haben. Wenn wir unser Ding jetzt wie geplant und ohne Zögern durchziehen, sind wir die Ersten am Markt.«

»Hört sich gut an. An mir soll's bestimmt nicht liegen. Gab es sonst noch was Neues in Nizza?«

»Das Verschwinden von Estelle Nicolier überschattete die Veranstaltung. Es hat sich inzwischen herumgesprochen, dass sie zuletzt in Köln gesehen wurde. Es gab eine Menge Spekulationen.«

Ein Schatten huschte über Richters Gesicht. »Gibt es denn schon irgendwelche Erkenntnisse der deutschen oder der französischen Polizei?«, fragte er sachlich.

»Nicht, dass ich davon wüsste. Gefunden hat man sie jedenfalls noch immer nicht. Das Verschwinden aus dem Hyatt ohne Koffer kann sich bis heute niemand erklären. Ihr Chef, Bertrand d'Orly, hatte sehr wenig

Lust, sich mit mir darüber zu unterhalten. Aber Sie wissen ja, wie angespannt die Situation zwischen der USF und ...«

Jaspal stockte mitten im Satz. Zeehse hatte auf einen riesigen Gong eingeschlagen. Es wurde still im Saal.

»Man beglücke uns mit Speis und Trank!«, rief der Künstler. Dabei ruderte er mit den Armen und schwang den Gongklöppel durch die Luft. Durch die großen Flügeltüren kam eine Prozession hereinmarschiert, die aus fünf in Weiß und zwei in Schwarz Gekleideten bestand. Die weißen trugen große, silberne Schüsseln und Tabletts vor sich her, die schwarzen waren mit weingefüllten Flaschenkühlern bewaffnet. Spontaner Beifall brandete auf, als die Gäste der Prozession gewahr wurden und Gerüche nach gebratenem Fleisch, Gratins und Ratatouille den Raum zu füllen begannen.

Zeehse eröffnete das Buffet. Jaspals Magen knurrte inzwischen so laut, dass er fürchtete, er würde die anderen Gäste dadurch irritieren. Schnellen Schrittes begab er sich an die Fleisch- und Weintröge.

Nach dem Genuss des Buffets nahm Zeehse Jaspal beiseite. Mit missionarischem Eifer redete er auf ihn ein.

»Jaspal, du musst die Kollektionen der beiden Winzer probieren, die ich eingeladen habe. Das sind waschechte Künstler, auch wenn sie es selbst nicht zugeben würden. Der ältere, der dickere, der rechts steht mit den kurzen Haaren und dem Kinnbart, das ist Engelbert Hollmann. Sein Weingut ist gleich um die Ecke an der Rheinpromenade. Der macht so richtig kraftvolle, cremige und opulent fruchtige Rieslinge. Du wirst staunen. Und links daneben, der Nerd mit den blonden Haaren, der Nickelbrille, dem Dreitagebart und dem Winzerhemd, das ist Daniel Alt. Unser junger Spitzenwinzer. Der macht säurefrische, mineralische und intellektuelle Rieslinge, die perfekt ihre Herkunft widerspiegeln. Den Kick, den dir seine Weine geben, wirst du niemals vergessen. Das verspreche ich dir.«

»Klingt spannend, zumal ich den Riesling im Rheingau ja mit der Mutterbrust aufgesogen habe. Bildlich gesprochen, natürlich. Aber sag mal, Rheingau, das ist ja erste Liga, nein Champions League, da sind wir uns einig. Und wo spielt ihr am Mittelrhein? Eher zweite Liga, oder?«

»Preismäßig zweite Liga und qualitativ Champions League.«

»Also ein Gebiet für Schnäppchenjäger? Dachte ich's mir doch. Und das in den Steillagen? Ist das nicht eine tödliche Melange, ökonomisch gesehen?«

»Jetzt lass uns mal aufhören zu quatschen und stattdessen ran an die Tassen. Nicht lang schnacken, Kopp in Nacken, wie der Ostfriese sagt.«

Zeehse stürmte auf Hollmann zu. Als die beiden Schwergewichte sich zur Begrüßung kraftvoll umarmten, hatte Jaspal den Eindruck, einer Elefantenhochzeit beizuwohnen.

»Darf ich vorstellen, Dr. Jaspal Wöhler von den Rheinischen Aroma Fabriken aus Köln. Engelbert Hollmann vom gleichnamigen Bopparder Spitzenweingut. Herr Hollmann betreibt so ganz nebenbei auch noch ein Sternerestaurant. Falls du dich fragst, woher die kulinarischen Köstlichkeiten stammen, an denen wir uns heute laben, ohne Engelbert müssten wir hier Kohldampf schieben.« Zeehse lachte und schlug Hollmann auf die Schulter.

Jaspal musterte den kräftigen Winzer im viel zu engen Nadelstreifenanzug, mit weißem Hemd und dunkelblauer, unordentlich gebundener Krawatte. Mit den kurz geschnittenen Haaren, dem breiten Kreuz, den muskulösen Oberarmen und dem modischen Bart hätte er als Türsteher eines Nobelclubs durchgehen können. Der kräftige, dreieckige Faltenwurf über dem massigen Riechkolben verpasste ihm einen kritischen Gesichtsausdruck. Die Lippen waren schmal, und wenn er gerade nicht sprach, presste er sie verbissen aufeinander. Hollmann wirkte wie die herausgeputzte, aber ungemütliche Variante von Paul Zeehse. Jaspal war schon bedeutend sympathischeren Menschen begegnet.

»Wenn jemand Drive hat, dann Engelbert«, ergänzte Zeehse seine Ausführungen. »Er ist Chef des Bopparder Winzervereins, erfolgreicher Jäger und hat ein Handicap von zehn. Alles neben Spitzenweingut und Spitzenrestaurant.«

Die letzten Sätze der Lobesrede hatten Jaspal den Winzer nicht sympathischer werden lassen.

»Herr Dr. Wöhler, wie wäre es mit einer trockenen Riesling-Spätlese des aktuellen Jahrgangs? Aus unserer ersten Lage Bopparder Hamm Mandelstein. Ein sehr fruchtiger Wein, den Sie unbedingt zu einem gebratenen Lachsfilet mit Hollandaise versuchen sollten.«

Noch bevor Jaspal sich zu dem Vorschlag äußern konnte, funkelte die goldgelbe Flüssigkeit bereits in seinem Glas. Dem entstieg ein intensiver Geruch nach überreifen Früchten und einem Gewürzpotpourri, das an Weihnachten erinnerte. Etwas zu viel des Guten, dachte Jaspal. Das würde unserem Raimond die Nase zuballern und der müsste sofort die Nüstern zuklappen. Jaspal schmunzelte bei dem Gedanken und machte währenddessen ein Gesicht, das Engelbert als Lob seines Weines missdeutete. Im Mund wiederholte und steigerte der Wein den Ersteindruck. Er war weich, geradezu klebrig und von einer marmeladig übersteigerten Fruchtigkeit. Alkohol und Restsüße erschlugen den letzten Funken Säure, der dem Wein hätte Struktur verpassen können. Am Ende folgte die geballte Ladung Maggiwürze, Pfeffer und Bitterkeit.

Jaspal vermisste an diesem Wein all das, was den Riesling in seinen Augen so großartig machte: Struktur, rassige Säure, die mit Restsüße spielt und eine saubere, klare Frucht. Eine Frucht, die schmeckt, als wäre sie unverfälscht aus dem Weinberg ins Glas gekippt worden. Und dazu eine Mineralität, die den glitzernden Schiefer auf der Zunge tanzen lässt. Nichts von alledem fand er in Hollmanns Wein und das frustrierte ihn. Während Jaspal noch überlegte, wie er sich gegenüber dem erwartungsvoll schauenden Hollmann elegant aus der verbalen Affäre ziehen könnte, erschütterte erneut ein Gongschlag die Halle. Mit seinen tiefen Frequenzen schüttelte er die Eingeweide der Gäste durch, die sofort in kollektives Schweigen verfielen.

Zeehse stand auf der Miniaturbühne. Er warf die zotteligen, schwarzen Haare mit einem Ruck nach hinten und drückte die Brust heraus. »Verehrte Gäste«, rief er mit einer Stimme, die drohte, sich zu überschlagen. »Der Höhepunkt des Abends rückt unaufhaltsam näher. Ich habe weder Kosten noch Mühen gescheut. So kennt ihr mich. Und nun seht ihr an der Wand da drüben etwas, das ihr bestimmt bereits bemerkt habt. Noch wird es von rotem Samt verhüllt. Aber bald schon wird es nach euch greifen und euch in seinen Bann ziehen.

Doch genug der Vorrede. Engelbert und Daniel, zerreißt den Vorhang. Bringt ans Licht, was ans Licht drängt!«

Die angesprochenen Winzer schauten irritiert. Der jüngere lief rot an und vergrub die Hände in den Hosentaschen.

Hollmann streckte die Brust heraus. Er warf den Kopf in den Nacken.

Das Streichquartett begann, in ein rhythmisches Schrammeln einzustimmen, das wohl an einen Zirkus-Trommelwirbel erinnern sollte. Zeehse gab seinen Winzerfreunden durch einen Wink zu erkennen, dass sie nun an der Reihe waren. Zunächst zögerlich, dann aber beherzten Schrittes marschierte das ungleiche Paar auf die Wand zu. Die Winzer postierten sich rechts und links neben dem roten Vorhang. Auf Zeehses Befehl hin, begann das Publikum in ein rhythmisches Klatschen einzustimmen, welches der Künstler durch eine herrische Geste wieder zum Verstummen brachte. »Man enthülle das Werk!«, schrie er mit sich überschlagender Stimme. Die Winzer taten, wie ihnen geheißen. »Voilà - Tod in der Steillage!«

Es folgte ein kollektives »Ahhh ...«, das den Raum bis in den letzten Winkel ausfüllte. Hartmut Henker, der introvertierte Kölner Künstlerpapst, hüpfte wie ein Derwisch auf und ab und schrie lauthals »Chapeau, Chapeau, Chapeau!« Erst jetzt realisierte Jaspal, was soeben passiert war: Daniel Alt und Engelbert Hollmann hatten das Kunstwerk ›Tod in der Steillage‹ enthüllt. Mit einem geschätzten Marktwert von zehn Millionen Euro eines der teuersten Gemälde eines noch lebenden deutschen Malers.

Das Bild war von beeindruckender Größe. Jaspal schätzte es auf vier mal drei Meter. Der Himmel über dem Weinberg leuchtete blutrot. Die Rebparzellen strahlten vor expressiver Farbigkeit, teils in grellem Grün, teils das Blutrot des Himmels wieder aufnehmend. Unterhalb des Weinberges durchbrach ein rasender ICE das Bild, darunter floss der romantisch blaue Rhein. Ein voll beladenes Containerschiff näherte sich von rechts. Auf dessen Bug saß überlebensgroß die Loreley. Nackt, das lange blonde Haar mit einem Stirnband gebändigt, schaute sie schüchtern vom Betrachter fort in Richtung des Weinberges.

In der oberen linken Bildhälfte hatte der Künstler die zentrale Szene platziert. Hier riss der Weinberg auf und erlaubte den Blick in sein dunkelrotes Innerstes. Auf der Höhe eines schieferfelsigen Vorsprunges stand ein Skelett in weißem, faltigem Stoffgewand mit samtrotem Kapuzenüberhang. In den Knochen der linken Hand schwang es eine silberne Totenglocke. In der rechten hielt es eine Pistole. Die Mündung der Waffe zielte auf einen grauhaarigen Mann, der vor Schock erstarrt in die leeren Höhlen des Totenschädels blickte.

»Das ist magischer Realismus at its best«, raunte Hartmut Henker Jaspal ins Ohr.

Der Aromaforscher nickte. Er war sprachlos. Das Bild überwältigte ihn. Er hatte das Gefühl, magisch in das Geschehen hineingezogen, ja selbst ein Teil des Bildes zu werden. Er roch den nassen Schiefer zwischen den Rebzeilen. Das duftende Haar der Loreley. Und er spürte den kühlen Hauch des Todes. Zeehses Werk war maßlos. Jaspal bewunderte das Selbstbewusstsein, ja den Mut, den es brauchte, um ein solches Bild zu erschaffen.

Einer der Umstehenden dozierte: »Der Tod ist einem Gemälde des 19. Jahrhunderts nachempfunden, das heute in der Berliner Nationalgalerie hängt. ›Zug des Todes‹ von Gustav Spangenberg. Unbedingt sehenswert, meine Damen.«

Jaspals Blick wanderte von der Loreley zu der Exekutionsszene, zu dem ICE und schließlich zu dem kleinen Häuschen mit rotem Dach, das auf dem Saum des Weinbergs thronte. Das Bild hinterließ tiefes Unbehagen, fand er doch wenige Anhaltspunkte für eine Deutung. Hatte der Renaissance-Tod etwas mit der Reblauskatastrophe zu tun? Warum hing das Kunstwerk plötzlich hier und nicht mehr in New York?

Nachdem das ›Ahhh ...‹ der Gäste verklungen und einem kollektiven Gemurmel gewichen war, setzte sich sein Schöpfer eine quietschgelbe Kunststoffbrille auf, warf das Haupthaar nach hinten und ergriff erneut das Wort.

»Liebe Freundinnen und Freunde, es ist mir eine ganz besondere Freude, diesen großartigen Moment mit euch teilen zu dürfen.« Während er das sagte und ausladende Gesten mit den Armen machte, fiel ihm sein pechschwarzes Haar wieder ins Gesicht. Mit einer gekonnten Bewegung warf er es nach hinten. »Es hat mich ein paar Euro gekostet, doch jetzt hängt das Bild endlich wieder dort, wo es hingehört. In unserem wunderschönen Boppard. Leider war die Politik nicht in der Lage, sich auf die Aufhängung des Bildes in der Bopparder Kunsthalle zu einigen. Ich hätte es euch geschenkt, aber ihr habt diese Chance durch Parteiengeklüngel, Tauziehen um mögliche Aufhängeorte und Versicherungsfragen vertan.« Zeehse schaute demonstrativ zu einem Grüppchen älterer Herren in provinziellen Anzug-Kombinationen mit Parteinadeln und Motivkrawatten. Die stierten ausdruckslos zurück und hoben die Gläser an den Mund. »Bevor ich weiterrede, empfehle ich: Bewaffnet euch mit frisch gezapftem

Riesling, von Daniel Alt oder von Engelbert Hollmann, ganz wie es euch gefällt.«

Jaspal mischte sich unter die Traube, die Daniel Alt belagerte, und ließ sein Glas mit einer trockenen Riesling-Spätlese aus dem Bopparder Hamm Feuerlay füllen. Der junge Winzer war ihm auf Anhieb sympathisch.

Beinahe verschüttete er den Inhalt, als Raimond, seine kollegiale Supernase, ihn anrempelte. »Entschuldigen Sie, Herr Dr. Wöhler, das war keine Absicht. Sie kennen meine Ehrfurcht vor aromatischen Flüssigkeiten.«

Jaspal probierte ein Grinsen, das nur gequält gelang. »Ja, Ihre Ehrfurcht kenne ich.« Er wandte sich demonstrativ ab, steckte die Nase tief in das frisch gefüllte Glas und erlebte ein Aromagewitter, das seine Neuronen zum Erzittern brachte. Dieser Wein war großartig, das wusste Jaspal bereits, bevor er auch nur einen einzigen seiner Eindrücke in Worte hätte kleiden können. Sein Enthusiasmus brach so machtvoll hervor, dass er freiwillig das Gespräch mit Raimond suchte, der ihm sicherlich die treffende Beschreibung liefern konnte.

»Herr Richter, ist dieser Riesling nicht sensationell, wenn ich Sie als Liebhaber französischer Gewächse darauf ansprechen darf?«

»Sie dürfen, Herr Dr. Wöhler und ich darf Ihnen ausnahmsweise bescheinigen, dass ich Ihre Meinung teile. Erfrischende, komplexe Nase, die nach reifer Grapefruit, Sahne, Schiefer, Röstnoten und Liebstöckel duftet. Am Gaumen ist er saftig, verfügt über Schmelz und ein sehr kräftiges Säurerückgrat. Im Nachhall entziffere ich salzige, mineralische und pfeffrige Aromen. Dieser Wein strotzt vor Kraft und Rasse. Ich meine den kargen Schieferboden genauso zu schmecken wie die Sonne, die die Trauben im Steilhang ausgereift hat. Ich vermisse ein wenig die von mir so geschätzte französische Eleganz, aber an Authentizität und Ausdruck ist dieser Wein nur schwer zu überbieten.« Jaspal war gefesselt und richtete seine Aufmerksamkeit abwechselnd auf den Wein in seinem Glas, wie auf das frisch enthüllte Gemälde. Es fiel ihm schwer, zu entscheiden, welches von beiden das bedeutendere Kunstwerk war.

Das Streichquartett spielte inzwischen Lounge-Musik. Dies war deutlich beruhigender als die zuvor dargebotenen Stücke. Jaspal war jetzt, beflügelt durch Atmosphäre, Wein, Malerei und Musik in der seltenen Stimmung, das Gespräch mit Raimond zu suchen.

»Herr Richter, Sie haben lange nichts mehr über Fortschritte verlauten lassen hinsichtlich Ihrer Pläne zur Erzeugung künstlicher Weine!«

Richter schaute verblüfft. Er nestelte an dem smaragdbesetzten Siegelring, den er am kleinen Finger der linken Hand trug. »Diese Versuche habe ich längst ad acta gelegt. Sie können gerne weiter daran arbeiten. Es war schließlich Ihre Idee.«

»Schade, auf eine Fortsetzung des 1976er ›Judgement of Paris‹ hatte ich ernsthaft gehofft. Doch diesmal nicht, wie seinerzeit, mit kalifornischem Cabernet gegen roten Bordeaux und kalifornischem Chardonnay gegen weißen Burgunder. Sondern als Vergleich natürlich und künstlich hergestellter Spitzenweine. Sie als Parfümeur wären geradezu prädestiniert dafür. Hatten Sie den Faden nicht letztens beim Essen mit dem Aufsichtsrat im Vendôme weitergesponnen? Ihre Ankündigung klingt mir noch in den Ohren, einen Wein erschaffen zu wollen, so perfekt, wie ihn die Unwägbarkeiten der Natur selbst in den Händen des genialsten Winzers niemals hervorbringen könnten.«

»Und Sie hatten argumentiert, dass das zwar eine amüsante, wissenschaftliche Spielerei wäre, dass jedoch ein solcher Wein, selbst wenn er noch so gut schmecken würde, für Sie niemals perfekt sein könne. Weil ihm der Bezug zu seiner Herkunft, zum Terroir fehle.«

»Stimmt, dennoch habe ich Sie ermuntert. Und Sie waren ganz Feuer und Flamme – obwohl die Idee von mir stammte.« Bei dem Zusatz grinste Jaspal, um ihm die Schärfe zu nehmen.

»Und jetzt ist Schluss mit der Spielerei, wie ich schon sagte.« Richter verabschiedete sich hektisch mit den Worten: »Bitte entschuldigen Sie mich. Ich habe noch einige wichtige Gespräche zu führen.«

Letzteres bezweifelte Jaspal angesichts der Gästeliste auf Zeehses Künstler-Happening.

Paul Zeehse hatte erneut die Bühne geentert. Abermals warf er das Haupthaar zurück und setzte seine Rede fort.

»Kunst und Wein, meine lieben Gäste, das ist so viel mehr als nur ein attraktives Paar, das sich perfekt ergänzt. Er ist der erdverbundene, komplexe Sinnenschmeichler. Sie die kapriziöse, sich ständig verwandelnde Schönheit. Nein, wenn ich von Wein und Kunst spreche, dann spreche ich von einer untrennbaren Einheit. Spitzenwinzer wie Daniel und Engelbert sind nichts anderes als Künstler, denen es gelingt, im Geschmack der vergorenen Riesling-Traube eine ganze Welt einzufangen. Und das Schönste an der Weinkunst ist, dass sie nicht betroffen, sondern besoffen macht.« Die Gäste kicherten verhalten. »Wir können diese

Kunst in uns aufsaugen, uns an ihr berauschen und ganz und gar mit ihr eins werden. Dabei vernichten wir das Kunstwerk, denn es ist nicht für die Ewigkeit geschaffen. Es feiert den Genuss des Augenblicks. Carpe Diem! Ein Hoch auf die nihilistische Weinkunst!« Zeehse erhob sein Glas, rückte die quietschgelbe Brille zurecht und nahm einen großzügigen Schluck Wein. Er schien zu bemerken, dass nur noch wenige Gäste seinen Ausführungen lauschten. »Und deshalb, liebe Freundinnen und Freunde, habe ich beschlossen, Winzer zu werden. Im Bopparder Hamm. Zufälligerweise habe ich gerade ein klitzekleines Weingut geerbt. Von Lizzie, meiner lieben Tante. Gott hab sie selig! Da oben liegt es.« Er zeigte auf das Häuschen oberhalb des Weinbergs vor dem Waldsaum, das Jaspal bereits aufgefallen war.

Jetzt hatte Zeehse wieder die volle Aufmerksamkeit seiner Gäste. Sie bedachten seine Ausführungen mit einem

›Ohhh …‹ sowie mit aufbrandendem Spontanapplaus.

Zeehse beruhigte die Gästeschar, indem er die Hände auf und ab bewegte. »Das Beste kommt noch«, setzte er hinzu. »Ich habe einen Mitstreiter gefunden, der mir chaotischem Künstler helfen wird, das Projekt erfolgreich durchzuziehen. Ich spreche von niemand Geringerem als Dr. Jaspal Wöhler, derzeit Forschungsleiter der Rheinischen Aroma Fabriken. Bitte beglückwünscht uns zur Geburt des Weingutes Wöhler und Zeehse, in dem ›Tod in der Steillage‹ ein neues Zuhause finden wird.«

Der Applaus kannte kein Halten mehr. Die Gäste prosteten einander fröhlich zu und das Streichquartett begann ›Oh, Dem Golden Slippers‹ zu spielen, was die

Stimmung weiter anheizte. Zeehse stieg von der Bühne herab, bahnte sich den Weg durch die Menge und grüßte mit zusammengefalteten, in die Höhe gereckten Händen. Jaspal stand wie versteinert inmitten der feiernden Masse und fühlte sich wie im Auge des Orkans. Er ignorierte die Versuche der Gäste, ihm gratulierend die Hand zu schütteln und baute sich schnurstracks vor Zeehse auf.

»Was fällt Ihnen ein, solch einen plumpen Scherz auf meine Kosten zu machen? Habe ich Ihnen irgendetwas getan? Aber jetzt haben ja alle ihren Spaß gehabt. Ergreifen Sie sofort wieder das Wort und stellen die Sachlage klar. Ich will das auf keinen Fall morgen in der Rhein-Zeitung lesen.« Zeehse nahm die Brille ab, wohl um zu demonstrieren, dass seine Ankündigung keinesfalls scherzhaft gemeint war. »Jaspal, wir waren doch längst beim Du. Bitte komm runter, gefährde nicht deinen Blutdruck. Denk in Ruhe über meinen Vorschlag nach.«

»Wie kommst du denn überhaupt auf diese bescheuerte Idee? Wir haben beide keine Ahnung vom Weinmachen. Und dadurch, dass wir uns zusammentun, wird es doch nicht besser!«

Die umstehenden Gäste hatten trotz des Trubels einige Wortfetzen aufgefangen. Interessiert drehten sie sich zu den Kombattanten.

»Ich habe dich beobachtet, schon als wir uns bei den Rheinischen Aroma Fabriken zum ersten Mal getroffen haben. Damals, als ich meine Konzepte für das A vor dem Vorstand präsentiert habe. Bei dir ist die Luft raus. Du drehst dich lange genug im Hamsterrad und so langsam merkst du, dass deine Kreativität dabei den Bach runtergeht. Du bist hochintelligent, hast viele Talente, in deinem Beruf alles erreicht. Du hast dich aufgerieben und nun stößt du mit dem Kopf an die Decke. Es ist Zeit für einen Tapetenwechsel, Jaspal, auch privat.«

Jaspal schaute irritiert. Er drehte den Ehering zwischen den Fingern. »Das sind mir eindeutig zu viele Du-Botschaften. Ich frage mich, woher du all diese küchenpsychologischen Weisheiten nimmst.«

»Okay, das Private nehme ich zurück, aber beim Rest irre ich mich ganz bestimmt nicht.«

»Und woher, bitte schön, nimmst du dieses Wissen? Du kennst mich doch gar nicht.«

»Männliche Intuition«, antwortete Zeehse.

»Schluss jetzt mit dem Quatsch. Du gehst sofort rauf auf die Bühne und widerrufst den Schwachsinn. Sonst mach ich dir eine Szene, wie du sie dir als Gastgeber nicht ernsthaft wünschen kannst.«

Zeehse schien ebenfalls genug zu haben und sprang wie ein Panther zurück auf die Bühne. Er setzte die gelbe Announcement-Brille auf, warf das Haar zurück und bat um Aufmerksamkeit. Das allgemeine Brabbeln wurde augenblicklich eingestellt. »Richtigstellung. Zu meinen Ausführungen bezüglich der Gründung des Weingutes Wöhler & Zeehse stelle ich Folgendes richtig: Die Diskussionen um die Gründungskonditionen zwischen Herrn Dr. Wöhler und mir sind noch nicht abgeschlossen. Aber auf einem guten Weg. Vielen Dank für eure Aufmerksamkeit.« Ein heiteres Lachen schwappte durch den Saal. Die Gäste hielten dieses Intermezzo offenbar für einen Zeehse-typischen skurrilen Spaß. Jaspal presste die Lippen aufeinander und nickte in Zeehses Richtung.

Just in dem Augenblick, in dem Jaspal sich dazu entschieden hatte, die Sache auf sich beruhen zu lassen, erregte ein lautes, stählernes Quietschen seine Aufmerksamkeit. Es kam von der Mitte der Decke. Er blickte nach oben und schrie, so laut, wie es die Stimmbänder erlaubten: »Achtung! Vorsicht! Alle raus aus der Mitte! Der Kronleuchter kommt runter!« Die Gäste stoben aus dem Saal wie eine Schar von Großstadt-Tauben unter Schrotflintenbeschuss. Nur wenige Neugierige blieben zurück, um dem Spektakel beizuwohnen. Krachend löste sich eine der drei Ketten, mit denen der überdimensionierte Kronleuchter an der Decke befestigt war. Die Verbliebenen hatten einen Kreis um den Kronleuchter gebildet. Aus sicherer Entfernung beobachteten sie, wie das Beleuchtungsungetüm, nur noch an zwei Ketten hängend, hin und her schaukelte, bis auch die restlichen Halterungen den Geist aufgaben. Mit einem ohrenbetäubenden Krachen landete der Kronleuchter auf dem Marmorfußboden und zerbarst in seine kristallenen Einzelteile.

Äußerliche Verletzungen trug keiner der Gäste davon: Doch die Party war beendet. Zeehse erklomm erneut das Podium, räusperte sich und begann zu sprechen. Die letzten Gäste ergriffen die Flucht. Auch Jaspal beschloss, für heute genug gesehen zu haben. Er verließ den Saal und überlegte, ob er gerade Zeuge eines Unfalls, einer Performance oder eines Anschlagsversuchs geworden war. Er drehte sich ein letztes Mal um. Raimond Richter und Engelbert Hollmann standen in einer Ecke des Saales und diskutierten angeregt. Was hatten der Chefparfümeur der Aromafabriken und der umtriebige Spitzenwinzer so engagiert zu besprechen?

Jaspal sank erschöpft in die Polster des Stoffsessels und ließ die letzten anderthalb Tage seit der Rückkehr aus Nizza Revue passieren. Durch das Fenster des Turmzimmers in Zeehses Villa hatte er einen perfekten

Ausblick auf den Rhein. Auf der Bopparder Promenade war es still geworden. Er schaltete das iPhone ein und wischte sich flüchtig durch die E-Mails, die während der Party eingetrudelt waren. Alles geschäftlich. Er stöhnte auf. Inzwischen war es für ihn selbstverständlich, dass sich das elektronische Gezwitscher kein Wochenende mehr gönnte. Claudia hatte geschrieben. Offensichtlich in großer Hektik. Normalerweise machte sie nicht so viele Fehler, sondern kam mit der Korrekturfunktion des iPhones prima zurecht.

»hallo Jaspal, etwas Schreck ist passirt. Sie haben Estellege funden. Tot. Im Wald bei Dünnwald. Schrepcklich – Ruf bitte an.«

Sie hatte es schon mehrmals telefonisch probiert. Das war Jaspal in all dem Trubel durchgegangen. Er drückte auf

›Claudia‹, doch die einzige Stimme, die ihm antwortete, war die Mailbox.

3.   Pheromone

Bäumler hasste frühes Aufstehen. Besonders montags. Wenn ihn außerdem eine Befragungsserie ab halb neun erwartete, gehörte er zu den am wenigsten genießbaren Zeitgenossen auf diesem Planeten. Der Kommissar quälte sich aus dem gelben Sportwagen heraus. Sein Magen brannte von den vier Tassen Kaffee, aus denen sein Frühstück bestanden hatte. Das verstärkte noch seinen Frust über den FC, der sein Heimspiel am Samstag so leichtfertig vergeigt hatte, während er sich mit der Ermittlung im Dünnwalder Forst herumschlagen musste.

Er stieg die Treppe zu seinem Büro im dritten Stock hinauf. Diese Bewegungseinheit gehörte zu seinen eisernen Prinzipien, egal, was der Magen dazu sagte. Von den Studenten fehlte bislang jede Spur. Na ja, eine halbe Stunde hatten sie ja auch noch. Er fuhr den Computer hoch, überflog die E-Mails. Kazmierski hatte ihm den Link zur Geocaching-Seite wie besprochen geschickt. Bäumlers spezieller Freund, der Rechtsmediziner, hatte noch nichts von sich hören lassen und die Vermisstenakte der Französin war auf dem Weg.

Ursula, seine Assistentin, Mittfünfzigerin wie er und heute auch genauso mürrisch, öffnete die Tür und reichte ihm mit einem knappen »Morgen« die Akte herein. Estelle Nicolier war zu Lebzeiten sehr ansehnlich gewesen. Selbstbewusst und gut gelaunt schaute sie ihn aus hellblauen Augen vom Aktendeckblatt her an. Nur dreißig Jahre kurz hatte sie ihr Leben gelebt, bevor sie ermordet, in den Müllsack gesteckt und im Naturschutzgebiet entsorgt worden war. Und jetzt lag sie entweder auf dem Seziertisch oder in einer der stählernen Schubladen der Rechtsmedizin.

Das Kölner Hyatt-Hotel hatte sich, laut Akte, letzten Samstag sofort gemeldet, nachdem Frau Nicolier nicht ausgecheckt und man Gepäck und Laptop im Zimmer vorgefunden hatte. Die französischen Kollegen in Grasse waren unverzüglich verständigt worden. Von dort kam dann am Mittwoch die Vermisstenanzeige. Die Kölner Kollegen hatten exzellente Arbeit geleistet und ausführliche Gespräche mit den Managern der Rheinischen Aroma Fabriken geführt. Die hatten am Freitagabend noch in der Kölner Innenstadt mit der Französin diniert. Danach verlor sich ihre Spur. Keiner der Hotelangestellten hatte bemerkt, wie sie das Haus verlassen hatte. Weder auf Madame Nicoliers Firmenlaptop noch im Hotelzimmer, hatte man Sachdienliches gefunden. Bäumler schmiss die Akte auf den Schreibtisch. Er beobachtete sie dabei, wie sie ein Stück weit über die in hellem Holzimitat gehaltene Oberfläche glitt, bevor sie knapp vor dem Tischrand zum Liegen kam.

Sein Magen rumorte wieder und meldete sich mit einem stechenden Schmerz zurück. Er stand auf, warf die Stirn in Falten, ging ans Fenster und betrachtete die Autos, die auf dem Walter-Pauli-Ring vorbeifuhren. Er musste bei den Rheinischen Aroma Fabriken ansetzen. Schließlich gab es ja auch noch den USB-Stick mit der seltsamen Erpressung. Um eine Dienstreise in die Provence würde er auch nicht herumkommen. Okay, es gab Schlimmeres. Aber erst einmal ging es darum, die Geocacher zu grillen, insbesondere diesen Kazmierski.

Ursula klopfte, diesmal mit Celine Gereon im Schlepptau.

»Okay, Ursula, bitte erst Frau Jereon, dann Herr Bohn, Herr von Träuble un zom Avschluss Herr Kazmierski«, gab Bäumler die Tagesordnung vor.

»Frau Jereon, bitte setzten Se sich, möchten Se Kaffee, Tee oder Wasser?« Celine verneinte wortlos. Ihre Augen lagen tief in grauen Höhlen, waren rot geädert und hoben sich von dem blassen Gesicht ab. Sie wirkte übernächtigt. Ihre Hände zitterten, während sie den schwarz-weiß gemusterten Haarreif nach hinten schob.

»Bitte wiederholen Sie nochmals die Schilderung der Ereignisse vom Samstag. Ich zeichne Ihre Aussage auf.«

Celine begann, erst stockend, dann immer flüssiger. Beim Gottesschild angekommen, unterbrach sie der Kommissar.

»Was, glauben Sie, sollte dieses Schild?«

»Keine Ahnung. Ich hab mich einfach nur erschrocken. Mein Bruder ...«

»Ja? Was ist mit Ihrem Bruder?«

»Ach, nichts weiter.«

»Frau Gereon. Bitte erzählen Sie, was Ihnen durch den Kopf geht. Alle Einzelheiten können für die Ermittlung wichtig sein.«

»Ach wissen Sie ... Das Schild hat mich an meinen Bruder erinnert ...«

Stille füllte das Büro. Celine blickte an Bäumler vorbei. Der Kommissar wartete einen Moment, bevor er den Gesprächsfaden wieder aufnahm. »Wie Sie meinen, Frau

Gereon. Bitte fahren Sie fort.«

»Also, ich habe mich furchtbar erschrocken. Das war ja wohl auch der Sinn des Ganzen. Ich glaube, der Erfinder dieser Tour hat das Schild aufgestellt. Als Joke.«

Bäumler notierte, dass die KTU sich das Gottesschild noch einmal gründlich vornehmen sollte. »Bitte erzählen Sie weiter.«

Der Kommissar unterbrach Celine nur noch, um ein paar Verständnisfragen zu stellen. Dann war er bereit, die Befragung zu beenden. Doch Celine machte keine Anstalten zu gehen. Sie rückte ihren Haarreif erneut zurecht und begann zögerlich. »Herr Bäumler, es fällt mir nicht leicht, aber ich glaube, ich muss Ihnen noch etwas sagen.«

Bäumler sperrte die Ohren auf, wie ein zur Flucht bereites Kaninchen. Gleichzeitig versuchte er, eher verständnisvoll als neugierig zu schauen. »Aber bitte. Darum unterhalten wir uns schließlich.«

»Sie wissen ja, dass ich mit Joshua Kazmierski in einer WG wohne. Gestern Abend hat er telefoniert. Zufällig habe ich mitbekommen, was er sagte. Es sei eine saublöde Idee gewesen, die Geocaching-Tour zu machen. Er habe ja nur ein bisschen angeben wollen, mit dem Gottesschild und so.«

»Mit dem Gottesschild und so? Hat er genau diese Worte benutzt?«

»Ja, exakt diesen Wortfetzen habe ich gehört.«

»Haben Sie ihn zur Rede gestellt?«

»Klar, habe ich. Aber er ist nicht drauf eingegangen. Er hat sich nur darüber aufgeregt, dass ich seine Telefonate belauschen würde. Es fällt mir schwer, ihn belasten zu müssen. Aber mir ist es halt so wichtig, Ihnen die Wahrheit zu sagen.«

»Danke Frau Gereon, das war absolut richtig von Ihnen. Jetzt haben Sie es ja auch geschafft.«

Bäumler erhob sich, umrundete den Schreibtisch und klopfte Celine auf die Schultern, zog die Hand aber schnell wieder zurück. Celine verließ wortlos und zittrig das Büro des Kommissars, der als nächsten Sven Bohn zur Befragung bat.

Während der Biologiestudent seine Aussage vom Samstag wiederholte, fiel Bäumlers Blick auf die Vermisstenakte. Er zog die Augenbrauen hoch. »Sie arbeiten doch als Teilzeitsommelier im Restaurant Saga?«

»Ja, so finanziere ich mein Studium, meine zwei Töchter, die Katzen und die Hunde. Ist halt mein bisheriger Beruf.« Sven schob beide Ärmel des Pullovers nach oben, sodass Bäumler die tätowierten Namen sehen konnte. Je einen pro Arm.

Waren das nun die Namen der Töchter, Katzen oder Hunde? Er ließ sich nicht ablenken und setzte nach. »Schon klar. Das ist auch gar nicht mein Punkt. Können Sie sich daran erinnern, ob Sie vorletzten Freitagabend Dienst hatten?«

»Weiß ich nicht genau. Ist aber wahrscheinlich. Freitag jobbe ich meistens. Warten Sie mal, ich schau ins Zweithirn, mein Smartphone. Klar, da war ich im Saga.«

»Prima. Können Sie sich an eine Gruppe von drei Managern und einer Französin erinnern, die an diesem Freitag im Saga gegessen haben?«

»Hm, warten Sie ... freitags ist es immer ziemlich voll.« Bäumler ging zu seinem Schreibtisch, druckte Fotos von Estelle Nicolier, Helmut von Roffhausen, Jaspal Wöhler und Raimond Richter aus. Er zeigte sie Sven und beobachtete die Reaktion.

Sein Gesicht hellte sich auf. »Ja klar, an die vier kann ich mich noch gut erinnern. Die Französin war sehr hübsch. Blond, blauäugig, hellhäutig. Der schwedische Typ. Sie wollte unbedingt bei ihrem Sauvignon Blanc bleiben und ist weder auf meinen Rat noch auf den von diesem Inder eingegangen.« Sven deutete auf das Bild von Jaspal. »Dann trank sie halt glasweise den Sauvignon weiter. Die anderen teilten sich einen halbtrockenen Riesling. Der passt ja auch weit besser zu unserer asiatischen Küche.«

»Ist Ihnen sonst noch irgendetwas aufgefallen? Haben Sie zufällig etwas von den Gesprächen mitbekommen?«

»Der mit der Glatze ist bei uns Stammgast. Der hat an dem Abend bezahlt. Mit Trinkgeld ist der immer knauserig, obwohl er das wohl kaum nötig hat. Das ist doch der Chef der Rheinischen Aroma Fabriken, oder?«

Bäumler nickte.

»Doch, warten Sie – jetzt erinnere ich mich. An dem Abend ist was passiert. Der Inder und die Französin sind ziemlich heftig aneinandergeraten. Der Inder war ganz außer sich und musste von dem Chef der Aromafabriken und dem Affektierten beruhigt werden.«

Bäumler pfiff durch die Zähne. »Haben Sie mitbekommen, worum es bei dem Streit ging?«

»Hmm,... Pheromone, meine ich. Ich glaube, es ging um menschliche Pheromone.«

Bäumler zog die Augenbrauen hoch, stand auf, schüttelte sein Hundeschütteln und blickte wieder aus dem Bürofenster. »Menschliche Pheromone? Sind Sie sicher?«

»Ja, ja. Jetzt erinnere ich mich ganz genau. Die Bedeutung von Pheromonen beim Menschen ist ja sehr umstritten. Vielleicht ging es bei dem Streit darum.«

Bäumler bezweifelte das. Der Besuch bei den Aromafabriken versprach, spannend zu werden. Erst das Erpresservideo als Geocache und jetzt ein Streit zwischen den Managern, am Abend vor dem Verschwinden der Französin. »Danke Herr Bohn, wenn Ihnen sonst nichts mehr einfällt, schicken Sie mir bitte Herrn von Träuble herein.« Die Befragung des wieder sehr arrogant auftretenden Studenten der Zahnmedizin hatte Bäumlers Sodbrennen verstärkt, ohne ihn ansonsten sehr viel weiter zu bringen. »Herr Kazmierski, bitte«, rief Bäumler in den Flur wie eine Arzthelferin in das prall gefüllte Wartezimmer. Der Angesprochene erhob sich hastig.

Joshua versuchte vergeblich, das zerknitterte, orangefarbene Hawaiihemd, das mit weißen Blütenmotiven geschmückt war, glatt zu ziehen. Er nahm am Besprechungstisch gegenüber Bäumler Platz.

Der ging direkt in den Frontalangriff über. »Herr Kazmierski, Frau Gereon berichtete mir, dass sie gestern Abend zufällig eines Ihrer Telefonate belauscht habe.«

Joshuas Gesicht nahm die Farbe der Blütenmotive des Hawaiihemdes an.

»Angeblich sagten Sie, es sei eine saublöde Idee gewesen, die Geocaching-Tour zu machen. Sie hätten ja nur mit dem Gottesschild und so ein bisschen angeben wollen. Haben Sie auch das Video in der Birke deponiert?«

Joshua atmete tief ein und wieder aus und blickte Bäumler angestrengt in die Augen. »Nein, ich habe das

Video nicht in der Birke versteckt. Aber ja, ich war schon mal dort.«

»Sie haben also gelogen, als Sie sagten, Sie wären die Tour noch nie gegangen?«

»Es stimmt, dass ich die Tour zum ersten Mal gegangen bin. Die ist ja auf meinem Mist gewachsen.« Der Student richtete sich auf und beugte sich nach vorne. Sein Körper wirkte gespannt wie eine Stahlfeder.

»Erzählen Sie weiter, Herr Kazmierski, ich lausche andächtig.« Jetzt, wo der Bann gebrochen schien, wollte Bäumler den Ball auch ins Tor schießen.

»Also, wie gesagt, die Tour habe ich mir ausgedacht und ins Netz gestellt. Das Gottesschild fand ich irgendwie cool. Ich wollte Celine ein kleines bisschen foppen. Nicht wirklich ärgern, nur ein bisschen foppen. Ich hätte Ihnen das gleich sagen sollen, aber das war mir am Samstag vor den anderen zu peinlich.«

»Also gut. Wenn Sie nicht das Video deponiert haben, was war denn Ihr ursprünglicher Cache?«

»Na ja, ... der war ganz traditionell. Eine Butterbrotdose, das Logbuch und ein Pinguin. Den mag Celine doch so gerne.« Joshua fixierte angestrengt die hässlichen, weißen Deckenplatten mit Lochmuster und kratzte sich am Hinterkopf.

»Ein Pinguin also. Ging es Ihnen bei der gesamten Tour ausschließlich um Frau Gereon?«

»Irgendwie schon. Sollte aber natürlich auch für andere interessant sein.«

»Und warum haben Sie Frau Gereon dann ganz alleine weitergehen lassen?«

Joshua blickte auf, wie ein ertappter Schuljunge. Er antwortete zögernd. »Na ja, vor den anderen war mir das zu peinlich, als sie sich absetzen wollte. Da konnte ich schlecht mir ihr allein weitergehen. Die hätten sich doch den Rest des Tages über mich lustig gemacht.«

Bäumler seufzte und verdrehte gerade die Augen, als jemand durch ein zweimaliges, aggressives Klopfen die Bürotür malträtierte. Noch bevor Bäumler »ja, bitte« sagen konnte, stand der Rechtsmediziner mitten im Büro. Er schnüffelte demonstrativ und glotzte zwischen dem Kommissar und dem Studenten hin und her.

»Störe ich bei Kaffee und Konversation? Entschuldigung, Bäumler, Sie sind doch bestimmt an meinen Ergebnissen interessiert. Ich war gerade in der Gegend und da dachte ich, schau doch mal beim Kriminalhauptkommissar Bäumler vorbei.«

Dem passte diese plötzliche Unterbrechung gar nicht, doch was blieb ihm anderes übrig, als Joshua kurz vor die Tür zu komplimentieren. »Schießen Sie los, was haben Sie?«

»Tod durch Kopfverletzung an einer harten Kante, nachdem die gute Frau vorher mit einem Gegenstand auf den Kopf geschlagen wurde. Könnte eine Blumenvase, eine Flasche oder Ähnliches gewesen sein. Sonstige Spuren des Täters habe ich nicht gefunden. Er hat sie ausgezogen und erst mal schön gebadet, bevor er sie in den Müllsack gesteckt und dann im Naturschutzgebiet nochmals baden geschickt hat. Haben Sie mal einen Kaffee für mich?«

Bäumler stutze, füllte dann aber einen ›Polizei NRW‹- Kaffeepott auf und ermunterte den Mediziner zur Fortsetzung des Berichtes.

»Der Fundort war definitiv nicht der Tatort. Todeszeitpunkt in der Nacht von Freitag auf Samstag. Ich denke zwischen zwölf und zwei. Sie hatte einen gut gefüllten Magen. Asiatisch. Und Alkohol im Blut, etwa

0,5 Promille. Weißwein. Rebsorte kann ich Ihnen leider nicht sagen.«

»Spuren sexueller Gewalt?«

»Nein, überhaupt keine. Alles, was ich feststellen konnte, habe ich Ihnen vorgetragen.«

»Danke. Nett, dass Sie sich persönlich bemüht haben.« Bäumlers Lächeln gelang nur gequält. Er öffnete dem Mediziner die Tür und bat Joshua wieder herein. »So, Sie haben die Tour also geplant, um Ihre Freundin zu beeindrucken. Der Cache war eine mit einem Pinguin gefüllte Butterdose und die hat der große Unbekannte entwendet und durch das Video ersetzt. Habe ich das korrekt zusammengefasst?«

»Im Großen und Ganzen ja. Es kommt mir zwar so vor, als würde jedes meiner Worte gegen mich verwendet werden, aber genauso arbeitet wahrscheinlich die deutsche Exekutive.«

»Gemach, gemach, Herr Kazmierski. Das haben Sie sich selbst zuzuschreiben. Ich musste Ihnen ja jedes Wort aus der Nase ziehen, bevor ich es gegen Sie verwenden kann. Welche Farbe hatte denn die Butterdose?«

»Die Butterdose? Ähh, grün.«

»Genauso wie der Cache, den wir gefunden haben? So ein Zufall. Wann haben Sie denn den Cache deponiert?«

»Am letzten Samstag vor unserem Geocaching-Samstag.«

»Nach unseren Erkenntnissen wurde die Leiche genau in diesem Zeitraum im Teich deponiert.« Bäumler kniff die Augen zusammen und beobachtete Joshua aufmerksam. Er nahm einen Schluck Kaffee, was er gleich wieder bereute, als es im Magen fürchterlich zu brennen anfing.

Joshua durchbrach die Stille. »Warum schauen Sie mich so an? Sie glauben doch nicht, dass ich mit der Leiche etwas zu tun habe? Warum um Himmels willen sollte ich eine Geocaching-Tour planen, deren Ziel die Leiche ist, die ich selbst versenkt habe?«

»Vielleicht hat Sie die Vorstellung aufgegeilt, dass Ihre kleine Freundin, ohne es zu ahnen, beim Entdecken des Geocaches von einer Frauenleiche beobachtet wurde? Sie konnten ja nicht wissen, dass der Müllsack plötzlich wieder aus dem Wasser auftaucht.«

»Das, das sind ja Guantanamo-Verhörmethoden. Sie sind doch krank!«

»Ihre Idee mit dem Gottesschild war schließlich auch krank.«

»Das war doch nur ein Schild. Und nur ein Wort.« Joshua schüttelte den Kopf, sackte in sich zusammen. »Scheiße, Scheiße, Scheiße! Was habe ich mir wieder für eine Scheiße eingebrockt!« Er schien den Tränen nahe.

»Herr Kazmierski, wir werden Sie jetzt erkennungsdienstlich behandeln. Fotos, Fingerabdrücke, usw. Ich gebe erst Ruhe, wenn ich die ganze Wahrheit aus Ihnen herausgequetscht habe. Und wehe Ihnen, wenn wir Ihre Fingerabdrücke auf dem Geocache finden. Wie ein Terrier werde ich mich an Ihnen festbeißen. Ich rate Ihnen zur Kooperation, sonst kann ich sehr ungemütlich werden.«

Ursula öffnete vorsichtig die Bürotür. »Ich habe die Termine bei den Aromafabriken ausgemacht. Um vierzehn Uhr beim Vorstandsvorsitzenden, um fünfzehn Uhr bei Dr. Wöhler. Sie sollen bitte pünktlich sein. Raimond Richter, der Parfümeur hat leider keine Zeit für Sie. Der ist gerade in Frankreich und bekommt dort einen Orden verliehen«, sagte sie im Flüsterton.

»Einen Orden? Danke Ursula. Nehmen Sie den Herrn bitte zwecks erkennungsdienstlicher Behandlung mit.«

Bäumler zwängte sich in den Porsche und legte einen blitzsauberen Start hin. Keine fünf Minuten später stand er vor dem Werkstor der Rheinischen Aroma Fabriken in Köln-Mülheim.

Der Pförtner musterte seine Erscheinung demonstrativ, studierte den Dienstausweis und quittierte das Anliegen des Kommissars mit einem: »Soso, Sie haben also einen Termin bei Herrn von Roffhausen. Ich frage mal nach.«

Wenig später chauffierte man Bäumler zum Hauptgebäude, das im Gegensatz zum Rest des Werkes nicht rot geklinkert, sondern als moderne Glas- und Stahlkonstruktion ausgeführt war. Im obersten Stockwerk des fünfgeschossigen Hauses residierte der Vorstand. Bäumlers Schuhe klackten auf dem dunklen Holzparkett. Ein Geräusch, das von den rohen Betonwänden noch verstärkt wurde. Der Kommissar fühlte sich deplatziert. Die bebilderten Wände zelebrierten die Erfolgsgeschichte der Rheinischen Aroma Fabriken von ihren Kölner Anfängen im Jahre 1875 bis zum heutigen, globalen Konzern.

Zwei adrette Sekretärinnen in dunkelblauen Businesskostümen bewachten das Büro des Chefs. Man bedeutete Bäumler, sich noch ein paar Minuten zu gedulden und solange auf einem der schwarzen Designer-Sofas Platz zu nehmen, die um einen gläsernen Couchtisch gruppiert waren. Nachdem er, des Magens wegen, einen Latte Macchiato bestellt hatte, schlug Bäumler die Beine übereinander. Er betrachtete das impressionistische Ölgemälde. Es zeigte Reiter am Strand. Er versuchte, die Puzzlestücke dieses verworrenen Falles zusammenzusetzen. Derzeit keine Chance. Aber er stand ja auch noch ganz am Anfang der Ermittlungen.

»... Ja, Herr von Roffhausen, vielen Dank auch Ihnen und bitte denken Sie über unser Angebot in Ruhe nach. Customization ist unser Unique Selling Point. Bei uns bleibt der Kunde immer im Drivers Seat sitzen.«

Bäumler verstand kein Wort. Er beobachtete, wie sich drei geklonte Anzugträger in weißen Hemden mit blauen Krawatten von dem Vorstandsvorsitzenden verabschiedeten.

»Ihr nächster Termin, Hauptkommissar Bäumler von der Kölner Kriminalpolizei«, verkündete die eine der beiden kostümierten Sekretärinnen. Sie glitt vom Stuhl herunter und ließ dabei den Ansatz ihrer Strumpfhose erkennen.

»Einen Moment noch, ich sage gleich Bescheid«, murmelte von Roffhausen und verschwand so schnell, wie er gekommen war wieder im Büro.

Bäumler sank in den Sessel zurück und verließ diese Haltung erst wieder, als er definitiv an die Reihe kam. Die Kostümierte öffnete ihm die Tür. Von Roffhausens Büro hatte solch ungeahnte Ausmaße, dass Bäumler der Atem stockte. Bodentiefe Fenster gaben zur linken Seite den Blick auf den Mülheimer Hafen frei. Inmitten des Raumes, quer zur Fensterfront, stand ein ultramoderner Schreibtisch aus Glas und Stahl. Darauf ein Strauß frischer Tulpen, dahinter an der Wand ein abstraktes Ölgemälde in zurückhaltenden Farben. Eine stattliche, beleuchtete Glasvitrine enthielt die Erinnerungsstücke eines erfolgreichen Industriekapitäns. Vorne links lud wieder eine Gruppe tiefer Ledersessel zum bequemen Versinken ein. Doch, wo war von Roffhausen? Ratlos schaute Bäumler sich um.

»Herr Kommissar, bitte treten Sie näher. Ich hoffe, es stört Sie nicht, dass ich ein wenig trainiere. Ich komm sonst heute nicht mehr dazu. Aber seien Sie versichert, ich laufe Ihren Fragen nicht davon.« Von Roffhausen schüttelte sich vor Lachen ob seines Wortwitzes. Er trug jetzt hellgrün fluoreszierende Nike-Turnschuhe, ein körperbetontes, schwarzes T-Shirt und ein weißes Stirnband. Er war wohl noch in der Aufwärmphase, das Laufband glitt gemütlich unter seinen Füßen hinweg.

»Herr von Roffhausen, ich ermittle in Sachen der Tötung von Frau Estelle Nicolier, Parfümeurin bei der Usine Saveur Francaise in Grasse. Sie haben den Freitagabend vor zwei Wochen zusammen mit ihr, Herrn Raimond Richter und Herrn Dr. Wöhler im Restaurant Saga verbracht. Am nächsten Morgen wurde das Verschwinden von Frau Nicolier aus dem Hyatt-Hotel gemeldet. Es fehlte jegliche Spur, bis sie letzten Samstag tot aufgefunden wurde. Wann haben Sie Frau Nicolier zuletzt gesehen?«

»Bei der Verabschiedung, nach dem Abendessen. Das war so, ... ich denke gegen zehn. Sie wollte zurück ins Hotel, schien müde zu sein.«

»Was haben Sie selbst nach dem Essen gemacht?«

»Ich bin direkt nach Hause, nach Düsseldorf. Alleine, keine Zeugen. Mein Sohn kam erst später zurück, da war ich schon im Tiefschlaf.«

»Was war der Anlass des Treffens mit Frau Nicolier? Sie arbeitete doch für die Konkurrenz, oder?«

»Stimmt, die USF ist unser härtester Wettbewerber. Wir schenken uns wenig. Aber Frau Nicolier ist, ... entschuldigen Sie war, unserem Hause verbunden. Vor ein paar Jahren hat sie ein Praktikum bei Dr. Wöhler absolviert. In letzter Zeit avancierte sie zu einem diplomatischen Bindeglied zwischen unseren Firmen. Immer dann gut, wenn man trotz aller Kompetition nach Synergien suchte.«

»Verstehe. Und nach welchen Synergien haben Sie gesucht? Das Abendessen war doch wohl keine reine Freundlichkeit, oder?«

»Sie unterschätzen die Wichtigkeit des Networkings, Herr Bäumler. Das war ein stinknormaler Routinebesuch, den Frau Nicolier initiiert hatte.«

»Gab es Streit?«

»Nicht, dass ich mich erinnern würde.«

Von Roffhausen drückte auf einen Knopf. Das Laufband beschleunigte sich.

»Wir haben eine Zeugenaussage vorliegen, dass ein Streit stattgefunden hat«, sagte Bäumler mit lauter Stimme, um das Schnurren des Laufbandes und das Trampeln des Firmenbosses zu übertönen.

Von Roffhausen zog die Augenbrauen hoch. »Von Streit kann nicht die Rede sein, Herr Hauptkommissar. Ihre Zeugen meinen vermutlich die engagierte Diskussion zwischen Frau Nicolier und Herrn Dr. Wöhler. Aber das war kein Streit, wo denken Sie denn hin!« Aus von Roffhausens kahlem Schädel quollen dicke Schweißtropfen hervor, die sich zu Rinnsalen vereinigten, um dann den Weg hinunter in das flauschige Stirnband zu finden, wo sie versickerten. Er atmete schwerer. Seine Gesichtsfarbe wechselte von blass zu rosa.

»Worum ging es in der Kontroverse?«, hakte Bäumler nach.

»Ach, kaum der Rede wert. Nur irgendein wissenschaftlicher Disput über Innovationen in der Aromaindustrie.« Bäumler fühlte sich wie ein winziges Männchen, das mit einem Hämmerchen versuchte, einem gewaltigen Eisklumpen zu Leibe zu rücken. Und auch wenn der Klumpen zu schwitzen anfing, von Schmelze oder gar vom Abbröckeln größerer Stücke konnte keine Rede sein. Warum hatte er sich nur auf dieses Spielchen mit dem Laufband eingelassen? Warum hatte er den abgezockten Firmenboss nicht einfach ins Präsidium bestellt? Aber dann wäre der bestimmt mit einer Armada von Anwälten aufgekreuzt.

Bäumler musste jetzt stark bleiben. Eine Alternative hatte er nicht.

Von Roffhausens Handy spielte die Melodie von ›La Paloma‹. Er kramte es hastig aus der Tasche der Jogginghose und blickte auf das Display. »Roffhausen hier. Herr Hollmann, ich grüße Sie. Ja, kurz, ich bin gerade in einer Besprechung.« Seine Stimme wurde leiser. »Nein, ganz schlechter Zeitpunkt. Hmm, ich spreche mit Richter.« Seine Stimme wurde wieder lauter. »Ja, wie immer. Drei Kisten weiß und vier Kisten rot. Danke, ich melde mich. Tschüss auch ... Entschuldigen Sie, Herr Bäumler, das war mein Lieblingswinzer. Ich muss mal wieder für Nachschub sorgen.«

Bäumler glaubte ihm kein Wort. Das brachte das Fass zum Überlaufen. Die Adern an seinen Schläfen schwollen an. Er musste sich anstrengen, nicht zu schreien. »Herr Roffhausen, es reicht! Sie steigen jetzt sofort von Ihrem Laufband runter. Und dann sprechen wir wie zwei erwachsene Menschen miteinander!«

»Contenance, Contenance, Herr Bäumler. Das ist doch überhaupt kein Problem.« Der Vorstandvorsitzende schaltete das Band aus, trocknete das Gesicht mit einem überdimensionierten Frotteehandtuch und schaute auf die Rado-Uhr an seinem Handgelenk. »Ein paar Minuten haben wir noch bis zum nächsten Termin.« Die beiden ließen sich in die schwarzen Ledersessel fallen und schauten einander in die Augen.

»Herr von Roffhausen, ist es bei dem Streit zwischen Dr. Wöhler und Frau Nicolier zufälligerweise um Pheromone gegangen?«

»Pheromone? Keine Ahnung. Wenn die Wissenschaftler fachsimpeln, schalte ich meist auf Durchzug. Fragen Sie doch bitte den Kollegen, Sie haben doch gleich einen Termin bei ihm.«

Von Roffhausen war anscheinend gut informiert. Aber konnte er sich an den Inhalt des Gespräches, bei dem es nach Sven Bohns Aussage so hoch hergegangen war, wirklich nicht erinnern? Bäumler wechselte das Thema.

»Sind die Rheinischen Aroma Fabriken in letzter Zeit bedroht oder erpresst worden?«

Von Roffhausen lehnte sich zurück und blickte Bäumler mit großen Augen an. Er schüttelte vehement den Kopf und schien ehrlich erstaunt. »Nein, definitiv nicht. Wie kommen Sie denn darauf? Es gibt verschiedene Organisationen, die uns routinemäßig angreifen, meist aus lebensmittel- oder duftnostalgischer Richtung. Oder wegen angeblich miserabler Arbeitsbedingungen in einem unserer ausländischen Werke. Aber in letzter Zeit ist es ruhig gewesen.«

»Sie haben in den letzten Wochen kein Erpresserschreiben oder -video erhalten?«

»Nein, Herr Bäumler, ich weiß nicht, worauf Sie hinauswollen. Gibt es einen Anlass?«

»Sie wissen, dass ich hier die Fragen stelle. Aber okay, letzte Frage: Wie geht es Ihrem Unternehmen wirtschaftlich? Ich habe gelesen, dass Sie in Schwierigkeiten stecken.«

»Ich weiß nicht, wo Sie das gelesen haben. Es wird ja so viel geschrieben. Wir sind die globale Nummer vier als Anbieter von Duft-, Geschmacks- und Wirkstoffen für Kosmetika. Wir haben letztes Jahr einen Umsatz von zwei Milliarden Euro erzielt, sind in mehr als fünfunddreißig Ländern vertreten und beschäftigten zum 31. Dezember weltweit annähernd sechstausend Mitarbeiter. Unsere Geschäfte sind vom globalen Konsumverhalten abhängig und insbesondere im Bereich der Duftstoffe zyklisch. Aber wir stehen gut im Saft und sind bezüglich des Halbjahresergebnisses absolut im Plan.«

Bäumler merkte, dass er von Roffhausen auf wirtschaftlichem Gebiet kaum in die Enge würde treiben können. Wie ein Fels in der Brandung saß er vor ihm und würde die Antworten abspulen wie ein gut geölter Kassettenrekorder. Einen letzten Versuch erlaubte der Kommissar sich noch. »Trifft es nicht zu, dass Sie derzeit Umstrukturierungen, Personalanpassungen und Kostensenkungen planen? Hatten Sie nicht gerade vor mir einen Termin mit Unternehmensberatern?«

Von Roffhausen grinste überheblich. »Aber Herr Bäumler, das ist doch unsere tägliche Vorstandsarbeit. Wir überprüfen das Portfolio, nehmen wenn nötig Anpassungen vor und lassen uns extern beraten, um nicht betriebsblind zu werden. Das heißt doch noch lange nicht, dass wir in Schwierigkeiten stecken!« Von Roffhausen schüttelte sich vor Lachen, klopfte sich auf die Schenkel und hätte Bäumler wohl gerne väterlich getätschelt, um die Absurdität der Vorstellung zu untermauern, dass seine Firma in Schwierigkeiten sei. Bäumler bedankte sich für das Gespräch und verließ das riesige Büro. Eine der Assistentinnen gab ihm zu verstehen, dass Herr Dr. Wöhler unpässlich sei und deshalb für den Rest des Tages vom Homeoffice aus arbeiten werde. Dort empfange er auch gern Herrn Bäumler. Rheinauhafen, Kranhaus Nord, siebzehnter Stock. Die Adresse kannte der Kölner Kommissar selbstverständlich, auch wenn er noch keinen Fuß in eines der exklusiven Häuser gesetzt hatte.

Jaspal war froh über seine Entscheidung, sich für den Rest des Tages abgesetzt zu haben. Das machte er viel zu selten, sein Pflichtbewusstsein war einfach zu dominant. Er klappte den Laptop auf, schaltete ihn ein und betrachtete die aktuellen E-Mails. In unerbittlicher Sturheit ratterten sie wie Schnellzüge über den Bildschirm. Er nippte am Cappuccino und freute sich, dass es ihm gelang, Zucker, festen Schaum und Kaffee gleichzeitig zu erwischen. Er hatte gehofft, dass Claudia zu Hause wäre. Keine Spur von ihr. Ihr Handy blieb stumm.

Was war bloß aus ihnen geworden? Seitdem Claudia den Job geschmissen und begonnen hatte, sich auf Sport, Charity und Einkaufen zu verlegen, entfernten sie sich beide voneinander wie zwei Kometen, die auf entgegengesetzte Sonnensysteme zurasten. Geld hatten sie genug, es war im Grunde egal, ob Claudia arbeitete oder nicht. Aber nicht egal war es Jaspal, wie es mit ihnen beiden weiterginge.

Er betrachtete den Kölner Dom, den er vom Sofa aus sehen konnte. Es war eine verrückte Entscheidung gewesen, sich eines der Filetstücke der Kölner Kranhäuser zu leisten. Verrückt und sündhaft teuer. Domblick statt Rheinblick, das war sein Vorschlag gewesen. Anfangs genoss er die elegant puristische Atmosphäre des luxuriösen Penthouses. Dunkles Holzparkett belegt mit flauschigen, beigefarbenen Teppichen, cremefarbene Wände und dunkelbraune Ledersessel. Eine futuristische Küche, in der man das Frühstück auf Barhockern einnahm. Begehbare Kleiderschränke, die unsichtbar in den Wänden verschwanden. Zur Belohnung die anerkennenden und neidischen Blicke der Dinnergäste. Jaspal hatte all dies inzwischen gründlich satt. Er fühlte sich in dieser Kunstwelt wie ein Fremder in seinen eigenen vier Wänden. Er fror und weder das frühlingshafte Wetter noch der schaumige Cappuccino konnten daran etwas ändern. Plötzlich kam ihm Zeehses Angebot verlockend vor. Er hatte viel erreicht, hatte als Wissenschaftler Erfolge gefeiert, war innerhalb der Rheinischen Aroma Fabriken kontinuierlich aufgestiegen und hatte schließlich sogar den Sprung in den Vorstand geschafft. Die Pheromonforschung war zu seinem Steckenpferd geworden. Versuchsreihe um Versuchsreihe hatte er mit seinem Forscherteam gefahren. Immer auf der Suche nach dem Superpheromon, das den Parfüms der Rheinischen erst den richtigen Kick geben würde. Und schließlich war er fündig geworden. Es war die Entdeckung seines Lebens.

Und doch – jetzt, wo seine Erfindung kurz vor der Markteinführung stand und er realistische Chancen sah, den glücklosen Roffhausen abzulösen – da überkamen ihn plötzliche Selbstzweifel. Hatte er sich verfangen in einem Netz der Manipulation? In einer Kunstwelt, beruflich, wie privat, die jeglichen Bezug zur Realität verloren hatte? War es der nagende Selbstzweifel gewesen, der seine Wut auf Estelle noch gesteigert hatte, als sie von ihrer Erfindung berichtete? Sie konnte die Formel nur gestohlen haben. Und jetzt war sie tot.

Aussteigen und Winzer am Mittelrhein werden, gemeinsam mit Paul Zeehse, dem abgedrehten Maler?

War das eine ernsthafte Alternative für einen erwachsenen Mann? Oder nur der übliche Spießertraum? Jaspal kniff sich in den Arm, bis es richtig wehtat, wie um sich seiner selbst zu vergewissern. Es war bislang nicht seine Art gewesen, davonzulaufen. Er würde wieder Ordnung in den ganzen Schlamassel bringen, er würde um Claudia, sein Superpheromon und sein Patent kämpfen. Er würde weitermachen, so wie immer.

Das Telefon klingelte, der Pförtner vom Eingang des Kranhauses meldete den Kommissar. Jaspal blickte auf das unter ihm liegende Köln, atmete tief durch und sammelte sich für das Fragengewitter, das er jetzt erwartete.

Der Kommissar schien einem abgeschmackten Film entsprungen. Die halblangen, angegrauten Haare trug er fettig. Dazu ein kariertes Jackett mit zu kurzen Ärmeln, ein hellgelbes Hemd, eine Jeans und braune Wildlederschuhe. Er stank entsetzlich nach einem Gemisch aus Kaffee, Aftershave und Alkohol.

»Bitte setzen Sie sich. Vielen Dank, dass Sie sich zu mir bemüht haben. Was kann ich für Sie tun?« Jaspal bemühte sich, eine positive Atmosphäre zu erzeugen.

»Herr Dr. Wöhler, Sie kannten Estelle Nicolier und Sie gehören zu denjenigen, die Sie zuletzt lebend gesehen haben, richtig?«

Der kuriose Kommissar kam direkt zum Punkt. »Wir haben gemeinsam mit den Herren von Roffhausen und Richter im Saga gegessen, das ist korrekt. Danach habe ich sie nicht mehr gesehen.«

»Sie hatten einen Streit mit Frau Nicolier. Worum ging es?«

»Streit? ... Ach so, Sie meinen unsere Pheromondiskussion? Es stimmt, dass ich mich sehr über Frau Nicolier geärgert habe. Und das habe ich auch deutlich zum

Ausdruck gebracht. So charmant und intelligent sie auch war, so sehr schoss sie oft mit ihrem Ehrgeiz übers Ziel hinaus. Da musste man sie ganz einfach bremsen. Und vor ihr auf der Hut sein.«

»Bremsen? Auf der Hut sein? Bitte sprechen Sie nicht in Rätseln. Worum ging es bei der Pheromondiskussion?« Jaspal kniff die Augen zusammen, seine Gesichtszüge verhärteten sich. Sekundenschnell setzte er wieder ein verbindliches Lächeln auf. »Estelle deutete an, bei der Usine Saveur Francaise gemeinsam mit ihrem Chef, dem Forschungsleiter, eine wegweisende Erfindung gemacht zu haben. Ein humanes Superpheromon. Sie sprach vom Heiligen Gral der Duftforschung, den die USF gefunden hätte. Und sie wollte vorfühlen, ob es auf diesem Gebiet Kooperationsmöglichkeiten zwischen unseren beiden Firmen gäbe. Wissen Sie, Herr Bäumler, ich bin kein Mensch, der sich besonders schnell aufregt. Ich habe mich emotional sehr gut unter Kontrolle. Aber an Estelles Geschichte war etwas faul, das habe ich sofort gemerkt. Wir haben dieses Superpheromon in unserem Hause in jahrelanger Forschungsarbeit mit einem Team hervorragender Spezialisten entwickelt. Wir haben eine Menge Geld investiert und stets auf strengste Geheimhaltung geachtet. Es ist ein unscheinbares Molekül, völlig geruch- und geschmacklos, aber extrem potent. Wahnsinnig schwer zu finden, aber leicht nachzuahmen. Genau dafür gibt es ja den Patentschutz.« Er fuhr sich durchs Haar. »Ich glaubte Estelle nicht, dass sie diese bahnbrechende, wissenschaftliche Leistung zustande gebracht hätte. Wenn die USF plötzlich mit einem Superpheromon raus käme, dann könnte es nur von uns geklaut sein ...«

Jaspal unterbrach seinen Redefluss. Die Haustür wurde aufgeschlossen, ein Schlüssel fiel klirrend in eine Schublade. Schuhe klackten auf dem Parkett und Claudia trat barfüßig, in blauem Sommerkleid mit weißen Tupfern, in das Wohnzimmer. Sie blieb stehen und ließ ihre wasserblauen Augen in den Raum leuchten. »Oh, Jaspal, du hier? Damit habe ich gar nicht gerechnet. Was ist los, du hast Besuch?« Ihre riesigen Einkaufstüten, je eine zur Rechten und zur Linken, auf denen die Schriftzüge irgendwelcher Edelmarken prangten, platschten geräuschvoll aufs Parkett. Jaspal stand auf und gab seiner Angetrauten einen Begrüßungskuss. Bäumler erhob sich ebenfalls, sein fleckiges Notizbuch zuklappend.

»Es ging mir nicht gut, deshalb mach ich heute Homeoffice. Das ist Hauptkommissar Bäumler. Er ermittelt wegen des Todes von Estelle Nicolier.«

»Ach Gott. Ja, das ist aber auch eine fürchterliche Geschichte. Dann lasst euch nicht stören, ich mach mich mal frisch.« Sprach es und verschwand in den Tiefen des Penthouses, während die Boutique-Tüten unbeachtet im Türrahmen liegen blieben. Irritiert fixierten die beiden Herren die papiernen Statussymbole der Damenwelt. Ansatzlos machte Bäumler weiter.» Sie haben also ein Superpheromon gefunden. Und was, bitteschön ist das genau?«

»Eine geruchlose Substanz, die in der Natur nicht vorkommt, sie aber mit ihren eigenen Waffen überlistet. Indem sie besser als alle natürlichen Substanzen in die Rezeptoren des Vomeronasalen Organs von Mann und Frau passt.«

»Und was passiert, wenn das Superpheromon in dieses Vomerodingsbums kommt?«

»Mit dem Vomeronasalen Organ werden Pheromone wahrgenommen. Einmal dort angekommen entfacht unsere Substanz einen unfassbaren Sturm der sexuellen Anziehung. Ein winziges Tröpfchen und schon sagt es peng! Das ist der Heilige Gral der Aromaforschung. Und wir haben ihn entdeckt.« Bäumlers Gesicht hellte sich auf.

»Jetzt verstehe ich. Das ist dann wie ein Parfüm mit K.-o.-Tropfen, oder?« Bäumler machte sich eilig eine Notiz.

»Na ja, so in etwa. Man bleibt allerdings bei vollem Bewusstsein und kann weiterhin eigene Entscheidungen treffen. Man wird nur ein klein wenig beeinflusst.«

Der Kommissar beugte sich vor, stützte das Gesicht in beide Hände und blickte Jaspal an. »Herr Dr. Wöhler, Sie dachten also, dass Frau Nicolier Ihr geistiges Eigentum gestohlen habe. Und darüber kam es im Saga zu einem heftigen Streit?«

»Ich sagte ihr sehr deutlich, dass wir jegliche Patentverletzung konsequent verfolgen würden und dass wir über Kooperationen erst dann sprechen würden, wenn wir wüssten, was genau hier gespielt würde.«

»Konkreter wurde es nicht?«

»Ich bin mir sicher, dass sie mich sehr genau verstanden hat. Dass ich ihr diese Erfindung nicht zutraue. Und dass sie in dieser Sache sehr vorsichtig agieren sollte. Unsere Patentanmeldung wird in ein paar Wochen publiziert. Dann sehen wir ja, was Sache ist. Sprich, ob die USF ein ähnliches Patent angemeldet hat wie wir, oder ob alles nur ein Bluff war.«

»Wann und wie hätte Frau Nicolier denn Ihre Erfindung stehlen können?«

»Als sie ihr Praktikum bei mir gemacht hat. Genau in dieser Zeit hatten wir die wichtigsten Ergebnisse bereits zusammen. Wir haben versucht, möglichst wenige

Leute einzuweihen, aber man weiß ja nie, wer mit wem redet und wer was mitbekommt ...«

»Wie endete der Streit im Saga?«

»Als sie merkte, dass ich sie durchschaut hatte und dass sie mir eine solche Erfindung nicht als ihre eigene verkaufen könnte, wechselte sie ganz schnell das Thema. Den Rest des Abends verbrachten wir mit unverfänglichen Gesprächen über Olfaktorik und Duftkompositionen.«

»Wie haben sich Herr von Roffhausen und Herr Richter bei Ihrem Streit mit Frau Nicolier verhalten?«

Jaspal legte die Stirn in Falten, wischte sich mit der Hand darüber und bearbeitete mit Daumen und Zeigefinger der rechten Hand die Oberlippe, als würde er einen imaginären Schnäuzer streicheln. »Gute Frage, Herr Bäumler. Herr Richter wirkte an dem Tag abwesend, als sei er mit etwas völlig anderem beschäftigt. Er hielt endlose Monologe über die Unerreichbarkeit der Qualität großer roter Bordeaux-Weine, über eine Vergleichsprobe zwischen dem 2009er-Château Petrus und einem amerikanischen Merlot aus dem Bundesstaat Washington. Beide aus der gleichen Rebsorte und von ähnlicher Machart. Er war überzeugt, dass der Faktor fünfunddreißig im Preisunterschied absolut gerechtfertigt sei. Der Petrus kostet dreitausendfünfhundert Dollar. Pro Flasche. Estelle schien er mit seinen Ausführungen zu beeindrucken, sie war ja auch Französin. Und unser Chef? Sehr wortkarg. Als mein Disput mit Frau Nicolier sich zuspitzte, untermauerte er die Position der Rheinischen Aroma Fabriken, dass wir dem leisesten Verdacht des Diebstahls unseres geistigen Eigentums mit aller Konsequenz nachgehen würden.«

»Wann haben Sie Frau Nicolier zuletzt gesehen?«

»Als wir uns nach dem Dinner verabschiedeten. Das muss gegen zehn gewesen sein.«

»Was haben Sie danach gemacht?«

»Ich bin direkt nach Hause. Aber, um Ihre nächste Frage vorwegzunehmen, Zeugen gibt es dafür keine. Meine Frau war an dem Wochenende bei ihrer Freundin in Düsseldorf.«

»Das ist eine miserable Kombination, Herr Dr. Wöhler. Erst ein Streit mit dem Mordopfer, das einmal Ihre Praktikantin war und dann kein Alibi für die Mordnacht. Ganz schlecht, Herr Dr. Wöhler.«

Jaspal musterte Bäumler. Wollte der Kommissar ihn provozieren? Oder war er jetzt tatsächlich im Fadenkreuz der Ermittlungen? Er entschloss sich gerade, auf eine Replik zu verzichten, als die Melodie von ›Mer losse d'r Dom en Kölle‹ erklang. Bäumlers Handy.

»Bäumler, ja bitte? Klar, die Güterzuglinie kenne ich. Jaja richtig, das ist mein Fall. Oh nein, nicht zu fassen! Sind Sie sicher? Ich komme sofort!«

Bäumler knallte das Smartphone auf die Tischplatte, als sei es für die Nachricht verantwortlich. Dann griff er wieder danach. Abrupt stand er auf und schüttelte sich wie ein nasser Hund.

»Sie halten sich bitte zu unserer Verfügung, Herr Dr. Wöhler. Wir kommen auf Sie zurück.«

4.   Der Duft der Provence

Der Erkennungsdienst hatte die Leichenteile in mühevoller Kleinarbeit einsammeln müssen. Der Güterzug hatte sie mehr als einen Kilometer über die Gleise geschleift. Inzwischen war die Tote wieder vollständig. Verpackt in durchsichtige Plastiktüten. Der Lokführer war sich unsicher, ob er eine oder mehrere Personen gesehen hatte, bevor er auf die Bremse trat. Vergeblich hatte er versucht, den stählernen Bandwurm rechtzeitig zum Stehen zu bringen.

Der Maihimmel strahlte noch immer wolkenlos, doch die warme Frühlingssonne beleuchtete eine grausig-kalte Szenerie. Bäumler beugte sich über den blutverschmierten Torso, den er durch die Plastiktüte nur unscharf wahrnehmen konnte.

»Soll ich auspacken?«, fragte der Rechtsmediziner und grinste.

»Nein danke. Das, was ich sehe, reicht mir völlig.«

Der Mediziner hob den Torso an und deutete auf die Gesäßtasche. »Papiere hatte sie dabei, deshalb konnten wir sie so schnell identifizieren.« Er hielt dem Kommissar einen Personalausweis unter die Nase, der ebenfalls in einer durchsichtigen Tüte steckte.

Celine Gereon, las Bäumler. Er deutete auf eine weitere Plastiktüte. »Ihr Kopf?«

Der Rechtsmediziner nickte. Bäumler würgte. Sein Magen rebellierte. Er drehte sich weg und konnte erst im zweiten Anlauf genauer hinschauen. Wenn er den Ausweis nicht gesehen hätte, hätte er Celine nicht erkannt. Nase und Unterkiefer waren gebrochen. Ein

Auge geschlossen, das andere weit geöffnet. Das Gesicht blutverschmiert. Bäumler seufzte und fuhr die Furchen seiner Stirn mit den Fingern nach. Noch eine Tote, unweit der ersten Fundstelle. Musste das sein?

Jaspal beugte sich vor und beobachtete gespannt die Gesichter seiner Vorstandskollegen. Von Roffhausen schien sich köstlich zu amüsieren, als Miss Piggy anfing, ihre fordernden Schilder in die Kamera zu halten.

»Sehr amüsant«, murmelte er, während das Schwein das A hochhielt. »Soso, jetzt sind wir also auch noch Aroma-Verbrecher. Humor haben die, das muss man ihnen lassen. Woher haben Sie das, Herr Dr. Wöhler?«

»Der USB-Stick lag heute Morgen in meinem Briefkasten. In einem braunen Umschlag, adressiert an uns.«

Der Sicherheitschef hielt zur Bestätigung den zerknitterten Umschlag in die Höhe, sodass jeder die Buchstaben R, A und F sehen konnte, die aussahen, als wären sie aus einer Zeitung ausgeschnitten worden.

»Ich habe den Umschlag nicht geöffnet, sondern mit in die Firma gebracht und sofort dem Werkschutz übergeben.«

»Wir wissen Ihre Umsicht zu schätzen, Herr Dr. Wöhler«, antwortete von Roffhausen knapp. »Herr Wagenknecht, Sie leiten unverzüglich eine Untersuchung ein. Und ergreifen Sie geeignete Maßnahmen«, fügte er mit einem Wink in Richtung des Sicherheitschefs hinzu.» Immer schön im Hintergrund bleiben. Ich möchte nicht, dass wir Staub aufwirbeln. Der Vorgang bleibt bitteschön in diesen vier Wänden.«

Jaspal traute seinen Ohren nicht.» Wir sollten die Polizei informieren. Immerhin versucht uns jemand mit dem Diebstahl unseres Firmenlogos zu erpressen«, wagte er einen Vorstoß.

Von Roffhausen räusperte sich vernehmlich und antwortete scharf: »Ich möchte das nicht diskutieren. Wir können diese Art von Presse gerade jetzt überhaupt nicht gebrauchen.«

Jaspal presste die Zähne zusammen.

»Bitte, Herr Wagenknecht.« Von Roffhausen blickte zu seinem Sicherheitschef und bugsierte ihn mit einem Nicken in Richtung Tür hinaus. »Herr Richter, erzählen Sie doch, wie Ihre Ernennung zum Chevalier de l'Ordre des Arts et des Lettres gelaufen ist. Wir müssen die Pressemitteilung noch absprechen.«

Es war offensichtlich, dass der Chef jeglichen Anflug von Diskussion unterbinden wollte. Jaspal hasste diese Führung nach Gutsherrenart, die von Roffhausen viel zu häufig aus der verstaubten Schublade der Vergangenheit zog.

Der Firmenboss zog das Jackett aus und krempelte die Ärmel seines weißen Businesshemdes hoch, als beginne jetzt für ihn die richtige Arbeit. Jaspal sog die Duftschwaden ein, die von Roffhausen im Besprechungszimmer verteilte. Der süßlich-blumige Geruch kam ihm sofort bekannt vor, einordnen konnte er ihn jedoch nicht. Richter blähte die Nüstern auf und geriet in höchste Erregung.

»Hmmm ... die Reste der Kopfnote. Pfirsich, bulgarische Rose, Tuberose und Ylang-Ylang. Ein Herz von Jasmin und Orchideen. Darunter eine solide Basis aus Moschus, Sandelholz und Zibet. Kein Zweifel, das ist es! Joy von Jean Patou! Der geniale Wurf des unvergleichlichen Henri Alméras. Vintage und highly sophisticated. Wird heute viel zu selten getragen. Herr von Roffhausen, äußerst geschmackvoll.«

Von Roffhausen schaute irritiert erst zu Richter, dann zu Jaspal. »Ihren Bericht bitte, Herr Richter«, presste der Firmenboss hervor.

Jaspal saß wie erstarrt. Claudias Luxusparfüm. Sie liebte es über alles. Es erinnerte sie an Wildblumenwiesen und Rosenhecken im sommerlichen Cornwall. An eine Zeit, in der englische Ladies Teestunden zelebrierten und das Landleben in ihren Cottages, Landsitzen und Stadtvillen in vollen Zügen genossen. Und dieser Duft, Claudias Duft, klebte an Roffhausen? Zufall ...?

Richter begann mit seinem Bericht über die Ordensverleihung, doch Jaspal war gedanklich ganz woanders. Der Boden schien unter ihm zu schwanken, es wurde ihm abwechselnd kalt und heiß. Claudias Freundin in Düsseldorf. Hatte er sie jemals kennengelernt? Er konnte sich nicht erinnern. Täuschte er sich, oder warf Roffhausen ihm prüfende Blicke zu, während Richter seinen ausschweifenden Bericht abgab? Joy – Freude – was für ein schrecklicher Euphemismus. Erst die Bedrohung seiner Erfindung, dann Estelles Tod. Er selbst im Fadenkreuz der Ermittlungen. Die ständigen Streitereien mit Claudia. Die vertuschte Erpressung. Jetzt auch noch dieser Verdacht gegenüber Claudia und von Roffhausen. Lief denn momentan alles gegen ihn?

Jaspals Gedanken schweiften zu den drei Mittelrhein-Büchern, die Paul Zeehse ihm geschickt hatte. Eines hatte ihn auf Anhieb fasziniert, darin wurde der Terroir-Gedanke auf den Mittelrhein angewandt. Das französische Terroir-Konzept besagte, dass der Geschmack von Weinen durch ihre Herkunft geprägt wurde, ganz genauso, wie wir Menschen unsere Kinderstube niemals verleugnen können. Große Weine, so die französische Meinung, benötigen eine große Herkunft. Mit Chancengleichheit hatte das wenig zu tun.

Besagter Mittelrhein-Autor hatte sämtliche Weinlagen des Anbaugebietes hinsichtlich ihrer Topologie und Bodenbeschaffenheit analysiert und klassifiziert. Diese natürlichen Gegebenheiten waren es, die den Geschmack des Weines prägten und die, davon war der Autor überzeugt, besonders im Riesling zum Vorschein kamen. Überlagert wurde das Terroir vom Jahrgangscharakter und vom Stil des Winzers. Natürlich lag es am Können und Wollen des Winzers, ob er es überhaupt zuließ, dass das Terroir aus dem Wein hervorleuchtete. In Daniel Alts Rieslingen hatte Jaspal diesen Abdruck des Terroirs geschmeckt. Engelbert Hollmann hingegen hatte ihn mit Alkohol und Wuchtigkeit zugeschüttet. Jaspal bekam richtig Lust darauf, den vielgestaltigen Terroirs des Bopparder Hamm mit Nase und Zunge nachzuspüren. In den Weinen Daniel Alts – oder etwa in Rieslingen, die er mit eigener Hand erzeugt hatte? Was um Himmels willen sollte das? Suchte er nach intellektuellen Ausreden für seine Fluchtpläne aus der Kölner Kunstwelt?

»Herr Dr. Wöhler, darf ich Sie nun bitten, ein Update zum Stand unserer Pheromon-Innovationen zu geben?« Mit diesen Worten riss von Roffhausen seinen Vorstandskollegen aus dessen Träumereien.

»Na ja, sie war schon ziemlich depri. Erst ihr Bruder, der eigentlich Pfarrer werden wollte und den sie dann ins Gefängnis gesteckt haben, weil er was mit kleinen Mädels hatte ... Und dann die Leiche im Naturschutzgebiet. Das alles hat sie echt fertiggemacht. Aber dass sie sich deshalb gleich vor den Zug schmeißen würde ...« Joshua schluckte. Er musste sich erkennbar anstrengen, nicht in Tränen auszubrechen.

Bäumler beobachtete ihn mit analytischem Blick. »Frau Gereon hat Ihnen gegenüber niemals Selbstmordabsichten erwähnt?«

»Nein, niemals.«

»Wo waren Sie gestern zur Mittagszeit?«

»Ich? Äh, hier. Ich habe gelernt.«

»Allein?«

»Ja.«

Bäumler schaute sich in der Küche der Zweier-WG genauer um. Um den runden Esstisch waren fünf Stühle dicht gedrängt gruppiert. Einer von ihnen diente als Handtuchtrockner. Durch das gardinenlose Fenster konnte man in die Erker der umliegenden Häuser schauen. Die Kücheneinrichtung, mit Holzfurnier verkleidet, war spartanisch, aber vollständig. So ordentlich hatte Bäumler sich eine Studenten-WG nicht vorgestellt. Aber dies war ja eine Zweizimmerwohnung, die jemand als Zweier-WG vermietet hatte, um seinen Profit zu maximieren. Und ganz bestimmt hatte längst nicht jeder Kölner Student die nötige Kohle, um sich eine solch schnuckelige Bleibe zu mieten.

»Das war eine Prüfung zu viel. Bitte verzeiht mir alle. Ich ganz allein trage die Schuld für mein Versagen. Lebt wohl.« Diese vier Sätze, zittrig mit blauer Tinte auf Briefpapier geschrieben, hatte Celine hinterlassen. Dann war sie für immer gegangen. Die Spezialisten der KTU mussten prüfen, ob das Schriftstück tatsächlich von der Studentin verfasst worden war. Bäumler schaute nervös auf die Armbanduhr.

Sein Flieger nach Nizza ging bereits in zwei Stunden.

»Ich werfe einen Blick in Frau Gereons Zimmer, dann schaue ich auch bei Ihnen kurz rein.«

Joshua nickte und blieb wie ein zusammenge-schrumpftes Häufchen Elend in der Küche sitzen. Bäumler erhob sich, ging zum Zimmer der Toten.

Der kleine Raum war von penibelster Sauberkeit und Ordnung geprägt. Bunte, flauschige Teppiche be-deckten den kahlen Fliesenfußboden. Die weißen Re-gale waren mit Büchern gefüllt, farblich passend sor-tiert. Über dem Bett hing ein Kruzifix. Auf dem Schreibtisch waren die Familienfotos rechts und links des Computerbildschirms aufgereiht, als sollten sie Ge-borgenheit geben. An der Pinnwand darüber hingen Sinnsprüche, von denen einer, von einem gewissen Ul-rich Schaffer geschrieben, Bäumler ins Auge stach: »Durch unseren Mut entsteht eine Welt, die es sonst nicht gäbe. Wir rufen sie und ihre Energie ins Leben. Wir werden Schöpfer und Erhalter von dem, was sein kann.« An diesem Mut schien es Celine gemangelt zu haben. Bäumler setzte sich vorsichtig auf den Schreib-tischstuhl. Hinter der sauberen und geordneten Fassade des Studentenzimmers spürte er tiefe Traurigkeit. Die schrecklichen Bilder schossen an ihm vorbei. Ihr blut-verschmierter Kopf in der Plastiktüte. Ein Leben, das gerade erst begonnen hatte, sich selbst zu entdecken, sich selbst zu definieren. Bäumler seufzte.

»Herr Kazmierski, nur kurz. Ich bin auf dem Sprung zum Flughafen und habe nicht mehr viel Zeit«, sagte der Kommissar mit demonstrativem Blick auf die Uhr. Joshs Zimmer entsprach eher seiner Vorstellung einer Studentenbude. Der Fliesenfußboden war teppichlos, das Regal mit Büchern vollgestopft. Das Bett sah aus, als wäre es eben erst verlassen worden. Doch es war groß genug für zwei. Auf dem Schreibtisch lagen Sta-pel von Zetteln und aufgeschlagene Bücher durchei-nander und begruben die Computertastatur unter sich.

Über dem Schreibtisch hing das Bild eines Schweinekopfes mit feuchtglänzender Schnauze, an der Gras- und Strohreste klebten. »Wir haben die Nahrungsmittelindustrie satt! Gutes Essen für alle!«, grunzte ihm das Schwein vom Plakat der Food-Quality-Bewegung entgegen. Bäumler pfiff durch die Zähne.

»Was soll das Plakat?«

Joshua kratzte seinen Bart. »Ich möchte damit ... Also, ich bin Mitglied bei Food-Quality.«

»Steckt Food Quality hinter dem Erpresservideo, das als Cache deponiert war?«

»Wie, wie kommen Sie denn darauf? Versuchen Sie immer noch mir etwas anzuhängen? Nur weil ich das Plakat in meinem Zimmer hängen habe?«

»War schließlich auch ein Schwein, das versucht hat, die Rheinischen Aroma Fabriken zu erpressen!«

Bäumler notierte sich ›Food-Quality‹. Er schaute nochmals auf die Uhr, die Zeit drängte. »Hatten Sie was mit Frau Gereon? Oder wollten Sie gerne?« Demonstrativ zog er ein Foto, das er gerade erst bemerkt hatte, unter einem der Bücher auf Joshuas Schreibtisch hervor. Es zeigte ihn und Celine beim Picknick auf einer frühlingsgrünen Wiese, hinter ihnen standen drei Fahrräder. Die beiden schienen sich prächtig zu amüsieren.

»Nein, ich hatte definitiv nichts mit Celine. Ich mochte sie, das wissen Sie ja schon. Zweck-WG, das sagt doch alles.«

»Kommt auf den Zweck an.« Bäumler grinste. »Herr Kazmierski, ich habe das Gefühl, dass wir so nicht weiterkommen. Und dass Sie noch immer nicht die Wahrheit sagen.« Ein schrilles Klingeln aus Richtung der Eingangstür ließ beide zusammenzucken. »Das ist der Erkennungsdienst. Ich verspreche Ihnen das komplette Programm, inklusive Ihres Zimmerchens.« Mit einem erneuten Blick auf die Armbanduhr drehte sich der Kommissar um und gab sich die Klinke mit den Herren des Erkennungsdienstes in die Hand.

Bäumler war froh, dass Ursula alle erforderlichen Absprachen mit der französischen Polizei getroffen und seine Reise vorbildlich organisiert hatte. In den letzten Jahren war er nur selten gereist. Nun bahnte er sich den Weg durch die engen Gassen der Altstadt von Grasse, in der es vor Touristen nur so wimmelte. Weitaus mehr deutsche als französische Stimmen drangen an seine Ohren. Das lag bestimmt an Süßkinds Bestseller. Wie hieß der noch gleich ... Ach ja,

›Das Parfüm‹. Hier hatte der furchterregende Grenouille sein Unwesen getrieben. Bäumler machte sich nicht viel aus Büchern, aber ›Das Parfüm‹ kannte sogar er. In Süßkinds lebenspralle Schilderung des 18. Jahrhunderts konnte er sich gerade jetzt kinderleicht hineinversetzen. Genauso hatte er sich Grasse beim Lesen des Romans vorgestellt, mit all seiner charmanten Heruntergekommenheit, den verfallenden Häusern und der verrückten Quirligkeit.

Verblüfft starrte Bäumler auf die vielen, schwarzen Plastikrohre, die sich über der Touristenschar wie Neapels Wäscheleinen von Haus zu Haus schwangen. Von Zeit zu Zeit schoss ein feiner Nebel aus winzigen Düsen heraus und verteilte sich über den Köpfen der Touristen. Was zum Teufel passierte da? Die anderen Touristen schienen sich überhaupt nicht an der Beregnungsanlage zu stören: Es schien ihnen sogar zu gefallen.

»Wissen Sie, was über uns versprüht wird?«, fragte er einen jungen Mann, der gelangweilt vor einem Schuhladen herumstand.

»Riechen Sie nicht den penetranten Duft, mit dem die uns den ganzen Tag lang benebeln? Ich glaube, heute sind's falsche Veilchen.«

Bäumler schaute irritiert, ging weiter und hörte den Jungen im Gehen nachsetzen »Sie sind wohl duftblind, was? Echt Glück gehabt, Alter, das kann man wohl sagen.« Mit der Duftblindheit traf der Junge den Nagel auf den Kopf, wurde Bäumler in diesem Moment schmerzlich bewusst.

Ursula hatte vereinbart, dass das Treffen mit der französischen Kollegin und Bertrand d'Orly, dem Forschungsleiter der USF, im ›La Bastide Saint Mathieu‹ stattfinden sollte. Laut Ursula ein nobles Restaurant außerhalb von Grasse. D'Orly hatte auf dem Treffpunkt bestanden, er würde selbstverständlich die Rechnung begleichen. Bäumler war das herzlich egal. Einen A-nosmatiker wie ihn konnte man selbst mit exquisitester Sterne-Küche nur schwerlich bestechen. Da konnte sich der deutsche Steuerzahler sicher sein.

Bäumler winkte ein Taxi herbei und brachte dem Fahrer mit sich verknotender Zunge in gebrochenem Französisch bei, wohin er wollte. Es klang, als würde er ausspucken, als der Fahrer das Ziel wiederholte. Der Weg, den er einschlug, schien aus Grasse heraus, einmal im Kreis um die Stadt herum und erst dann auf direktem Weg zum Ziel zu führen. Der Preis, den er nannte, überstieg Bäumlers Erwartung um das Doppelte.

Der Kommissar durchschritt einen Torbogen, schlitterte mit den glatten Sohlen der Wildlederschuhe auf dem Kopfsteinpflaster und betrat eine geräumige

Vorhalle. Vor lauter blank geputzten Bodenfliesen und riesigen Wandspiegeln glitzerte und gleißte es wie im KDW zur Weihnachtszeit. Den Eingang zum Restaurant versperrte ein Tresen mit Empfangsdame, von der ein kühles Lächeln herüberstrahlte. Bäumler radebrechte, dass er Bertrand d'Orly suche.

Mit einem einnehmenden »Bonsoir Monsieur, un instant s'il vous plaît, please follow me«, wurde er zu dem für ihn vorgesehenen Platz auf der Gartenterrasse geführt.

An dem Vierertisch, der für drei Personen eingedeckt war, saß bereits eine Frau, Mitte vierzig. Mit ihrem papageien- artigen Outfit hätte sie den Kölner Karneval bereichert. Der Anstandswauwau der französischen Polizei. Ihre grauen Haare wallten zottelig um den Kopf herum. Den rot-grün-gestreiften Strickpullover hatte sie mit einem orangefarbenen Rock kombiniert. Die gelben Strumpfhosen steckten in Pumps, die die Farbe des Rockes wiederaufnahmen. Da war aber jemand in einen Farbtopf gefallen. Nur der Kopf war verschont geblieben.

»Bonjour Monsieur Bäumler, nett Sie zu kennen lernen«, begrüßte sie ihn mit warmem, erotischem Timbre in der Stimme. »Genehmigen Sie auch ein Glas Champagne? Monsieur d'Orly hat eine dicke Portemonnaie.« Sie lächelte verschwörerisch und nahm einen genussvollen Schluck des in der Abendsonne funkelnden Getränks.

Der Kommissar folgte ihrem Vorschlag. »Können Sie bitte den Stand Ihrer Ermittlungen kurz zusammenfassen?«, durchbrach er die kurzzeitig entstandene Stille.

»Oui, avec plaisir. Das meiste Sie wissen bereits und steht in der Bericht, der Sie bekommen haben.«

Sylvie nahm einen Schluck des Schaumweins, der ihren Kreislauf anzuregen schien.« Madame Nicolier war auf eine normale Geschäftsreise nach Cologne und von dort sie kam nie zurück. Ich habe nicht gefunden, dass sie hatte wirkliche Feinde. Beruflich sie war sehr erfolgreich und hatte wenig privates Leben. Non, sie war nicht liiert, sagt man das so?« Bäumler nickte und musste sich anstrengen, Sylvies Redefluss zu folgen. Ihre warme Stimme regte seinen Kreislauf weitaus mehr an als der Schaumwein, der im Glas vor ihm prickelte.

»Sehr intensiv sie hatte mit Monsieur d'Orly zusammengearbeitet und wollte eine neue Produkt auf die Markt bringen. Aber das kann Ihnen Bertrand d'Orly sicher besser erklären. In eine Mordfall ich habe selten so wenige Spuren gehabt wie diese Mal.«

»Das geht mir genauso. Wir haben einerseits die Geocacher, die die Tote gefunden haben. Eine von ihnen, eine Medizinstudentin, ist inzwischen ebenfalls tot. Das kann Selbstmord sein, sie wurde vom Güterzug überfahren. Einer der Geocacher ist nach wie vor verdächtig. Er hat die Tour ins Netz gestellt und mit ein paar Skurrilitäten versehen. Wohl, um die Medizinstudentin zu beeindrucken. Der Geocache war ein Video, mit dem versucht wurde, die Rheinischen Aroma Fabriken zu erpressen. Der RAF wurde das ›A‹ aus dem Logo gestohlen, das ging in Deutschland durch die Presse. Sie haben vielleicht davon gelesen?«

»Von der RAF? Monsieur le Commissaire, ich verstehe nicht. Ich dachte, die haben sich aufgelöst, les Terroristes?«

»Nein, nein. Entschuldigen Sie bitte. Ich meine die Rheinischen Aroma Fabriken, das rheinische Pendant zur USF! Das sind keine Terroristen im engeren

Sinne.« Bäumler lachte amüsiert, lehnte sich zurück und nahm einen kräftigen Schluck Champagner. Bis auf Säure, ein paar Bitterstoffe und das Prickeln der Kohlensäure schmeckte er nichts. Deshalb bevorzugte er inzwischen Schnaps, da drang zumindest die Schärfe des Alkohols bis zu ihm durch. Er biss sich auf die Unterlippe und setzte seine Zusammenfassung fort. »Wie gesagt, in dem Video werden die Rheinischen Aroma Fabriken mit dem gestohlenen Firmenlogo erpresst. Die Manager des Unternehmens sind nach unseren Erkenntnissen diejenigen, die Frau Nicolier zuletzt gesehen haben. Bei einem Abendessen im Kölner Restaurant Saga. Dort gab es einen Streit zwischen dem Mordopfer und Dr. Wöhler, dem Forschungsleiter der Rheinischen Aroma Fabriken. Es ging angeblich um eine spektakuläre Erfindung, ein sogenanntes Superpheromon, dessen Entdeckung sich die beiden Firmen offenbar streitig machen. Vielleicht das gleiche neue Produkt, an dem auch das Mordopfer bei der USF geforscht hat? Frau Nicolier war mal Praktikantin bei Dr. Wöhler. Nun, summa summarum haben wir momentan Joshua Kazmierski, den Geocacher und Dr. Wöhler, den Aromaforscher, die beide verdächtig sind. Bei Dr. Wöhler könnte es im Verlaufe des Streits zu einer Affekthandlung gekommen sein. Die Motive von Herrn Kazmierski liegen im Dunkeln, aber die Verbindung seiner Person mit beiden Todesfällen ist auffällig.«

»Danke, Monsieur Bäumler. Ich finde, was Sie erzählen als Stand von Ihre Ermittlung kling für mich nach deutsche Gründlichkeit. Vielleicht erfahren wir heute ja noch interessante Neuigkeiten über Madame Nicolier und ihre Verhältnis zu Docteur Wöhler.«

Bäumler badete im warmen Klang von Sylvies Stimme. Er lehnte sich zurück und genoss die Aussicht von der Terrasse auf die weite Rasenfläche und auf die efeuüberwachsenen, gelb gekalkten Wände des Hotel-Restaurants. Die Terrasse war von mächtigen Terrakottatöpfen gesäumt, in denen der Oleander in allen nur erdenklichen Farben blühte. Sie reichten von reinem Weiß über Zartrosa bis zu dunklem Rot. Die Sonnenschirme wölbten sich über den gedeckten Tischen wie ein wogendes Dach. Gleichzeitig dienten sie als Halterungen für Lampions und Lampen, die die abendliche Szenerie taghell ausleuchteten. Bäumlers Blick blieb an drei schlanken, kreideweißen Frauenskulpturen hängen, die in der Mitte der Rasenfläche nebeneinanderstanden. So intensiv, als würde es genau jetzt passieren, sah er, wie die Spusis den Müllsack aufschnitten und die aufgedunsene, weißhäutige Estelle zum Vorschein kam.

Bäumler schüttelte sich. Sylvie schaute irritiert.

»Bonsoir Madame, Monsieur, entschuldigen Sie bitte meine Verspätung. Aber ich sehe, Sie kommen zurecht. Genau dafür wurde der Champagner erfunden!« Der Ankömmling deutete bei Sylvie einen Handkuss an und drückte Bäumlers Rechte kraftvoll. Er setzte sich, strich seine Weste glatt, lockerte das Halstuch. »Herr Bäumler, es freut mich, Sie kennenzulernen. Wir können gerne deutsch sprechen, ich habe vier Semester in Heidelberg studiert.« Der Kommissar atmete auf und nickte. Er verengte die Augen und musterte Bertrand d'Orly. Er trug eine hellbraune Cordhose und eine dazu passende Weste. Mit dem grau gesprenkelten, lichten Haar, dem grauschwarzen Vollbart, der Zornesfalte und dem melancholischen Blick wirkte er wie ein französischer Intellektueller und nicht wie ein Aromaforscher.

»Monsieur-Dame, haben Sie Ihr Essen bereits gewählt oder sollen wir nun diese äußerst wichtigen Entscheidungen gemeinsam fällen?«

»Monsieur d'Orly, wir haben auf Ihre Competence gewartet«, flötete Sylvie und brachte den Angesprochenen zum Schmunzeln.

»Bon. Ich schlage das Menu Senteur vor. Das Lieblingsmenü aller Aromaforscher und eines meiner Lieblingskunstwerke von Georges Boissseau. Oder hat jemand Vorbehalte gegen Trüffel, Fisch und Wachtelbrüste?« Ohne eine Antwort abzuwarten, winkte d'Orly die Serviererin herbei und bestellte dreimal das genannte Viergang-Menü.

»Ich schlage vor, dass wir zu den ersten beiden Gängen einen weißen Burgunder nehmen.« Er blätterte mit aufreizender Langsamkeit in der Weinkarte, die den Umfang eines Atlanten aus Bäumlers Schulzeit hatte. Er zog die Augenbrauen hoch. »Wie wäre es mit einem St. Aubin von der burgundischen Cote de Beaune? Ein deutscher Silvaner würde mit seiner Erdigkeit ebenfalls passen, aber den führt man hier aus patriotischen Gründen nicht.« D'Orly zwinkerte Bäumler zu.

Der Angezwinkerte bemühte sich im Gegenzug, dem eigentlichen Zweck seiner Frankreichreise näherzukommen. »Herr d'Orly, wie würden Sie Ihr Verhältnis zu Estelle Nicolier beschreiben?«

»Ach, Herr Bäumler, nun seien Sie doch nicht gar so preußisch! Genießen Sie erst einmal den Gruß aus der Küche.«

Besagten Gruß, ein warmes Brötchen mit Pesto, ein Kohlrabisüppchen und ein Schälchen Räucherlachs mit Wildrhabarberspitze, vernichtete Bäumler so hastig, dass es d'Orly die Sprache verschlug. Doch der Kommissar hatte Hunger. Und von einem Gruß, selbst wenn er aus der Küche kommt, wird man leider nicht satt.

Der Aromaforscher war nun endlich bereit, Bäumlers Frage zu beantworten. »Nun gut, Sie fragten nach meinem Verhältnis zu Madame Nicolier. Sie war charmant, intelligent, ehrgeizig und definitiv die beste Mitarbeiterin, die ich jemals hatte. In ultrakurzer Zeit arbeitete sie sich ein und leistete wegweisende Beiträge zu unserer aktuellen Forschung. Und die Ergebnisse unserer Forschung, das darf ich in aller Bescheidenheit sagen, können sich sehen lassen!«

»Sind Sie in der Pheromonforschung aktiv?«, stieß Bäumler hervor.

»Ja, schon ... Sie sind exzellent informiert, Herr Kommissar. An Pheromonen forschen doch alle Aromakonzerne. Warum fragen Sie?« D'Orly rückte sein Einstecktuch zurecht, obwohl es bereits perfekt saß.

»Hatte Frau Nicolier mit der Pheromonforschung zu tun?«

»Ja selbstverständlich. Sie hat sogar entscheidende Impulse gesetzt.«

»Le Dôme de Truffe en Salade tiède d'Artichauts, Aux Pousses d'Epinards«, unterbrach die Serviererin die Befragung feierlich mit einer leichten Verbeugung.

»Ein Trüffel-Dom auf warmem Salat von Artischocken an Spinatsprossen«, übersetzte Bertrand d'Orly und machte sich sogleich über den ersten Gang her. »Fantastisch, wie die würzigen und erdigen Aromen des Trüffels von den Artischocken verstärkt werden. Und die scharfe Rettichnote der Spinatsprossen gibt den entsprechenden Kick. Formidable, einfach Formidable!« Der enthusiastische Aromaforscher erhob das Weinglas, versenkte die Nase und nahm einen tiefen

Zug. »Diese grüne, mineralische und würzige Frucht. Eine perfekte Liaison. Meinen Sie nicht auch, Herr Bäumler?«

»Ja danke, passt schon. Wie war denn das Verhältnis zwischen Frau Nicolier und Herrn Dr. Wöhler?«

»Le Petit Turbot sur son Tartare de Calamars au Caviar, Sauce au Citron Vert«, antwortete abermals die Serviererin anstelle des Befragten.

»Baby-Steinbutt, Tintenfisch-Tatar und Kaviar mit Limettensoße«, übersetzte Bertrand d'Orly. »Bitte, Herr Kommissar, genießen Sie. Keine Angst, auf Ihre Frage komme ich beizeiten zurück.«

Beizeiten, dachte Bäumler, das war mehr als frech. Ohne es sich anmerken zu lassen, beförderte er lustlos einen dicken Steinbutthappen samt Beilagen in den Mund. Der Fisch schmeckte nussig. Die sahnig-feinsalzigen Kaviarkugeln und der feste, ganz leicht fischige Tintenfisch verstärkten den feinen Geschmack des Steinbutts. Die fruchtig-saure Limettensoße aber war das Tüpfelchen auf dem I. Bäumlers Körper kribbelte. Sein Herz begann schneller zu schlagen, Euphorie stieg in ihm auf. Konnte er plötzlich wieder riechen und schmecken?

Vorsichtig nippte er an seinem Burgunder, ganz so als könne er sich an ihm den Mund verbrennen. Dessen Fruchtaromen und Säure nahmen den Akzent der Limettensoße perfekt auf. Der mineralisch-würzige Körper vermählte sich wunderbar mit dem Fischgeschmack. »Formidable, echt Formidable!«, entfuhr es dem Kommissar.

Sylvie und d'Orly ließen ob Bäumlers Gefühlsausbruchs ihre Bestecke fallen und hielten erstaunt inne.

»Monsieur Bäumler! Ich wusste doch, dass Sie Geschmack haben!«, rief Sylvie.

»Es freut mich, dass Sie unsere Küche zu schätzen wissen«, setzte d'Orly nach. »Nichtsdestotrotz komme ich gerne auf Ihre Frage zurück. Was für ein Verhältnis Madame Nicolier und Herr Wöhler hatten, weiß ich nicht. Sie hatten eines, das steht fest.«

»Ein erotisches, meinen Sie?«

»Ganz genau. Herr Wöhler war scharf auf Estelle. Also auf Frau Nicolier, meine ich.«

»Beruhte das Verhältnis auf Gegenseitigkeit?«

»Les Poitrines de Cailles rôties sur leur fondue de Potimaron, Céleri, Sésame noir, Gnocchi de Courge au Parmesan«, wurde die polizeiliche Befragung schon wieder unterbrochen.

»Es beruhte definitiv nicht auf Gegenseitigkeit. Sie war seine Praktikantin und Wöhler nutzte das Abhängigkeitsverhältnis schamlos aus. Aber jetzt genießen Sie bitte die gebratenen Wachtelbrüste auf einem Fondue aus Potimarron-Kürbis, Sellerie, schwarzem Sesam und Kürbis-Gnocchi mit Parmesan. Und nicht zu vergessen den jungen, roten Bourgogne AC. Santé Madame, Santé Monsieur!«

Das zarte, saftige Fleisch mit dem wildähnlichen Geschmack harmonierte mustergültig mit dem süßlichen, karottig-kartoffeligen Kürbis. Darüber hinaus war es dem Meisterkoch gelungen, durch Sellerie und Sesam spannende Akzente zu setzen. Bäumler sog die frischen Brombeeraromen des Burgunders ein und berauschte sich an den rauchigen, würzigen und animalischen Untertönen, die so perfekt zu dem Wachtelgericht passten.

Hatte er den deutschen Steuerzahler jetzt doch betrogen? Der erwartete von ihm eine objektive und vorurteilsfreie Recherchearbeit. Und gewiss nicht, auf seine Kosten nach Grasse zu fahren, um sich dort ein exklusives Viergangmenü samt Weinbegleitung von einem in den Fall verwickelten Franzosen bezahlen zu lassen. Aber hätte er ahnen können, dass seine Nase so plötzlich wieder funktionieren würde? Der letzte Gedanke änderte nichts daran, dass er die Wachtel von nun an mit schlechtem Gewissen verspeiste.

»Mit Verlaub, Herr Bäumler, dieser Burgunder vermählt sich ganz fantastisch mit der Wachtelbrust und dem Potimaron.« Mit entrücktem Blick nahm d'Orly einen kräftigen Schluck des Rotweines. »Wissen Sie, Herr Kommissar, es gibt einen traditionellen Schlag französischer Winzer, die bereits beim Pflanzen der Reben darüber nachdenken, was sie später einmal zum fertigen Wein essen werden. Das ist der große Unterschied zu euch Deutschen, die ihr versucht, die Frucht in ihrer reinsten Form in die Flasche zu füllen. Ohne Kompromisse, aber auch ohne jeden Gedanken daran, zu welchem Gericht der Wein einmal gereicht werden wird.«

Der Aromaforscher legte das Besteck beiseite. Er lehnte sich zurück und strich selbstzufrieden mit kreisenden Bewegungen über seinen kugeligen Bauch, der durch die Weste kaum kaschiert wurde.

Das Prä-Dessert, das nun als weiterer Gruß aus der Küche serviert wurde, warf Bäumler auf den harten Boden der Realität zurück. Nichts, aber auch überhaupt nichts Besonderes schmeckte er von dem Espressogelee mit Milcheis im kleinen Gläschen. Nur Bitterstoffe, Säure und Süße. Kein Hauch von Kaffee- oder Milcharomen. Er war wieder genauso geruchsblind wie zuvor. Seine Laune ging auf Talfahrt und er verschaffte sich Luft, indem er d'Orly anblaffte. »Monsieur d'Orly, jetzt mal Butter bei die Fische, wie wir sagen. Wenn

Sie Beweise dafür haben, dass Herr Wöhler Frau Nicolier bedrängt oder gar sexuell belästigt hat, dann legen Sie die hier und jetzt auf den Tisch! Es geht um Mord!«

D'Orly blickte irritiert auf sein Dessert. Die Vorstellung von harten Fakten als Begleiter der köstlichen Nachspeise schien ihm ganz und gar nicht zu schmecken. »Was meinen Sie mit Beweisen? Warum sonst hätte sie die Rheinischen Aroma Fabriken so überstürzt verlassen sollen? Sie hat ihr Praktikum nach nur vier Monaten abgebrochen. Und als sie dann mit dem Studium fertig war, hat sie sofort bei uns angefangen.«

»Hat Frau Nicolier jemals Anzeige erstattet, oder sich bei Wöhlers Vorgesetztem beschwert?«

»Bei von Roffhausen? Nicht, dass ich wüsste. Der war doch ein viel zu hohes Tier für eine Praktikantin. Und von einer Anzeige wüsste die deutsche Polizei doch hoffentlich!«

»Wenn Ihre Anschuldigungen stimmen, warum hat dann ausgerechnet Frau Nicolier den Kontakt zwischen Ihrem Unternehmen und den Rheinischen Aroma Fabriken gepflegt?«

»Na ja, sie kannte die Firma recht gut und die Treffen fanden ja immer mit zweien oder dreien von der anderen Seite statt. Sie wollte sich wohl selbst beweisen, dass sie keine Angst mehr vor Wöhler hatte.«

Bäumler machte sich Notizen und blickte zu Sylvie, die sich mehr für das Prä-Dessert als für die Befragung zu interessieren schien. Sie strich die wirren Haare aus dem Gesicht und grinste.

»La Poire tiède enrobée de Chocolat lait à l'Amande, Craquant de Riz, coulis de Poire, Glace Vanille«, wurde nun mit Inbrunst von der Serviererin verkündet.

»Merci beaucoup. Genießen Sie, Herr Bäumler. Der krönende Abschluss der Kochkunst des unvergleichlichen Georges Boisseau: Eine warme Birne, gebettet in Schokoladen-Mandel-Milch, Crispy Reis, Birnen-Coulis und Vanille-Eis.«

Vor Bäumler stand ein warmes, schokoladiges Türmchen, das ihn völlig kalt ließ. Missmutig bohrte er die Gabel in das Fruchtfleisch der Birne, die sofort vom Teller flutschte und in seinem Schoß landete. Der Kommissar murmelte: »Kein Mensch kann dieses überkandidelte Zeug vernünftig essen.« Sylvie kicherte. D'Orly kräuselte die Lippen und schaute zur Seite. Bäumler griff beherzt in die Schokoladen-Birne und beförderte sie zurück auf den Teller. Nachdem er sich, so gut es ging, mit einer Serviette die Hose abgewischt hatte, lehnte er sich zurück. Kulinarisch war für ihn der Abend gelaufen. »Herr d'Orly. Uns liegen Aussagen vor, dass Frau Nicolier Firmengeheimnisse der Rheinischen

Aroma Fabriken entwendet habe.«

»Estelle soll spioniert haben? Das kann doch nur von Wöhler kommen. Der hat es bis heute nicht verwunden, dass sie nichts von ihm wissen wollte. Und er steht als Forscher gerade gewaltig unter Druck. Die aktuellen Geschäfte der Kölner laufen ohnehin nicht gut und wenn dann die Forschung nichts Neues nachliefert, werden die Investoren ziemlich nervös. Wöhler hat seine Projekte in der letzten Zeit routinemäßig vor die Wand gefahren. Das wird von Roffhausen ganz und gar nicht gefallen. Und dann streut er auch noch Verdächtigungen. Ich möchte gerne mal wissen, was die Rheinischen Aroma Fabriken so in der Pipeline haben. Ist sicher nicht der Rede wert!«

»Wie wär's mit einem Superpheromon?«

»Ein Superpheromon? Dass ich nicht lache. Auf diesem Gebiet sind wir sehr viel weiter als die Kölner. Falls die uns nichts geklaut haben.«

Bäumler ließ den Blick über die großzügig angelegte Gartenanlage schweifen. Er dachte an Jaspal Wöhler und an dessen Version der Geschichte. Die bleichen Frauenskulpturen waren vom Halbdunkel verschluckt.

5.　Die Entscheidung

Jaspal wischte sich den Schweiß von der Stirn. Rasch hatte er wieder beide Hände am Lenkrad, riss das Steuer nach links. Geschafft. Er hatte den roten Mini wieder in Sichtweite. Ein UPS-Lieferwagen kam aus einer Seitenstraße. Aggressiv drängte er sich vor ihn. Die Sicht war versperrt. Wenn er jetzt nicht handelte, würde er Claudia verlieren. Er scherte nach links aus, drückte aufs Gaspedal, überholte den UPS-Wagen. Er schaffte es, sich zwei Autos hinter dem Mini wieder einzufädeln. Vollbremsung. Fast wäre er auf die Stoßstange des Vordermannes gekracht. Hoffentlich hatte Claudia ihn nicht bemerkt, seine Limousine war nicht gerade unauffällig.

Was zum Teufel tat er hier? Nüchtern betrachtet verfolgte er seine Ehefrau, um herauszufinden, ob es die geheimnisvolle Düsseldorfer Freundin wirklich gab. Doch in Wahrheit ging es um viel mehr. Es ging darum, ob Claudia und er noch eine gemeinsame Zukunft hatten. Und dieser Frage, die in ihm brannte wie ein hochprozentiger Schnaps, wollte er nicht länger ausweichen. Sie rasten die Kaiserstraße entlang. Links breitete sich das Grün des Hofgartens aus. Seine Ehefrau blinkte links und bog in eine winzige Straße ab. Wieder musste Jaspal höllisch aufpassen, um weder den Anschluss zu verlieren noch aufzufliegen. Zum Glück bog auch sein Vordermann ab, sodass er als Sichtschutz erhalten blieb. Jaspal schaute in den Rückspiegel. Schon wieder der dunkle Van samt zwei Männern mit schwarzen Sonnenbrillen. Verfolgten die ihn? Oder Claudia?

Seine Frau bog wieder ab. Jaspal folgte. Er musste die Geschwindigkeit deutlich vermindern, um den Abstand zu wahren. Nun fuhr niemand mehr zwischen ihnen. Der Van war ebenfalls abgebogen. ›Schäferstraße‹, sagte das Straßenschild. ›Schäferstündchen‹ war Jaspals Assoziation. Er musste über sich selber lachen. Claudia bog erneut ab, jetzt in die Inselstraße. Die Gegend kam ihm bekannt vor. Lag hier nicht das elegante Businesshotel? Sein Bauch sagte ihm, dass Claudia genau dort hinwollte. Aber sein Kopf suchte nach angenehmeren Alternativen.

Wenig später sah er, wie der Kleinwagen in der Tiefgarage des Hotels verschwand. Jaspal fuhr auf den Seitenstreifen, schaltete den Motor ab, ließ die Scheiben herunter, löste den Gurt. Er blickte in den Rückspiegel. Der Van hatte ebenfalls angehalten, in gebührendem Abstand. Sie schienen ihn anzustarren. Wer hatte die beiden auf ihn angesetzt? Bäumler? Von Roffhausen? Hatte es mit Estelles Tod zu tun?

Die warme Frühlingsluft trug honigsüße Blütendüfte, Vogelstimmen und Autolärm herein. Eine Frau mit Kinderwagen ging vorbei und schaute verstohlen in die Limousine. Jaspal atmete kräftig ein und wieder aus. Er stemmte sich gegen die Leere, die sich in ihm auszubreiten drohte. Claudia trat aus der Tiefgarage heraus, schaute links und rechts. Dann überquerte sie die Straße in Richtung Park. Ihr Haar war zu einem Pferdeschwanz gebunden, unter dem beigefarbenen Trenchcoat lugten schwarze Nylonstrümpfe sowie ein paar schwarz glänzende Killerpumps hervor. Dieses

Schuhwerk hatte Jaspal an ihr noch nie gesehen. Solange er sie kannte, hasste sie hochhackige Schuhe. Jaspal beobachtete, wie Claudia in den Park stolzierte und sich nach ein paar Schritten auf eine Bank setzte. Sie schlug die Beine übereinander, wippte mit der Schuhspitze, fischte ihr Handy aus der Handtasche, die er ihr letztes Jahr geschenkt hatte. Jaspal zuckte zusammen. Sein Telefon klingelte. Es war Claudia.

»Hallo Schatz, alles okay?«, fragte Jaspal mit so trockenem Mund, als habe er eine Wüste verschluckt.

»Hallo Jaspal. Ja, super. Ich wollte nur kurz deine Stimme hören. Und bei dir?«

»Hmm. Business as usual. Wo bist du denn gerade?«

»In Düsseldorf. Wir sitzen im Park und quatschen Frauenzeug. Sei froh, dass du nicht dabei bist. Du, sei mir nicht böse, wenn es heute etwas später wird, ja? Bärbel und ich, wir sehen uns doch so selten.«

»Hmm ... Was habt ihr denn noch vor, Bärbel und du?« Jaspal fühlte sich an das Verhör erinnert, das Bäumler mit ihm geführt hatte. Nur kreiste er sein Ziel wesentlich vorsichtiger ein, als der Kommissar das getan hatte.

»Na ja, wir gehen noch ein bisschen shoppen und dann machen wir es uns bei Bärbel gemütlich. Sie hat doch ihr Wohnzimmer komplett neu eingerichtet. Hab ich dir ja erzählt. Alles vom Feinsten, wie sie sagt. Ich bin gespannt wie ein Flitzebogen.«

»Okay. Dann noch viel Spaß. Du, ich muss jetzt mal weitermachen. Wir sehen uns heute Abend, ja?« Jaspal beendete das Gespräch und legte das Telefon beiseite. Wie durch einen Schleier sah er, dass Claudia aufstand, die Straße überquerte und im Hoteleingang verschwand. Kurze Zeit später brauste ein schwarzer

Sportwagen vorbei und fuhr in die Tiefgarage. D-HR-777. Dieses Kennzeichen kannte er. Von Roffhausen und Claudia. Jetzt hatte er es schwarz auf weiß. Jaspals Herz pumpte, seine trockene Zunge klebte am Gaumen. War es armselig gewesen, Claudia hinterher zu schnüffeln? Er wollte Klarheit und die hatte er jetzt. Er startete den Motor, trat aufs Gaspedal und riss das Steuer herum. Fast hätte er einen Radfahrer erwischt, dessen hochgereckten Mittelfinger er noch im Rückspiegel sah, während das Hotel aus seiner Sicht verschwand.

Jaspal quälte sich durch den dichten Verkehr der A3. Das Kreuz Leverkusen lag gerade hinter ihm. Sein Telefon klingelte, es war Raimond Richter. Mit einem Stoßseufzer hob er ab.

»Herr Dr. Wöhler, wo stecken Sie? Von Roffhausen kann ich auch nicht erreichen. Haben Sie schon von der Patentanmeldung gehört?«

»Sie sprechen in Rätseln. Worum geht's?«

»Das Superpheromon. Die USF. Sie haben es vor uns entdeckt. Hier sind alle in heller Aufregung. Kommen Sie sofort und helfen Sie mit, die Wogen zu glätten. Wir müssen uns dringend mit den Anwälten zusammensetzen.«

»Danke für die Info, Herr Richter. Ich bin gleich im Hause und werde mich der Sache annehmen. Ist ja mein Bier, wenn ich das so sagen darf. Hatte ich doch schon vermutet, dass die französischen Kollegen sich inzwischen mehr auf Industriespionage als auf ihre eigentliche Arbeit konzentrieren. Also dann bis gleich.« Jaspal atmete durch. Jetzt bloß nicht die Fassung verlieren.

Er saß im Netz einer riesenhaften Spinne. Umgeben von klebrigen Seilen, in denen er sich mehr und mehr verstrickte. Es gab weder ein Vor noch ein Zurück. Eines der Seile schnürte sich immer fester um seinen Hals, begann ihm den Atem zu nehmen. Je mehr er strampelte, umso schlimmer wurde es. Er rang nach Luft. Die monströse Spinne saß reglos in der Mitte des Netzes und beobachtete seinen Kampf mit metallischen, kalten Augen. War das von Roffhausen, der ihn belauerte?

Jaspal erschrak, als ihn das Navi auf die Ausfahrt Köln-Mülheim hinwies, verließ die A3 und versuchte, die Gedanken zu sortieren. Claudia betrog ihn mit seinem Chef. Estelle hatte seine Erfindung geklaut. Sie war ermordet worden und er selbst stand unter Verdacht. Er blickte in den Rückspiegel. Der Van folgte ihm immer noch.

Bäumler stand vor seinem Lieblingsbüdchen am Wiener Platz und nahm einen Schluck lauwarmen Kaffees aus einem Plastikbecher. Er starrte auf den Eingang zur U-Bahn. Ihrem eigenen Rhythmus gehorchend, sog die Bahn Menschenmassen ein und spuckte sie wieder aus. Der Kommissar hasste es, von mehr als ein oder zwei Menschen gleichzeitig umgeben zu sein. Sie wie eine Ansammlung von Laborratten zu beobachten, wie er es gerade tat, das war absolut okay. Aber mitten unter ihnen fühlte er sich unwohl. Dabei war er beileibe kein Menschenfeind. Im Gegenteil. Aber bloß kein Dichtestress, darauf reagierte er empfindlicher als ein Schweizer Bürger.

Die Dienstbesprechung der Mordkommission ›Estelle‹ heute Morgen war ihm wieder gewaltig auf den Magen geschlagen. Alle hatten wild durcheinander gebrabbelt. Den meisten kam es eher darauf an, sich mit klugen Statements zu profilieren, als zum Fortgang der Ermittlungen beizutragen. War ihm etwas anderes übrig geblieben, als den Saal wie ein Löwe zusammenzubrüllen? Danach sprudelten endlich die Fakten, auf die er hinausgewollt hatte.

Bei der Durchsuchung der Studenten-WG hatten die Kollegen nichts Verwertbares gefunden. Kazmierski war sehr aktiv in der Food-Quality-Bewegung. Dass entweder er selbst oder der Verein, hinter dem erpresserischen Video steckten, ließ sich bislang nicht beweisen. Horst und Patricia hatten die Kölner Zentrale der Food-Quality gründlich unter die Lupe genommen. Keine Spur von einer Erpressung. Diese Leute waren ja auch Vollprofis. Im Todesfall Celine gab es nach Auswertung aller Spuren nur noch wenig Zweifel daran, dass es Selbstmord gewesen war. War das wirklich alles, was Joshua Kazmierski verbrochen hatte? Dass er sich eine Geocaching-Tour ausgedacht hatte, um seine Angebetete zu beeindrucken? So richtig konnte Bäumler das noch immer nicht glauben. Doch für andere Theorien fehlten die Beweise.

Als er von seinem Besuch in Grasse berichtet hatte, waren ihm die spöttischen Blicke seiner Kollegen nicht entgangen. Es war ja auch ziemlich dürftig, was er aus Frankreich mitgebracht hatte: Bertrand d'Orly beschuldigte Jaspal Wöhler, ihm die Erfindung des Superpheromons gestohlen zu haben. Und scharf auf Estelle Nicolier gewesen zu sein. Die sexuelle Beziehung zwischen Wöhler und Nicolier komplettierte das Bild, das er sich inzwischen von dem Chef-Forscher der Rheinischen Aroma Fabriken gemalt hatte. Dessen Streit mit dem Mordopfer am Tatabend vor Zeugen war eine brandheiße Spur. Raimond Richter, den Parfümeur, musste er unbedingt kennenlernen. Und bei der Gelegenheit würde er auch Herrn Wöhler ein weiteres Mal auf den Zahn fühlen. Ob der von der Observation schon etwas bemerkt hatte? Und wenn schon, ein bisschen Druck konnte nicht schaden.

Bäumler hatte das Gefühl, dass der entscheidende Durchbruch ganz nahe war. Das Schema solcher Ermittlungen war doch immer gleich. Man drückte auf einer fauligen Frucht wie auf einem Pickel von allen Seiten herum, hatte das Gefühl, dass sich im Inneren nicht viel tat und genau dann, wenn man schon fast aufgeben wollte, platzte die Schale an der dünnsten Stelle und gab den Inhalt spritzend frei. Genauso würde es auch dieses Mal laufen.

Die Begrüßung durch Raimond Richter war formvollendet. Er berührte Bäumlers Rücken und schob ihn mit den Worten »herzlich willkommen im kreativen Zentrum der Rheinischen Aroma Fabriken« in sein Büro. Bäumler stockte. Dieser Raum entsprach ganz und gar nicht seinen Erwartungen. Weder war es ein modern und funktional designtes Chefbüro noch ein mit Flakons gefülltes Parfümeurlabor. Das hier war ein Biedermeier-Büro, in dem man einen Laptop als anachronistischen Akzent platziert hatte. Die Wände waren mit gelb gepunkteten, cremefarbenen Textiltapeten verkleidet. Die Mahagonimöbel und die schweren Brokatvorhänge gaben dem Raum ein Fin-de-Siècle-Gepräge. Inmitten des düsteren Büros stand ein massiger, antiker Schreibtisch.

Die Bücherregale, die Bäumler sich perfekt im Wohnzimmer seiner Eltern hätte vorstellen können, waren mit unzähligen, sorgsam beschrifteten Glasfläschchen gefüllt. Richter deutete auf den Besprechungstisch, um den sich fünf mit Seide bespannte

Stühle gruppierten. Der Kommissar nahm Platz und betrachtete die Wand zu seiner Rechten. Sie war mit Urkunden gepflastert. Auf der Kommode darunter drängten sich silberne und goldene Pokale, wie in der Stammkneipe eines Schützenvereins. Richter setzte sich kerzengerade hin. Er zupfte an seinem seidenen Hals- und dem dazu passenden Einstecktuch, schlug die Beine übereinander und bot dem Kommissar eine Tasse Tee an.

»Darjeeling First Flush, eine exquisite Pflückung aus dem Teegarten Risheehat. Im wahrsten Sinne der Champagner unter den Tees.«

Bäumler lehnte ab und beobachtete, wie Richter die goldgeränderte Teetasse zittrig mit weit abgespreiztem Finger zum Mund führte. Das Gesicht des Parfümeurs war bleich und teigig. Dominiert wurde es von seiner Nase. Einem dreieckigen Fleischklumpen mit großen Öffnungen. Die wasserblauen Augen lagen tief in ihren Höhlen, der schmallippige Mund wurde von einem eckigen Kinn kontrastiert. Er wirkte angespannt. Bäumler ging wie üblich in den Frontalangriff über. »Wann haben Sie Estelle Nicolier zuletzt gesehen?«

»Das ... das wissen Sie doch. Am Abend im Saga. Danach ist sie ja nicht wieder aufgetaucht.«

»Aufgetaucht ist sie danach schon. Nur nicht lebendig.« Bäumler biss sich auf die Lippen. »Wie war Ihr Verhältnis zu Frau Nicolier?«

Richter nestelte an seinem Einstecktuch. »Rein beruflich, wenn Sie das meinen. Ich interessiere mich nicht für Frauen.«

»Ich verstehe. Und das Verhältnis von Herrn Dr. Wöhler zu Frau Nicolier, war das auch rein beruflich?«

»Da bin ich mir nicht sicher. Man sagt, er wäre scharf auf sie gewesen. Hat wohl auch versucht sie anzugrabschen, hab ich gehört.«

»Von wem haben Sie das gehört. Von Frau Nicolier?«

»Ja, genau ... Aber bitte, behandeln Sie das vertraulich, ja? Kann ich mich auf Sie verlassen? Herr Wöhler ist schließlich mein Kollege.«

Bäumler kritzelte eilig eine Notiz in ein fleckiges Heftchen. Diese Aussage war Gold wert.» Sie waren Zeuge des Streits zwischen Frau Nicolier und Herrn Wöhler im Saga?«

»Ja, das stimmt. Der Wöhler hat sich mächtig echauffiert. Er hatte Angst, dass Estelle ihm seine Erfindung, das Superpheromon, geklaut hat. Nicht ganz unberechtigt, wie wir seit heute wissen.«

»Wie meinen Sie das?«

»Wir bekamen heute die Nachricht, dass die USF das Superpheromon vor uns zum Patent angemeldet hat. Hier ist alles in hellster Aufregung. Wöhler behauptet immer noch, die USF hätte uns die Erfindung geklaut. Ich bin gespannt, ob er das beweisen kann. Und wenn nicht, dann ist er so gut wie tot.«

Bäumler zog die Brauen hoch und suchte Augenkontakt zu Richter, der diesem jedoch auswich. Der Parfümeur griff erneut zur Tasse, spreizte den Finger ab und nahm einen Schluck Tee. Das Zittern hatte aufgehört.

»So gut wie tot?«, fragte der Kommissar.

»Na ja, beruflich, meine ich natürlich. Wenn Wöhler jetzt nicht liefert, machen uns die Investoren die Hölle heiß. Unsere Geschäfte liefen schon mal besser. Jetzt bauen wir darauf, dass unsere Forschung einen echten Knaller landet. Dann hätten wir wenigstens rosige Zukunftsperspektiven. Darauf stehen die Banker ja noch mehr als auf die aktuelle Performance. Zukunftsfantasien!« Richter ließ das letzte Wort auf der Zunge zergehen wie eine zart schmelzende Schokopraline.

»Herr Bäumler. Die allerwenigsten wissen doch, was die Aromaindustrie für die Gesellschaft leistet. Aromen, Gerüche, Düfte. Das sind nicht irgendwelche Nullachtfünfzehn Produkte, so wie Plastik und Kunstdünger. Wir sprechen den Geruch an, einen der fünf aristotelischen Sinne. Sie haben gar keine Ahnung, wo Sie heutzutage überall von uns beduftet werden. Sie sitzen in der Hotelbar und haben plötzlich Lust auf einen Drink. Sie ahnen nicht, dass der Grapefruit-Raumduft der Rheinischen Aroma Fabriken dahinter steckt. Und wenn Sie in den Feierabend gehen, mit dem wohligen Gefühl, heute richtig was geschafft zu haben. Wissen Sie, dass unser Holzaroma dahinter steckt, das Ihr Arbeitgeber über die Klimaanlage in den Büros versprüht hat?«

Richter stand auf, lockerte das Seidentuch und breitete die Arme theatralisch aus. Er schien vergessen zu haben, dass er sich in einer polizeilichen Befragung befand. Bäumler war das recht. »Mit unseren Duftstoffen zielen wir direkt auf das limbische System, den ältesten Teil unseres Gehirns. Dorthin, wo die Gefühle sitzen. Wir alle kennen doch diese Momente, in denen ein einziger Duft ganze Lebenserinnerungen wachruft. Der Geruch von Omas Apfelkuchen. Auf einen Schlag sind wir wieder sechs Jahre alt und fühlen uns geborgen wie damals. Der süße Duft einer Ligusterhecke. Wir sehen die braun gesprenkelten Amseleier, die aus dem Nest gefallen und auf dem Gehweg zerplatzt sind. Und wir sind genauso schockiert wie damals, als wir gerade von der Schule nach Hause kamen und die zerplatzten Eier fanden.«

»Ich bin Anosmatiker. Aber ich kann mich noch schwach erinnern.« Bäumler rutschte in eine bequemere Sitzposition.

»Anosmatiker? Mein tief empfundenes Beileid! Jetzt verstehe ich auch die Duftwolke, die Sie umgibt. Sie können gar nichts dafür, Sie armer Tropf.«

»Schon gut. Was ist denn Ihre Aufgabe als Parfümeur des Unternehmens?«

»Wir Parfümeure sind diejenigen, die aus chemischen Substanzen Emotionen machen. Wir kreieren einen Himbeergeschmack von solcher Intensität, dass die Natur vor Neid erblasst. Unsere Parfüms sind Duftsymphonien, Kunstwerke aus Düften, die die Persönlichkeit des Trägers, oder der Trägerin, auf eine höhere Ebene heben. Wir haben mehr Macht über die Menschen als manch ein Staatenlenker. Ja, Sie lachen, Herr Bäumler, aber es ist wahr! Wir designen die Gefühle, die Sie später einmal haben werden. Und dann füllen wir sie in diese unscheinbaren Glasflakons.« Er zeigte auf die Mahagoniregale.» Stellen Sie sich vor, welch ungeheure Macht in diesen Gläschen steckt!«

Richter riss das Seidentuch vom Hals, tupfte sich damit die Stirn und warf es auf einen Stuhl. Er wirkte nun wie ein Stardirigent, der erschöpft aber zufrieden auf den tosenden Applaus wartet. Da war er bei Bäumler an der falschen Adresse.

»Also gut, Sie designen Gefühle. Für diejenigen von uns, die riechen können. Und wie passen die Pheromone dazu? Die kann man doch gar nicht riechen, oder?«

»Völlig richtig Herr Bäumler. Das Superpheromon, das ist das Tüpfelchen auf dem I. Ein paar Tröpfchen davon in das luxuriöse Damenparfüm und endlich wird das wahr, was wir in der Werbung schon immer versprochen haben. Reihenweise werden die stärksten Kerle schwach, wenn ihnen unser Luxusprodukt in die Nase steigt. Keiner von ihnen weiß, wie ihm geschieht. Und wenn die plötzlich so umschwärmte Dame das nächste Mal in einer Parfümerie steht, macht sie ihr Portemonnaie willenlos auf, um unser elektrisierendes Parfüm zu erstehen. Koste es, was es wolle. Und Wöhler, dieser arrogante Chemiker, lässt sich von den Franzosen düpieren! Sie waren schneller, sie waren cleverer als er! Und dann heißt es, sie hätten ihm seine Erfindung geklaut! Was bildet Wöhler sich eigentlich ein?« Hektisch nahm Richter auf dem Stuhl gegenüber Bäumler Platz.

Seine Zornesader war geschwollen. Die kalten, blauen Augen blickten aus kleinen Schlitzen. Erneut griff er nach dem Seidentuch, um die Schweißtropfen wegzuwischen.

»Ich habe mich vom kleinen Laboranten bis zum Chefparfümeur hochgedient. Belächelt haben sie mich. Erfolg an Erfolg habe ich aneinandergereiht.« Er zeigte auf die Wand. »Sie sehen ja all die Urkunden und Pokale. Sogar zum Chevalier de l'Ordre des Arts et des Lettres wurde ich ernannt! Der französische Orden für Kunst und Literatur. Welch seltene Ehre für einen deutschen Parfümeur! Und immer noch bin ich denen nicht gut genug. Ich habe schließlich kein Abitur, geschweige denn studiert. Da kann ich doch gar nicht auf Augenhöhe sein mit den ehrenwerten Managern. Und nun soll der Wöhler ein einziges Mal liefern. Und setzt das so dermaßen an die Wand, dass es nicht zu glauben ist.« Richter schlug mit der Faust auf den Tisch, wobei die Teetasse einen Luftsprung machte und klappernd auf ihrer Untertasse landete. Er verschränkte die Arme vor der Brust und atmete schwer.

Bäumler griff sich an die Oberlippe, als wollte er einen imaginären Bart streicheln. »Ich verstehe, Herr Richter. Ich verstehe. Aber sagen Sie mal, wenn jeder von uns so ein Superpheromon ausdünsten würde, wären wir dann am Ende nicht alle sexuell total verwirrt? Ginge es uns dann nicht wie den Traubenwicklern, die die Winzer mit ihren Pheromonfallen verwirren?«

»Völlig richtig, Herr Bäumler. Deshalb ist es ja so wichtig, dass das Superpheromon patentgeschützt ist. Und dass es sich in den Händen einer seriösen Firma befindet, nicht in denen skrupelloser Geschäftemacher!« Richter sank in seinen Stuhl zurück.

»Okay danke, ich habe verstanden«, erwiderte Bäumler knapp. Von der Seriosität der RAF war er immer weniger überzeugt. Den Parfümeur musste er im Auge behalten. Jaspal schleuderte die Patentschrift zurück auf den Schreibtisch. Sie hatte es also gewagt. Dieses von Ehrgeiz zerfressene Luder. Sie hatte sein wissenschaftliches Lebenswerk geklaut und schneller als er zum Patent angemeldet. Jetzt würde die große Schlammschlacht beginnen, ausgefochten von den Anwälten beider Seiten. Damit wollte er nichts zu tun haben. Roffhausen und Richter würden garantiert versuchen, ihm die Schuld in die Schuhe zu schieben. Die Investoren würden Roffhausen mächtig unter Druck setzen und der brauchte natürlich einen Sündenbock. Da sah er sie wieder: die Spinne mit den mitleidslosen Augen. Er musste an Claudia denken. Ihn fröstelte.

Peggy klopfte und öffnete vorsichtig die Bürotür. »Ein Kommissar Bäumler von der Kölner Kriminalpolizei. Der Herr kommt unangemeldet. Darf er trotzdem stören?«

Jaspal seufzte. Der hatte ihm gerade noch gefehlt. »Ja selbstverständlich«, antwortete er knapp.

Der Kommissar betrat das Büro, blieb in der Mitte des Raumes stehen. Er trug wieder sein zu kurz geratenes, kariertes Jackett und die braunen italienischen Wildlederschuhe. Diesmal in Kombination mit einem rosafarbenen Hemd. Auch die Duftaura kannte Jaspal bereits. Schweiß, Kaffee und Alkohol, ungelenk übertüncht mit Zitrus, Holz und Weihrauch. Das roch nach Boss.

»Herr Kommissar Bäumler, bitte setzen Sie sich. Kaffee, Tee oder Wasser, womit kann ich dienen?« Am liebsten hätte er ihm einen Grappa angeboten, doch den lagerte er nicht in seinem Büro.

»Nein danke, passt schon.« Stocksteif blieb der Polizist mitten im Raum stehen. Jaspal setzte sich auf die Kante seines Schreibtisches. Er versuchte, in Bäumlers Augen zu lesen, wie ernst die Lage war.

»Herr Wöhler, hatten Sie ein Verhältnis mit Estelle Nicolier?«

Jaspal schnellte hoch. Jetzt standen die beiden sich frontal gegenüber. Jaspal konnte den typischen Bäumler-Geruch in dieser hohen Intensität kaum ertragen. »Wie kommen Sie denn bitteschön darauf? Das ist völlig abwegig! Frau Nicolier war meine Praktikantin! Das wissen Sie ja bereits und damit ist unser Verhältnis auch hinreichend beschrieben.«

»Mir liegen Aussagen von Zeugen vor, dass Sie Frau Nicolier sexuell belästigt hätten.«

»Vollkommen absurd! Wer sagt so was? Ihre Zeugenaussagen sind wertlos. Da will mir doch schon wieder jemand schaden!«

»Schon wieder?«

»Ich habe gerade erfahren, dass die USF unsere Erfindung noch vor uns zum Patent angemeldet haben. Wir werden gerichtlich dagegen vorgehen. Wegen Diebstahl geistigen Eigentums. Ich bin mir sicher, dass Estelle Nicolier und Bertrand d'Orly hinter dem Diebstahl stecken.«

»Wirtschaftskriminalität. Nicht meine Baustelle. Da ist das KK 31 zuständig. Sie bestreiten also jegliches sexuelle Verhältnis zu Frau Nicolier?«

»Ja sicher, das sagte ich doch schon. Frau Nicolier war meine Praktikantin. Sie hat ihren Job hervorragend gemacht, war ein bisschen zu ehrgeizig. Man musste sie regelrecht vor sich selber schützen, sonst hätte sie Tag und Nacht durchgearbeitet. Nach dem Abschluss der Ausbildung wollte sie wieder zurück nach Frankreich und hat deshalb bei der USF angeheuert. Das war jedenfalls ihre offizielle Begründung. Bei der USF hat sie dann eine Blitzkarriere hingelegt. Jetzt ist ja klar, warum. Sie hatte eine Jahrhunderterfindung im Gepäck.« Jaspal schüttelte den Kopf und setzte sich wieder auf die Schreibtischkante. Bäumler krakelte ein paar Notizen in sein Büchlein, klappte es abrupt zu und richtete seine geschätzten einhundertfünfundneunzig Zentimeter zur vollen Größe auf.

»Herr Dr. Wöhler. Sie hätten ein starkes Motiv gehabt, Frau Nicolier zu töten. Sie hat Sie um Ihr Lebenswerk gebracht. Und Eifersucht ist ebenfalls nicht auszuschließen, auch wenn Sie das bestreiten. Haben Sie Estelle Nicolier getötet?«

»Nein, nein und nochmals nein!« Jaspal schlug mit der Faust auf die Schreibtischkante. »Sie haben kein einziges Indiz und reimen sich völlig absurde Mordmotive zusammen, um endlich einen Erfolg präsentieren zu können. Entschuldigen Sie, Herr Bäumler, aber das ist dilettantisch!« Jaspal sackte in sich zusammen und wäre beinahe von der Schreibtischkante gerutscht. Sein Mund war trocken. Die Augen brannten. In nächster Zeit würde er häufig mit Anwälten zu tun haben. Aber dieser penetrante Kommissar würde an seinen Entschlüssen nichts ändern. Ab jetzt würde Jaspal wieder selbst das Kommando in seinem Leben übernehmen.

»Nun gut, Herr Dr. Wöhler, ich nehme Ihre Aussage zur Kenntnis. Wann immer Sie reden wollen, melden Sie sich bei mir. Wir ermitteln weiter, drehen jeden Stein zweimal um. Und wenn wir jetzt noch das kleinste Indiz finden, das Sie belastet, werden wir nicht zögern, U-Haft zu beantragen.«

»Tun Sie Ihre Arbeit, Herr Bäumler. Aber gewissenhaft und ohne Vorverurteilung. Sie werden sehen, dass Sie sich auf dem Holzweg befinden. Die zwei Beamten, die mich beschatten, könnten Sie wesentlich sinnvoller einsetzen.« Bäumler verzog den Mund zu einem Grinsen, das er sofort wieder zurücknahm, drehte sich um und verließ Jaspals Büro.

Jaspal griff zum Handy und drückte auf ›Claudia‹. »Hallo Claudia. Was hältst du davon, wenn wir heute Abend zusammen ins Saga gehen? Ich finde, wir sollten uns die Zeit nehmen. Was meinst du?«

Claudia wirkte überrascht, stimmte aber sofort zu. Jaspal fühlte, wie er ruhiger wurde. Die Ruhe vor dem Sturm? Er war entschlossen, reinen Tisch zu machen.

Schweigend hatten sie den verglasten Fluss, in dem farbige Fische schwammen, überschritten. Jetzt saßen sie einander gegenüber, wieder schweigend. Das Ambiente war so asiatisch, sachlich und kühl, wie das Ambiente eines Restaurants nur sein konnte. Vielleicht hatte Jaspal das Saga genau deshalb ausgesucht. Vielleicht aber auch, weil die ganze Misere hier begonnen hatte. Er nahm einen kräftigen Bissen von der gebratenen Scholle und versuchte, gleichzeitig ein paar Krabben und etwas Speck zu erwischen. Nur oberflächlich registrierte er das feine Zusammenspiel fischiger, salziger und würziger Aromen. Dazu den Hauch von Exotik, den der Fischkuchen, Tord Man Plaa genannt und der Thaispargel hinzufügten.

Claudias wasserblaue Augen leuchteten. Das blonde Haar, die helle Haut, die strahlend weißen Zähne und die Lachfalten in den Mundwinkeln verliehen ihrem Gesicht einen Ausdruck von Offenheit und unverstellter Lebensfreude. Er blickte in Claudias Gesicht und fühlte sich sofort besser. Daran hatte sich trotz allem nichts geändert.

»Jaspal, was ist los, du redest doch sonst wie ein Wasserfall«, durchbrach Claudia das Schweigen.

Jaspal kniff die Lippen zusammen und sah ihr in die Augen.» Ich war in Düsseldorf. Bei dem Businesshotel. Als du mich angerufen hast, konnte ich dich auf der Parkbank sitzen sehen. Da war weit und breit keine Bärbel. Du hast dich mit Roffhausen im Hotel getroffen.«

Claudia ließ ihr Besteck fallen. Sie lehnte sich zurück und blitze Jaspal an. »Waas? Du spionierst mir nach? Was soll das?«

»Was das soll? Glaubst du etwa, mir hat das Spaß gemacht? Ich kam mir reichlich bescheuert vor und ich finde es jammerschade, dass es so weit gekommen ist. Also bitte, lass uns Klartext reden. Was ist los, Claudia?«

Claudia rutschte auf dem Stuhl herum. Sie schaute an Jaspal vorbei. Ihr Blick irrte auf dem Boden umher. Sie sprach mit leiser, rauer Stimme. »Es tut mir leid, Jaspal. Es ist einfach passiert. Es war völlig falsch, dass ich meinen Job an den Nagel gehängt habe. Plötzlich fehlte mir der Halt und du warst immer viel zu beschäftigt, hast dich immer nur um dich selbst gedreht. Hast du überhaupt gemerkt, dass ich völlig den Boden unter den Füßen verloren hatte?«

»Ja schon … Aber ich dachte, du brauchst etwas Zeit, um dich an einen Alltag ohne bezahlte Arbeit zu gewöhnen. Ich dachte, der Tennisclub, das Shoppen mit deinen Freundinnen, die Cocktailpartys und die Mitarbeit bei der Kölner Tafel … Ich dachte, das alles hätte dich mehr und mehr ausgefüllt.«

»Anfangs schon. Aber dann merkte ich, dass ich die ganze Zeit versuchte, der Leere auszuweichen. Es kam mir vor, als hätte ich üblen Mundgeruch und versuchte immer wieder, den fürchterlichen Gestank mit Spülungen und Düften zu übertünchen. Ich wusste überhaupt nichts mehr mit mir anzufangen, Jaspal. Es wurde immer schlimmer, von Tag zu Tag.«

»Warum hast du nichts gesagt?«

»Du warst in deiner Welt und ich in meiner. Ich mach dir ja gar keine Vorwürfe.« Claudia strich sich die Haare aus dem Gesicht.

Der Sommelier trat an den Tisch. Wie aus dem Nichts war er aufgetaucht. »Sind Sie zufrieden? Kann ich noch etwas für Sie tun?«

Jaspal reagierte schneller als Claudia. »Nein, leider nicht«, sagte er langsam, wobei er jedes Wort betonte.

Der Sommelier blickte aufmerksam erst zu Claudia, dann zu Jaspal. »Der Wein ist genehm? Ich will ansonsten auf keinen Fall stören.«

»Der Wein schmeckt ganz wundervoll. Eine trockene Riesling-Spätlese, richtig?«, sagte Jaspal, um einen sachlichen Tonfall bemüht.

Der Sommelier wiegte den Kopf zustimmend hin und her. »So ähnlich. Das ist ein Großes Gewächs. Aus dem Bopparder Hamm, genauer gesagt aus der Lage Mandelstein. Von Matthias Müller, einem der führenden Winzer im Mittelrheintal. Dieser Wein hat internationales Format, mit seiner üppigen Nase, dem samtigen Mouthfeel und dem würzig-pfeffrigen Finish. Der kann auch der gebratenen Scholle Paroli bieten.«

Bei der Nennung des Namens Bopparder Hamm war Jaspal zusammengezuckt. Der Sommelier schenkte beiden nach und stellte die Flasche zurück in den Kühler. Jaspals Blick fiel auf die Tätowierung am Unterarm, die sichtbar wurde, als sich das Hemd des Sommeliers nach oben schob. Deshalb war der ihm gleich so bekannt vorgekommen! Na klar! Das war derselbe, der sie auch an jenem Abend bedient hatte. Ihre Augen trafen sich kurz. Jaspal wusste, dass der Sommelier ihn ebenfalls erkannt hatte. Ob der etwas von dem Streit zwischen ihm und Estelle mitbekommen hatte? Hatte er vielleicht gegen ihn ausgesagt? Schluss mit dem Verfolgungswahn, beschloss Jaspal und beobachtete, wie der Sommelier sich eiligen Schrittes entfernte.

»Warum ausgerechnet Roffhausen?«

»Er ist so stark, steht wie der Fels in der Brandung. Helmut kommt von der Arbeit, legt einfach den Schalter um und dann gibt es nur noch mich. Sich festhalten können. Ich glaube, das ist es. Ach, Jaspal ... Es ist einfach passiert.«

»Bist du jetzt glücklicher?«

»Ich glaube schon.«

Jaspal spürte einen schmerzhaften Stich. Seine Stimme war heiser, als er weitersprach: »Ich habe lange nachgedacht. Über uns. Und über mich. Momentan kommt ja alles zusammen. Erst der Mord, dann du und

Roffhausen und jetzt hat die USF auch noch unser Superpheromon geklaut. Dieser Kommissar war gerade wieder bei mir. Er hat mir erklärt, dass ich jetzt sein Hauptverdächtiger bin. Du kennst mich, ich laufe nicht weg. Ich zieh die Sachen durch, egal wie schwierig die sind. Aber jetzt stecke ich in einer Sackgasse. Mein Leben fährt ohne mich, ich habe keine Hand mehr am Steuer. Ich werde Köln verlassen. Ich werde die Aromafabriken verlassen. Und ich werde dich verlassen.«

Claudia biss auf die Unterlippe, drehte den Ehering wie einen Brummkreisel und hörte erst damit auf, als sie Jaspals Blick bemerkte. »Und was hast du vor?«

»Ich gehe nach Boppard und werde Winzer. Zusammen mit Paul Zeehse. Der hat gerade ein Weingut geerbt.«

Claudia prustete los. Lachte hysterisch. Einige Gäste blickten herüber. »Wie bitte? Hast du völlig den Verstand verloren? Deinen Humor hast du dir jedenfalls bewahrt! Geh doch gleich zurück zu deinem Papa in den Rheingau!« Eine weitere Lachsalve erschütterte das Restaurant.

»Es ist mir verdammt ernst, Claudia. Verdreh hier jetzt bitte nicht Ursache und Wirkung. Keine Angst, ich träume nicht von Winzerromantik. Aber ich will raus aus dieser Kunstwelt. Hier ist doch alles gefaked. Da hinten, dieser verglaste Fluss. Das ist doch typisch. Und ich liefere den Leuten auch noch die Aromen dazu. Diese Arbeit widert mich an!« Jaspal legte die Hände flach auf den Tisch und atmete kräftig aus. »Ich will Rebstöcke pflegen, Trauben zur Reife bringen. Die Aromen herausholen, die die Natur in ihnen versteckt hat. Ich will richtig gute Weine machen, die nach ihrer Herkunft schmecken. Letztens, als ich in Boppard war, habe ich solche Weine probiert. Von einem jungen

Winzer. Daniel Alt heißt er. Weinkunstwerke will ich machen, zusammen mit Paul. Und am Ende bin ich vielleicht froh, dass alles so gekommen ist.«

»Klingt ja sehr nett. Zeehse und du, ihr seid ja ein wahres Supergespann. Schade nur, dass ihr beide keinen blassen Schimmer vom Weinmachen habt!« Claudia lachte wieder, diesmal aber verhaltener.

Jaspal kratzte sich am Kopf und schlug mit der flachen Hand auf den Tisch. »Noch nicht. Aber das werden wir ganz schnell lernen. Ganz schnell, glaub mir!« Er hatte gesagt, was gesagt werden musste. Claudias Hochnäsigkeit prallte an ihm ab. »Die Rechnung bitte!«, beendete Jaspal das Gespräch, noch bevor es zu einer Schlammschlacht werden konnte.

Bis vor wenigen Minuten war Bäumler sich sicher gewesen, in seinem langen Berufsleben bereits alle nur erdenklichen Todesarten zu Gesicht bekommen zu haben. Jetzt stand er in der Markmannsgasse, die vom Heumarkt zur Rheinpromenade führte, und war fassungslos. Immer noch tropfte Blut aus Höhe des zweiten Stockwerks und vereinigte sich auf dem Pflaster mit einer roten Lache, die sich vor dem Haupteingang des Hauses ausgebreitet hatte. Das mittlere Fenster im zweiten Stock war von einem schmutzig grauen Steinrahmen eingefasst. Die Oberkante des Fensterrahmens zierten zwei steinerne Kugeln. An der Linken der beiden Steinkugeln hatten sie das Schwein aufgehängt. Das Messer steckte mitten in Miss Piggys Bauch und aus der Wunde unter dem rosafarbenen Kleidchen tropfte Blut. Schlapp hing ihr Kopf nach unten. Die blonde Lockenmähne verdeckte ihr Gesicht. Trotzdem war Bäumler sich sicher, dass die tote Miss Piggy identisch mit dem Schwein aus dem Erpresser-Video war.

Seine Kollegen hatten den Tatort weiträumig mit rot-weißem Polizeiband abgesperrt. Die Schar der Schaulustigen vergrößerte sich von Minute zu Minute. Die Nachricht vom Tatort schien sich herumzusprechen. Die Stimmung changierte zwischen belustigt und bedrückt. Laut zu lachen traute sich niemand.

Innerhalb der Absperrung standen nur wenige Personen, die entweder zur Polizei oder zu Food-Quality gehörten. Darunter war eine Frau, Anfang dreißig, die Bäumler sofort in ihren Bann zog. Gestikulierend unterhielt sie sich mit zwei jungen Männern, wobei ihre langen, schwarzen Haare durch die Luft wirbelten. Bäumler war sich sicher, italienische Wortfetzen aufgeschnappt zu haben. Was machte eine so attraktive, junge Frau bloß bei diesen Food-Quality-Ökos? Der Kommissar sah hinüber zu Joshua Kazmierski, der mit aschfahlem Gesicht seine Aussage zu Protokoll gab. Mit wenigen Schritten war er bei ihm. »Herr Kazmierski, Sie werden mir immer unheimlicher. Egal zu welchem Todesfall ich gerufen werde, Sie sind garantiert dabei.«

Joshuas Gesicht färbte sich krebsrot. Er stammelte: »Herr, Herr Bäumler. Da kann ich doch nichts für. Ich habe mit all diesen Sachen nichts zu tun, glauben Sie mir doch.«

»Genau das fällt mir immer schwerer. Was tun Sie hier?«

»Wir hatten unser wöchentliches Treffen. Wir haben nichts mitgekriegt von dieser Sauerei hier. Aber wir sind es ja gewohnt, dass man auf uns rumhackt.«

»Na ja, Engel von Traurigkeit seid ihr ja auch nicht gerade, wenn ich mir eure Aktionen so anschaue. Hat diese Inszenierung etwas mit der Erpressung der Rheinischen Aroma Fabriken zu tun? Scheint ja dasselbe Schwein zu sein!«

»Nein, nein und nochmals nein! Ich habe doch schon hundertmal gesagt, dass ich damit nichts zu tun habe. Mit diesem Video meine ich. Und dass wir, also Food-Quality, damit nichts zu tun haben.«

»Ihr Wort in Gottes Ohr, Herr Kazmierski.« Bäumler tippte mit dem Finger an sein rechtes Unterlid und drehte sich um. Schnurstracks ging er in das Haus, wobei er einen Bogen um die Schweineblutlache machte.

Ein ›hohes Budget für leistungsabhängige Bezahlung‹ begrüßte Jaspal am Seiteneingang der Rheinischen Aroma Fabriken von den dort ausliegenden Flyern. Ein Pförtner aus Fleisch und Blut grüßte hier schon lange nicht mehr. Nachdem er seinen Werksausweis an das Lesegerät gehalten hatte, öffnete sich das vergitterte Werkstor und ließ Jaspal passieren. Dieses rostige Tor hatte für ihn etwas Archaisches, trotz seiner modernen, vollautomatischen Sicherheitseinrichtungen. Es erinnerte ihn an maschinenölverschmierte Arbeiter in Blaumännern, die den wartenden Ehefrauen die Lohntüten übergaben. Und an das schnelle Kölsch in der Mittagspause in der Kneipe auf der anderen Straßenseite, das dieselben Arbeiter schon vorbestellt hatten. Er parkte seine S-Klasse auf dem Parkplatz mit dem Schild ›reserviert für Dr. Wöhler‹, stieg aus und streckte sich. Er fühlte sich leicht, so, als wäre eine tonnenschwere Last von seinen Schultern genommen worden. Sein Blick wanderte zum Logo der Rheinischen Aroma Fabriken, das stolz über dem Haupteingang der Zentrale prangte. Er stutzte. Das A, in der Form einer Parfümflasche, es war wieder da. Er schaute nach oben. War das das Original? Er hatte im Kölner Stadtanzeiger von dem Schwein gelesen, das sie in der Altstadt so effektvoll aufgehängt hatten. Waren das die ›geeigneten Maßnahmen‹ gewesen, die der Sicherheitschef ergriffen hatte? Er hastete die Stufen hinauf, drückte auf den Fahrstuhlknopf. Sein letzter Arbeitstag bei den Aromafabriken hatte begonnen.

6. Mittelrheinische Winzerfreuden

Daniel Alt umfasste die Traube behutsam und bog sie nach vorne, damit Jaspal sie genauer betrachten konnte.

»Siehst du, während du in Köln noch deinen gepolsterten Chefsessel warmgehalten hast, haben eure Reben hier im Hamm schon für den ersten Jahrgang geackert. Ende Mai haben sie bereits zu blühen begonnen, das Frühjahr war ja ziemlich warm. Zum Glück gab es dieses Jahr weder Spätfröste noch Hagelschauer. Und schau mal, so haben sich inzwischen wunderschöne, gesunde Trauben gebildet.« Jaspal machte einen Schritt nach vorn. Der Schiefer rutschte unter ihm. Daniel packte ihn geistesgegenwärtig
am Arm.

»Danke, Daniel. Mit dem Steilhang bin ich immer noch nicht per Du. Aber das mit dem Warmhalten des Chefsessels, das nimmst du sofort zurück.« Jaspal zwinkerte dem jungen Winzerkollegen zu. Er war heilfroh, dass Daniel sich so viel Mühe gab, ihn in die Basics des Weinmachens einzuführen. Noch schöner wäre es gewesen, wenn auch sein Kompagnon, Paul Zeehse, sich ein bisschen mehr Mühe gegeben hätte. Leider hatte der sich auf die Äußerlichkeiten eines Weinguts, wie Innenarchitektur und Etikettengestaltung konzentriert. Seine Begeisterung für das Winzerdasein ließ bereits merklich nach.

Jaspal griff die Traube, die Daniel ihm hinhielt, und betastete die kleinen, noch steinharten Beeren. »Ich kann mir gar nicht vorstellen, dass aus diesen unscheinbaren Erbsen schon bald goldgelbe, pralle Beeren werden. Gefüllt mit zuckersüßem Saft. Und noch weniger kann ich mir vorstellen, dass wir im Herbst Tausende solcher Beeren ernten, pressen, vergären, ausbauen und schließlich als Wein in Flaschen füllen werden. Und dass dieser Wein mit all seiner Aromatik, Frische und Rassigkeit so wenig zu tun haben wird mit dem klebrigen Saft, den wir aus den Beeren herausgequetscht haben. So sehr ich das intellektuell auch nachvollziehen kann, ein Wunder ist es für mich immer noch.«

»Das stimmt, Jaspal. Aber glaub ja nicht, dass die Natur das alleine hinbekommt. Die Reben sind mindestens so schlimm wie Frauen. Sie wollen gehätschelt und getätschelt, sie wollen auf Händen getragen werden, sonst geht bei ihnen gar nichts.«

»Na schön, du alter Frauenversteher. Und was heißt das konkret?«

»Du musst jetzt unbedingt was gegen unsere zwei mächtigsten Feinde unternehmen. Oidium und Peronospora, den echten und den falschen Mehltau. Nicht nur Pflanzenschutz, jetzt sind auch die Laubarbeiten dran. Ich hab dir ja letztens schon gezeigt, wie das geht.«

»Okay, okay, mach ich. Du, sag mal, Daniel, stimmt es, dass Engelbert Hollmann deine Weine von seiner Restaurantkarte gestrichen hat?«

»Ja, das stimmt. Leider. Keine Ahnung, was den geritten hat. Ich musste sogar persönlich vorbeikommen, um den Restbestand abzuholen. Als ich da war und die Weinkisten in mein Auto gepackt habe, kam ich mir vor wie ein begossener Pudel.«

»Was sollte das denn?«

»Er meinte, meine Weine gingen bei ihm nicht mehr so gut. Kann ich mir gar nicht vorstellen, bis vor Kurzem hat er noch kräftig nachgeordert. Und außerdem wolle er sein Sortiment umstellen. Mehr Große Gewächse und mehr überregionale Weine. Ich habe echt keine Ahnung, was bei Hollmann abgeht. Er scheint in Geld zu schwimmen, ist ja gerade wieder dabei, sein Restaurant zu modernisieren.«

»Ich hab gehört, dass sich neuerdings ein paar Winzer aus dem Ort bei Hollmann zu einem Weinstammtisch treffen.«

»Was du so alles hörst, hoch oben im Bopparder Hamm! Hab ich aber auch gehört. Sollen nur die aus der zweiten Reihe sein, die er um sich versammelt hat. Komisch, komisch, was die Hollmänner so treiben. Du, ich muss jetzt mal wieder nach meinen eigenen Frauchen, also nach meinen Reben schauen. Bis später, Jaspal. Vergiss nicht die Laubarbeiten. Gib unseren Feinden keine Chance!« Daniel Alt grinste und steckte das blaue Winzerhemd in die Hose. Er schob die Nickelbrille dicht vor die Augen und verabschiedete sich von Jaspal mit einem Victoryzeichen.

Die Raupe schnarrte und knatterte ohrenbetäubend über den Schieferboden den Steilhang hinab. Es roch nach Diesel wie auf einem Schiffskutter. Verkrampft stand Jaspal auf dem Gefährt, das hinten durch einen Seilzug gesichert war. Er klammerte sich am Griff fest, sein Körper wurde durchgeschüttelt und die Arme erlahmten zusehends. Für dieses winzige Kettenfahrzeug war er mit seinen ein Meter achtzig definitiv nicht geschaffen! Mithilfe der Raupe bewegte er ein Gestell, das aussah wie eine stählerne Klammer, über die Rebstöcke hinweg. Rotierende Stahlmesser wirbelten durch die Luft und ließen die hellgrünen Rebzweige herunterpurzeln, wie Preise auf dem orientalischen Basar. Das war ja auch der Sinn des Ganzen. Genauso wie

Daniel es ihm geraten hatte, entfernte Jaspal überzählige Blätter, um die Durchlüftung der Rebanlage zu verbessern. Bei Regen trockneten die Blätter somit schneller ab, wodurch die Wahrscheinlichkeit eines Pilzbefalls verringert wurde. Außerdem konnten die Beeren optimal Sonne tanken, ohne von den Blättern beschattet zu werden.

Jaspal hatte das Ende der Rebzeile erreicht. Er schaltete den Motor aus und ließ sich auf den harten Schieferboden fallen. Er streckte alle viere von sich, schaute in den Sommerhimmel und beobachtete die Schäfchenwolken, die wie Wattebäusche auf einem blauen Meer vorbeitrieben.

Der Rücken schmerzte. Die Hände waren taub. Was für eine elende Plackerei, diese Weinbergarbeit. Selbst mit modernster, maschineller Hilfe. Jaspal seufzte. Er war so glücklich wie schon lange nicht mehr.

Sein Handy klingelte. Er zuckte zusammen. Innerhalb von Sekundenbruchteilen war Jaspal wieder in seiner alten Welt. Er dachte an Roffhausen, der verzweifelt versucht hatte, ihn zum Bleiben zu überreden. Und an den Patentklau der USF. Und wieder blickte ihn die Spinne mit den kalten, mitleidslosen Augen an. Seit Wochen hatte er sie nicht mehr gesehen. Und auf einmal, wie aus dem Nichts, tauchte sie wieder auf. War sein kleines, neues Glück immer noch so brüchig, dass ein banales Handyklingeln ausreichte, um es zu gefährden?

»Guten Tag Herr Wöhler. Hier ist Julian Somerset, der Weinschreiber. Haben Sie einen Moment Zeit?«

Jaspal stutzte. Somerset war ein Begriff in der deutschen Weinszene, ja mehr als das. Der spleenige Engländer hatte sich auf deutsche Weine spezialisiert, besonders auf Rieslinge. Später hatte er den Planeten

Wein erkundet und darüber eine Buchserie geschrieben, die Jaspal verschlungen hatte. In letzter Zeit sah man Somerset häufiger im Fernsehen. Dieses Medium schien seinem Drang zur Selbstinszenierung besonders entgegenzukommen. Kurz gesagt: Somerset war der Papst unter Deutschlands Weinkritikern. Bei dessen Anruf wurde manch gestandene Winzerpersönlichkeit ganz klein mit Hut. Auch wenn bestimmt nicht jeder von ihnen schwarze Spinnen sah. Was um Himmels willen wollte der englische Weingott von Jaspal? Der hatte doch noch keinen einzigen Tropfen eigenen Weines gemacht!

»Guten Tag Herr Somerset. Sie überraschen mich mit Ihrem Anruf. Was verschafft mir die Ehre?«

»Ich dachte, Sie wissen Bescheid. Ich habe mich mit Ihrem Kollegen, Herr Zeehse, in Ihrem Weingut im Bopparder Hamm verabredet. Nun ist aber niemand hier. Door closed. Haben Sie vielleicht Zeit vorbeizuschauen und mir Ihre neue Weine und den Weingut ein bisschen zu zeigen?«

Jaspal verdrehte die Augen, bis es schmerzte. Das war wieder typisch Zeehse. Einerseits beeindruckend, dass er es geschafft hatte, den englischen Weinguru leibhaftig hierher zu lotsen. Andererseits war es völlig verfrüht. Sie hatten doch mit ihrer Arbeit noch gar nicht richtig begonnen. Und dann ließ er diesen Somerset auch noch eiskalt vor verschlossener Türe stehen.

»Gerne, Herr Somerset. Ich bin gerade mit der Laubarbeit fertig. Nur ein paar Minuten, dann bin ich bei Ihnen.« Jaspal fuhr die Raupe wieder nach oben, rauf auf den Anhänger und knatterte mit dem Traktor zurück in Richtung Weingut. Sein Bauchgefühl sagte ihm, dass diese spontane Besichtigung unter einem schlechten Stern stand. Und dass er mit Zeehse ein ernstes Wörtchen reden musste.

Somerset hatte es sich auf der Holzbank vor dem Eingang gemütlich gemacht. Die roten Socken hatte er in die eleganten schwarzen Schuhe gestopft, die Lederhose bis zu den Knien hochgekrempelt. Im Kies schien er seine nackten Füße zu massieren, die genauso leichenblass waren, wie man es von einem Engländer erwartete. Er trug ein eng anliegendes schwarzes Hemd. Neben ihm lag ein ebenfalls schwarzes Jackett, dessen Karomuster durch rote und goldene Streifen gebildet wurde. Jaspal war sich sicher, dieses eigenwillige Jackett in den deutschen Nationalfarben aus dem Fernsehen zu kennen.

»Herr Wöhler, guten Tag. Ist diese Wetter heute nicht marvelous? Hier auf diese Bank wird man ja lebendig gegrillt. Barbecue in the Steilhang. Da begreift man sofort, warum Ihre Trauben im Hamm eine so reife Aroma bekommen!«

»Guten Tag Herr Somerset. Super, dass Sie sich die Zeit nehmen, uns zu besuchen. Ich hoffe, wir enttäuschen Sie nicht. Das mit der reifen Aromatik unserer Trauben steht noch in den Sternen, wir fangen ja grad erst an.«

»Keine Angst, ich weiß Bescheid. Aber Ihre Story, die ist einfach zu extraordinary. Malerfürst und Aromaforscher übernehmen Weingut im Bopparder Hamm. Die Journallie wird euch schon bald die Bude einrennen. Da wollte ich schnell sein, bevor euch die Schreibfuzzis zu lästig werden.« Jaspal klopfte sich den Staub von der Hose. Er klaubte einen dicken Stein aus dem Profil seines Gummistiefels, wischte die Hand notdürftig am T-Shirt ab und begrüßte den Weinpapst.

Er registrierte den festen Händedruck und ließ Somerset eintreten.

»Paul Zeehse hat das Weingut von seiner Tante Elisabeth geerbt. Der Familienweinbau lässt sich bis ins 18. Jahrhundert zurückverfolgen. Früher war das Weingut unten in Boppard. Anfang der siebziger Jahre, nach der großen Flurbereinigung, baute man dann das neue Haus hier oben im Hamm. Damals eine absolut innovative Idee. Alle anderen Weingüter waren entweder in Boppard, Spay oder Osterspai. Natürlich zeigten sie alle Elisabeth den Vogel.« Mit flinken Fingern tippte Somerset Notizen in sein Tablet, ohne dass seine Aufmerksamkeit für Jaspal nachzulassen schien.

»Wo stehen Ihre Reben? Sie haben immer noch drei Hektar?«, fragte er, ohne von dem Tablet aufzusehen.

»Völlig richtig, wir bewirtschaften drei Hektar im Bopparder Hamm. In den Lagen Fässerlay, Mandelstein, Feuerlay und Engelstein. Hundert Prozent Riesling, auch daran haben wir nichts geändert.«

Der Weinpapst ließ sein Tablet sinken, blickte auf und Jaspal in die Augen. »Ich hab Elisabeth ein paar Mal getroffen. Nur kurz, aber intensiv. Resolute Frau, wie man in Deutschland sagt. Hat sich gleich als Lizzie vorgestellt.

Die hatte richtig starke Ahnung von ihre Wein. Ich erinnere mich an eine mega spritzige, zitrusfruchtige Kabinett von die Fässerlay. Und auch eine superreife, saftige Beerenauslese, ich glaube aus dem Mandelstein.«

»Richtig, Herr Somerset, Ihre Beschreibungen treffen ins Schwarze. Wir wollen Lizzies Tradition weiterführen. Ich erklär Ihnen das später noch genauer, wenn wir oben im Verkostungsraum sind.« Jaspal entspannte sich, das Gespräch empfand er als weitaus angenehmer, als er es befürchtet hatte. Er führte Somerset in die Kelterhalle im Erdgeschoss und zeigte ihm die nagelneue Traubenpresse. Er deutete auf das restliche Equipment. Die alten, penibel gepflegten Filter und Pumpen. »Die werden wir mit Augenmaß einsetzen. Dafür aber sowohl mit Ganztraubenpressung als auch mit verlängerter Maischestandzeit experimentieren. Von der Kelterhalle aus können wir den Wein durch Schwerkraft in den Keller laufen lassen. Alles so schonend wie möglich, das haben Paul Zeehse und ich uns fest vorgenommen.«

»Ich verstehe. Sounds like a plan. Sie haben sich schon sehr gut eingearbeitet in Ihre neue Beruf. Brauchen Sie denn wirklich professionelle Hilfe? Ausgerechnet von einer italienischen Önologin? Oder gibt's da noch ein paar secret private aspects?« Somerset zwinkerte Jaspal anzüglich zu. Jaspal blieb stehen. »Italienische Önologin? Ich hab keine Ahnung, wovon Sie sprechen, Herr Somerset.«

»Das sagte Herr Zeehse am Telefon. Er war ganz begeistert. Ist kein Problem, wenn Sie nicht wollen, dass ich darüber schreibe. Ich richte mich da völlig nach Ihnen.«

Jaspal schüttelte den Kopf, wollte erst etwas erwidern, biss sich dann aber auf die Zunge. Es war inzwischen mehr als ein ernstes Wörtchen geworden, das er mit Paul reden musste.» Lassen Sie uns in die Tiefe gehen.« Schmunzelnd öffnete Jaspal die schwere Eisentür. Sofort kam ihnen der typische, muffig-weinige Kellergeruch entgegen. Nur sechs Betonstufen und schon standen sie in dem angenehm kühlen Gewölbe, das vor Jahren aus dem Schieferfelsen herausgehauen worden war. »Wir haben alles, was aus Kunststoff war rausgeschmissen und durch kühlbare Edelstahltanks ersetzt. Aber auch die hölzernen Fuderfässer wollen wir weiter verwenden. Wein können wir hier unten momentan leider nicht probieren. Der letzte Jahrgang ist ja schon komplett in der Flasche.«

Somerset machte einen Schritt auf eines der Fuderfässer zu. Er streckte die Zunge aus und leckte über das Holz. Er drehte sich zu Jaspal und grinste. »Barrique-Fässer haben Sie doch keine, oder? Tschuldigung, das ist bei mir so ein Reflex. Wenn ich Holzfässer sehe, muss ich probieren. Bei Barriquefässern prüfe ich so die Holzqualität und den Toastungsgrad. Hier ist es nur eine Ersatzhandlung. Ich habe dabei immer ein bisschen Angst, dass meine Zunge am Holz hängen bleibt.« Somerset lachte scheppernd.

»Aber jetzt fühle ich mich schon viel besser!« Somerset lachte noch einmal so scheppernd, dass der Widerhall den Keller erschütterte.

Jaspal schaute ratlos. »Nein, Barrique-Fässer haben wir keine. Rotweine machen wir ja nicht und unser Riesling gehört da nicht rein. Andere machen damit ja sexy Weine, inzwischen auch bei uns am Mittelrhein. Aber sorry, das ist nicht unser Stil.«

»Verstehe. Wöhler und Zeehse, die Riesling-Traditionalists vom Hamm.« Somerset schmunzelte und tippte wieder eine Notiz in sein Tablet.

»Wenn Sie so wollen ... Also los, wir gehen in den Verkostungsraum. Dort können wir probieren und gleichzeitig die Aussicht auf die Weinberge genießen.«

»Fantastic. Bitte nach Ihnen, Herr Doktor.«

Sie stiegen die Betonstufen empor und über eine gewundene Holztreppe in den ersten Stock des Weingutes. Jaspal war geblendet von dem grellen Sonnenlicht, das durch das Südfenster herein knallte. Somerset ging es anscheinend genauso, doch plötzlich ließ er unzählige ›Ahs‹ und ›Ohs‹ hören, während er vor dem Panoramafenster auf und ab tigerte. »Das haut einen komplett um, wenn man aus dem Keller hier raufkommt. Das grüne Rebenmeer, wie ein römisches Amphitheater. Und unten der Rhein mit den Schiffen, die sich hochkämpfen oder runtergleiten. Ganz großes Kino, Herr Wöhler, mein Kompliment!«

»Sehen Sie, direkt unter uns, da haben wir unseren Anteil am Feuerlay. Weiter links dann der Ohlenberg. Den Engelstein können Sie von hier aus nicht sehen, der liegt ja schon fast in Spay. Da rechts von uns, wo der Hamm sich dreht, das ist der Fässerlay. Während die anderen Lagen nach Süden ausgerichtet sind, schaut der Fässerlay nach Westen. Das schmeckt man sofort, wenn man einen Fässerlay-Riesling probiert. Die sind viel spritziger und schlanker als die anderen Hamm-Rieslinge. Ich schlage vor, dass wir meine Behauptung unverzüglich überprüfen, mit Lizzies letztem Riesling aus dem Fässerlay.«

Jaspal nahm eine schlanke Flasche aus dem Kühlschrank und schenkte ein. Somerset schwenkte gekonnt das Glas und sog wie ein Staubsauger das Bukett ein. Er nahm einen ordentlichen Schluck und bewegte ihn schmatzend und schlürfend im Mund. »Supergeil. Der hat Frische und Biss. Genau, wie Sie sagen, nicht so ein korpulenter Softie, sondern ein knackiges, junges, zitrusfruchtiges Mädel. Und das von Ihrer alten Dame. Respekt, Herr Wöhler.«

Erst jetzt drehte sich der Weinpapst um, lehnte den Rücken an die Panoramascheibe und blickte in den Verkostungsraum. »What the heck ...« Er riss die Augen auf, ließ das Glas sinken und hob es erst wieder an, als die ersten Tropfen auf den Boden fielen. »Sagen Sie nicht, dass dies das Original ist. Das weltberühmte Gemälde, das Paul Zeehse wieder nach Hause geholt hat! Sie hängen doch kein millionenschweres Kunstwerk in Ihren Verkostungsraum?«

»Doch. Das ist ›Tod in der Steillage‹. Ich fand es auch riskant, das hier aufzuhängen. Aber Paul hat darauf bestanden. Und wenn er etwas unbedingt will, dann halten ihn keine zehn Pferde davon ab.«

»Sie sind ja noch viel verrückter, als ich gedacht habe. In Ihnen beiden habe ich in Sachen Verrücktheit echt meine Meister gefunden!«

»Danke, zu viel der Ehre. Ich schlage vor, dass wir noch einen Riesling aus dem Feuerlay probieren, der perfekte Gegensatz zum Fässerlay.« Jaspal schenkte nach und Somerset wiederholte das Verkostungsritual.

»Hmm. Supersoft, dicht und schmelzig. Die Kraft der mittelrheinischen Sonne in der Mitte des Hamm eingefangen. Barock, mit üppigen Kurven, aber rassig. Eine Frau zum Dahinschmelzen!«

»Freut mich, dass Ihnen der Wein gefällt.«

»Gefällt – Herr Doktor, das ist doch gar kein Ausdruck! It's simply marvelous! Seien Sie doch nicht so trocken, Sie Aromaforscher, Sie! Apropos, wie sind Sie eigentlich auf die Idee gekommen, von der Aromaindustrie in den Weinbau zu gehen?«

»Das ist eine lange Geschichte, Herr Somerset. Lassen Sie es mich so sagen: Aromen faszinieren mich bereits seit meiner Kindheit. Diese fragilen Substanzen, von denen bereits kleinste Mengen ausreichen, um Gefühle und Erinnerungen auszulösen.« Somerset nickte und tippte eifrig.

»Ich bin auf einem Weingut im Rheingau aufgewachsen. Aber erst mal musste ich raus aus unserem Dorf. Ich wollte die Welt kennenlernen, mit all ihren

Aromen. Den süßen und den herben.« Jaspal stockte, kniff die Augen zusammen und trank einen Schluck des Feuerlay-Rieslings.

»Ich studierte die Wissenschaft der Aromen, begann mich für die Chemie des Parfüms zu interessieren und heuerte schließlich bei den Rheinischen Aroma Fabriken in Köln an. Zusammen mit unserem Chefparfümeur, Raimond Richter, haben wir großartige Düfte kreiert. Echte Klassiker, die mich noch immer begeistern. Raimond war ein Meister in der Zusammenstellung von Duftsymphonien. Niemand konnte sich Düfte und deren Zusammenspiel so gut vorstellen wie er. Und ich? Ich brauchte einen Duft nur zu riechen, dann sah ich dessen chemische Formel auch schon vor mir. Wir waren das perfekte Team! Wie ein Besessener forschte ich weiter, suchte nach immer neuen, spektakulären Aromen und fand schließlich – ja ich muss es so sagen – den Heiligen Gral der Duftforschung.«

»Sie haben den Heiligen Gral gefunden?«

»Ja, habe ich. Ein Superpheromon. Einen künstlichen, sexuellen Botenstoff, der stärker wirkt als alle in der Natur vorkommenden Pheromone. Ein Tropfen davon ins Parfüm und die Duftbombe ist geboren.«

»Duftbombe. Ich verstehe.«

»Genauso fühlte ich mich, wie der Erfinder der Duftbombe. Ich war mit meiner Duftforschung zu weit gegangen. Es ging längst nicht mehr um die Verführung mit Hilfe von Düften, es ging nur noch um Manipulation. Mein Chef und unser Parfümeur wollten unsere Erfindung skrupellos ausnutzen und auf Teufel komm heraus zu barer Münze machen. Ich fühlte mich wie Goethes Zauberlehrling.«

»Die ich rief, die Geister, werd ich nun nicht los«, sekundierte Somerset.

»Ganz genau. Zu allem Überfluss hatten uns unsere französischen Konkurrenten ausspioniert und meine Erfindung geklaut. Es kam zu einem erbitterten Patentstreit. Auch privat lief damals bei mir nicht alles rund ... Bitte, Herr Somerset, schreiben Sie das Letzte nicht.«

»Klar, Herr Wöhler. Kein Problem, wir sitzen doch im selben Boot. Und dann? Dann haben Sie beschlossen, Winzer zu werden? «

»Natürlich trifft man eine solche Entscheidung nicht aus einer Weinlaune heraus. Ich kannte Paul Zeehse schon seit geraumer Zeit, wir hatten zuerst beruflich miteinander zu tun. Mit seiner Begeisterung für das Weingut Wöhler & Zeehse steckte er mich an. Ich sah auf einmal, wie das alles ganz logisch zusammenpasste. Ein Aromaforscher, der das Weingut seines Vaters verlässt, um die weite Welt der künstlichen Aromen bis in ihren geheimsten Winkel zu erkunden. Und der dann, am Ende seiner Reise, zurückkehrt in den Weinberg, um dem Rebstock, diesem Wunderwerk der Natur, seine einzigartige Aromatik zu entlocken.« Jaspal nahm einen letzten Schluck des Rieslings und beobachtete, wie seine Erzählung ihren Weg in Somersets Tablet fand. Der schien begeistert. »What a story! Vielen Dank für Ihre Offenheit, Sie werden es nicht bereuen! Herr Zeehse erwähnte am Telefon ein önologisch-künstlerisches Konzept, das Sie zusammen entworfen hätten? Oder sollten Sie noch nicht eingeweiht sein?«

»Ich bitte Sie, Herr Somerset.« Jaspal drehte sich um und sah einem Ausflugsdampfer in der Größe eines Kinderspielzeuges hinterher, der sich den Rhein in Richtung Boppard heraufkämpfte. »Unser Grundkonzept umfasst vier Weintypen, vier Weincharaktere, die wir durch eigens gestaltete Etiketten voneinander unterscheiden wollen. Da ist zunächst der Fässerlay, ein halbtrockener Kabinett. Wir nennen ihn Morgenstimmung, mit einem grüngelben Etikett. Lizzies Vorläufer haben Sie ja gerade probiert. Und dann die trockene Spätlese aus dem Feuerlay, Ihre barocke Dame. Wir nennen sie Lössruhe, denn es ist der nährstoffreiche, tiefgründige Lössboden, der diesen Wein so rund und in sich ruhend werden lässt. Das passende Etikett dazu strahlt in warmen Rottönen. Der Dritte im Bunde ist unser Schieferkraftwerk. Ja, Sie haben richtig gehört. Das ist eine würzige, trockene Spätlese aus dem Engelstein, die all die mineralische Power des Schiefergebirges in sich vereint. Das dazu passende Etikett ist Blauschwarz. Und die Krönung unserer Weinkollektion heißt, nun ja, ... ›Tod in der Steillage‹!«

Somerset schaute auf Zeehses Bild und nickte anerkennend. »Etwas Überreifes, so süß wie der Tod, nehme ich an?«

»Wenn Sie so wollen. Das soll mindestens eine Beerenauslese werden. Mit goldenem Etikett und mit einem Ausschnitt aus Pauls Meisterwerk.«

»Sehr beeindruckend, Herr Wöhler. Künstleretiketten nach bester Mouton-Rotschild-Manier und passend dazu vier terroirspezifische Stories. Morgenstimmung, Lössruhe, Schieferkraftwerk. Und Tod in der Steillage. Ich kann es kaum erwarten, die vier Typen kennenzulernen, den Tod mit eingeschlossen. Ihr Erfolg, Herr Aromaforscher, ist unausweichlich. Sie werden selbst überrascht sein, da gehe ich jede Wette ein.« Somerset verabschiedete sich, nicht ohne die zwei probierten Weine zur Nachverkostung, wie er es nannte, mitzunehmen. Er hinterließ Jaspal mit dem Gefühl, dass dieser Besuch weit besser als erwartet verlaufen war.

Doch jetzt war es an der Zeit, sich Paul zur Brust zu nehmen.

»Paul, das ist ein schlechter Scherz!« Jaspal war konsterniert. Er versuchte aus Zeehses Gesichtsausdruck herauszulesen, wie ernst er seine Ankündigung meinte. Sie hatten sich im Weinhaus ›Heilig Grab‹ nahe der Bopparder Fußgängerzone verabredet. Der Name ›Heilig Grab‹ amüsierte Jaspal, zumal er auf eine Geschichte mit viel Lokalkolorit zurückging. Aber das interessierte ihn gerade überhaupt nicht. Genauso wenig konnte er den angenehmen Schatten genießen, den die ausladenden Kastanienbäume spendeten. Zeehse warf das zottelige Haupthaar mit einem Kopfschwung nach hinten. »Jaspal, versteh mich doch bitte. Ich bin durch und durch Künstler. Ein Vulkan der Kreativität. Unaufhörlich brodelt es in mir. Ständig sprudeln neue Ideen aus mir heraus und die muss ich dann so schnell wie möglich umsetzen. Das meiste verwerfe ich sofort wieder. An manchem Gemälde, das mich fesselt, sitze ich ein halbes Jahr. Aber dann drängt es mich auch schon wieder zu neuen Taten. So bin ich nun mal. Und so ein Weingut, bei dem man den ganz langen Atem braucht und pro Jahr gerade mal einen Jahrgang hervorbringt, das ist nichts für mich. Du bist doch aus ganz anderem Holz geschnitzt. Du Wissenschaftler, du. Es war doch dein tägliches Brot, die dicksten Bretter zu bohren. Du gibst den perfekten Winzer ab. Sei ehrlich, du brauchst mich doch gar nicht. Außerdem bahnt sich bei mir gerade was Privates an, das meinen ganzen Einsatz fordert.«

»Was Privates? Du sprichst mal wieder in Rätseln.« Zeehses letzte Bemerkung irritierte Jaspal noch mehr, als alles zuvor Gesagte. Der Künstler hatte doch immer mindestens ein, zwei Musen, denen er seine ganze Aufmerksamkeit widmete. Diesmal musste es etwas wirklich Ernstes sein.

»Vielleicht hast du Recht, Paul. Ich wundere mich nur über deinen plötzlichen Stimmungsumschwung. Und über den Zeitpunkt. Genau jetzt geht unser Job in die heiße Phase. Die Weinernte. Ich möchte doch auf keinen Fall den Jungfernwein vermasseln, bei all der Arbeit, die wir da schon reingesteckt haben. Und ich kann auch nicht ständig Daniel belämmern. Der muss sich doch um sein eigenes Weingut kümmern. Damit hat der schon genug zu tun.«

»Absolut richtig, Jaspal. Aber die Lösung für dieses Problem, das bin nicht ich. Die Lösung heißt Elisabetta.« Zeehse blickte verschwörerisch.

»Und ist eine italienische Önologin?«

»Ausgezeichnet kombiniert, Jaspal. Siehst du, das lag doch in der Luft, oder?«

»Nein. Julian Somerset machte so eine Bemerkung. Der war deutlich besser informiert als ich. Wieso hast du den überhaupt jetzt schon eingeladen? Und dann vor verschlossener Türe stehen lassen. Das hätte ganz schön in die Hose gehen können.«

»Ist es aber nicht, oder?«

»Nein, war ganz nett, die Privataudienz des Weinpapstes. Mal sehen, was der am Ende draus macht.«

»Na siehst du. Du weißt ja, ohne Marketing geht heutzutage gar nichts mehr. Ist doch toll, dass Somerset persönlich uns seine Aufwartung gemacht hat. Schau mal, da kommt Elisabetta ja schon.«

Die Italienerin, mittelgroß, mit sportlicher Figur, langen, glatten Haaren und azurblauem Sommerkleid, kam herangeeilt. Im Schlepptau hatte sie einen dicklichen Mann ihres Alters mit blassem Gesicht, Strohhut,

Hawaiihemd und zum Pferdeschwanz gebundenem Haar. Zeehse sprang auf wie ein Frosch und begrüßte Elisabetta mit italienischer Überschwänglichkeit. Ihr Begleiter stellte sich als Joshua Kazmierski, Student aus Köln, vor. Man reichte einander die Hände.

»Wir beide kennen uns von Food-Quality. Wir haben schon ziemlich viel zusammen, wie sagt man, durchgemacht«, verkündete die Italienerin akzentfrei mit dunkler, selbstbewusster Stimme. »Vor Kurzem haben unsere Gegner uns einen üblen Streich gespielt. Mit einem blutenden Schwein, un porco miserio, das sie vor unserer Zentrale in der Markmannsgasse aufgehängt haben. Das Blut hörte gar nicht mehr auf, zu tropfen. Schrecklich, un grande dramma ... Was trinken wir hier und heute, un Riesling classico vom Bopparder Hamm?«

Jaspal merkte, dass sein Mund die ganze Zeit offen gestanden hatte, während sein Blick an Elisabettas Lippen klebte. Er änderte schleunigst beides, indem er erstens den Mund schloss und zweitens den Blick zu Zeehse wendete. Der zwinkerte ihm zu und lächelte wissend.

»Ich habe davon im Kölner Stadtanzeiger gelesen. Aber das Schwein war aus Stoff, oder? Sah auf dem Bild aus wie Miss Piggy«, bemerkte Jaspal.

»Ja, aber schrecklich war es trotzdem. Diese Aromamafia schreckt echt vor gar nichts zurück. Die tun alles, um uns einzuschüchtern«, erwiderte Elisabetta und verschränkte die Arme vor der Brust.

»Woher wissen Sie denn so genau, dass die Aromaindustrie dahinter steckt? Mit simplen Feindbildern lebt es sich leichter, was?« Jaspals Zornesader pulsierte.

»Gehören Sie etwa auch zu denen? Na klar, jetzt erkenne ich Sie. Sie sind doch der oberste Aromaforscher der RAF. Dann ist mir Ihre Position jedenfalls klar!«

»Und die ist natürlich nicht schwarz-weiß«, sekundierte Joshua, der inzwischen puterrot angelaufen war.

»Ich war der Forschungsleiter der Rheinischen Aroma Fabriken, das stimmt. Das ist Vergangenheit. Aber Ihre ideologische Verblendung kotzt mich immer noch an. Sie sind doch nicht die Guten und wir die Bösen. So einfach kann man es sich doch nicht machen. Ist es nicht auffällig, dass erst das Schwein an der Fassade baumelte und am nächsten Tag, wie durch ein Wunder unser Logo wieder komplett war? Was sagen Sie denn dazu?« Jaspal verschränkte die Arme vor sich auf dem Tisch und schaute Joshua auffordernd an. Joshuas Gesichtsfarbe wechselte sofort von Puterrot zu leichenblass. Nun war es an ihm, den Mund offen stehen zu lassen.

Elisabetta sprang auf und fuchtelte mit den Armen. »Ein Typ von der RAF. Davon war nie die Rede, Paul. Komm, Josh, wir suchen uns bessere Gesellschaft. Wir müssen unsere Zeit nicht damit verschwenden, uns dämliche Unterstellungen anzuhören.«

Sie riss ihren Begleiter am Arm und wollte gerade losstürmen, als Zeehse aufstand und lospolterte: »Schluss mit den Kindereien. Ihr setzt euch jetzt sofort wieder an den Tisch, trinkt einen ordentlichen Schluck von dem Classic-Riesling und beruhigt euch ganz schnell wieder. Es geht hier schließlich um nichts Geringeres als um die Zukunft des Weingutes Wöhler & Zeehse! Deswegen sind wir hier. Vergesst das nicht. Und jetzt zum Wohl!«

Elisabetta, Joshua und Jaspal schauten zwar wie beleidigte Kinder, stießen aber brav an.

»Jaspal, hör doch endlich auf, die Aromafabriken zu verteidigen. Darüber bist du doch längst hinweg. Und mit dem albernen Gesieze ist jetzt auch Schluss. Wie geht's denn unseren geliebten Reben?«

»Daniel ist sehr zufrieden. Die Trauben sehen urgesund aus. Kaum Anzeichen von Oidium und Peronospora. Und damit es auch so bleibt, habe ich mit den Laubarbeiten angefangen.«

Elisabetta reckte den Oberkörper empor, strich die Haare nach hinten und schien die Ohren wie ein aufgeregtes Kaninchen zu spitzen. »Wie sieht es mit der grünen Lese aus? La vendemmia verde? Und was machen die Lesevorbereitungen? Ist der Keller schon bereit, sind die Lesemannschaften schon eingeteilt?«

»Teils, teils, ist ja ne Menge Arbeit auf einmal. Besonders dann, wenn man das alles zum ersten Mal macht. Und nur aus der Theorie kennt.« Jaspal massierte sich den Nacken. Nach einer kurzen Pause fuhr er fort: »Im Grunde hat Paul recht. Ohne professionelle Unterstützung sind wir verloren.«

Elisabetta trommelte auf dem Tisch. Jaspal betrachtete ihre feingliedrigen, langen Finger, deren Nägel kurz geschnitten, aber knallrot lackiert waren.

»Dann müssen wir ... also dann müsst ihr jetzt zügig handeln. Ihr braucht endlich einen der Ahnung hat, das ist sonnenklar. Genau jetzt müssen die Weichen gestellt werden, sonst geht euer Jahrgang den Bach runter.«

»Woher hast du denn den Background in Sachen Wein?« Jaspal starrte auf Elisabettas sorgfältig maniküre Fingernägel. Zeehse lehnte sich grinsend zurück, Joshua konzentrierte sich auf das hastige Leeren seines Weinglases.

»Okay. Lebenslauf. Na klar. Ich komme aus Sizilien, aus der Gegend nördlich von Catania, auf der Ostseite der Insel. Da wächst der Vino dell'Etna, am Fuß des Vulkans. Er ist rot oder weiß, mit Sicherheit aber immer feurig.« Sie lachte ein offenes italienisches Lachen, das vor Lebensfreude Funken sprühte. Ihre Stimmung schien genauso flott zu wechseln, wie die des Stromboli.» Ich bin auf unserem Familienweingut aufgewachsen. Meine Eltern hatten angefangen, den Weinbau zu modernisieren. Mit selektiver Lese, kühlbaren Stahltanks, Maischegärung im Holzbottich und all dem Pipapo. Aber leider kamen beide bei einem ... nun ja, bei einem Unglück ums Leben.« Ein Schatten huschte über ihr Gesicht. Über ein Gesicht, das mehr als nur hübsch war und das nach Jaspals Dafürhalten den perfekten Gegensatz zu Claudias Gesicht darstellte. Wo deren Augen himmelblau strahlten, funkelten Elisabettas in braunen und grünen Tönen. Ihre Haut schimmerte bronzefarben. Die Nase war römisch, aber nicht von der Sorte kantiger Gumpen, sondern von allerfeinster Linienführung. Ihre schwarzen Haare schlossen in einer exakten Linie über den feinen Strichen der Augenbrauen ab, was ihr eine freche Note gab. Die Lippen waren voll, Typus Schmollmund à la Keira Knightley und mit glänzendem, dezentem Rot bemalt. Jaspal bemerkte kaum, dass Elisabetta weiter sprach.

»Unser Weingut wird momentan von einem Verwalter betreut, aber ich möchte es unbedingt übernehmen. Die Familientradition muss weiterleben und ich bin ja das einzige Kind. Auf Sizilien habe ich meine Lehre gemacht, im Weingut Donnafugata. Die haben übrigens genauso schöne Namen und künstlerisch gestaltete Etiketten für ihre Weine, wie ihr das vorhabt. Schieferkraftwerk gefällt mir am besten. Das hat richtig

Power.« Sie schmunzelte und zwinkerte Jaspal zu. »Anschließend bin ich nach Geisenheim gegangen, um Weinbau zu studieren. Ich wollte unbedingt über meinen sizilianischen Tellerrand hinausblicken. Meine Diplomarbeit befasst sich mit dem Anbau von Sauvignon Blanc in Deutschland. Und mein Praktikum habe ich bei Dr. Hägar in Ihringen absolviert. Die Weine vom Kaiserstuhl sind ja fast so vulkanisch, wie unser Vino dell'Etna. Sie können das alles auch schriftlich haben, Herr Wöhler, ich schicke Ihnen gerne meine Bewerbungsunterlagen.«

»Jaspal, bitte nenn mich Jaspal.«

»Von Dr. Hägar zu Dr. Wöhler, das passt doch ganz wunderbar«, flötete Zeehse und ergänzte: »Wer könnte uns besser helfen, Elisabeths Werk weiterzuführen, als unsere hübsche Elisabetta.« Seine letzten Worte verstärkten ihren Schmollmund.

»Und warum willst du jetzt, wo du mit deinem Studium fertig bist, nicht zurück ins warme Sizilien? Sondern stattdessen zusammen mit einem alten Knacker ein deutsches Weingut wiederbeleben? Mitten in der rheinischen Provinz?«

»Alter Knacker haben Sie ... äh, hast du gesagt. Weißt du, mir geht das einfach zu schnell. Studium und dann gleich ab nach Hause.« Jetzt untermalte Elisabetta ihre Worte wieder durch ausladende Gesten. »Ich habe hier so viele Freunde gefunden, habe Deutsch gelernt und wunderschöne Tage erlebt. Und euer Wein ist auch viel besser als sein Ruf. Jetzt möchte ich hier ganz normal arbeiten, nicht nur Praktikum und Studium machen. Und erst dann geht's nach Hause zur Rettung der Familienehre.«

Jaspal meinte abermals zu bemerken, wie ein Schatten über ihr Gesicht huschte. Fürchtete sie sich vor etwas? Hatte es mit dem tödlichen Unfall ihrer Eltern zu tun? Oder wollte sie die Verantwortung für das Familienweingut noch ein wenig vor sich herschieben? Typisch Generation Praktikum?

»Also, Wöhler & Zeehse, das würde mir prima in den Kram passen. Der Job hier ist ja der gleiche, der mich auch zu Hause erwartet, nur halt im Kleinen und ohne die volle Verantwortung. Was meinst du, Jaspal?«

»Von mir aus gerne. Du kommst genau zum richtigen Zeitpunkt.« Zeehse nickte und grinste.

»Okay, deal done!«, rief Elisabetta. Sie sprang auf und küsste Jaspal auf beide Wangen, der das ohne zu zögern erwiderte.

»Einverstanden, deal done«, wiederholte er und sah den kommenden Tagen erwartungsvoll entgegen.

»Die hat Lizzie noch selbst angeschafft?« Zärtlich strich Elisabetta über die glänzende Edelstahlhaut der Weinpresse. Wie immer waren ihre Fingernägel perfekt maniküriert.

»Ja, aber einsetzen konnte sie das tolle Ding leider nicht mehr«, antwortete Jaspal. »Bis zuletzt hat sie modernisiert, investiert und wie eine Besessene an der Weiterentwicklung ihrer Weine gearbeitet. Diese Energie ist beeindruckend.«

»Und eine Verpflichtung für uns.«

»Stimmt. Zusammen schaffen wir das, Jaspal.« Sie fasste seine Hand, drückte sie kräftig und ließ sie nicht wieder los. Jaspal durchströmte ein intensives Gefühl von Wärme und zärtlicher Verbundenheit, das er lange nicht mehr gespürt hatte. Die letzten Wochen waren in einer Schloss Gripsholm-Stimmung verlaufen, die Jaspal mit jeder Faser aufgesogen hatte. Die Weinlese rückte näher, doch inzwischen wusste er sich perfekt gewappnet für den Höhepunkt des Winzerjahres.

Das schrille Klingeln der Türglocke ließ beide erstarren. Sie lösten sich aus ihrer Beinahe-Umarmung. »Ich schau mal, wer da stört«, murmelte Jaspal und stapfte mit quietschenden Gummistiefeln zur Eingangstür. Nachdem er sie geöffnet hatte, erstarrte er zum zweiten Mal. Vor ihm stand eine Tote. Mit bleichem Gesicht und blonden Haaren. Jaspal lief ein eiskalter Schauer über den Rücken. Es war Estelle Nicolier. Die tote Parfümeurin.

Sie schien mit einer solchen Reaktion gerechnet zu haben. »Keine Angst, ich bin Marie. Marie Nicolier. Die Zwillingsschwester von Estelle.«

Sie sprach ein perfektes Deutsch mit französischem Akzent. Jaspals Anspannung ließ nach.

»Ach so. Und ich dachte schon ... Na dann, willkommen im Bopparder Hamm. Ich begrüße Sie in unserem kleinen Weinreich.«

Elisabetta trat hinzu, gab Marie die Hand und bat sie hinein. Die drei gingen in das erste Stockwerk und nahmen an dem Verkostungstisch Platz.

»Das ist ja eine exquisite Aussicht, die Sie hier haben! Und dann noch so ein beeindruckendes Gemälde. Durch das Fenster schauen wir hinunter in die Weinberge, deren Abbild wir zur Verstärkung in unserem Rücken haben. Wirklich exquisit!«

»Danke, danke. Was führt Sie zu uns, Frau Nicolier? Bestimmt nicht der Zufall, oder?«

»Ich bin Weinhändlerin in Lyon. Vor fünf Jahren habe ich angefangen, deutsche Rieslinge zu importieren. Mit großem Erfolg. Und das trotz des Chauvinisme Français?, werden Sie jetzt vielleicht denken. Rieslinge kennen wir Franzosen aus dem Alsace. Aber das, was es heutzutage vom Rhein und seinen Nebenflüssen Mosel und Nahe zu trinken gibt, das ist richtig gut. Und dabei so ganz anders als unser Riesling d'Alsace. Und wenn etwas wirklich gut schmeckt, dann wissen wir Franzosen es zu schätzen. Selbst wenn es nicht aus Frankreich stammt.«

»Sie sind wegen unserer Weine hier? Darf ich Ihnen ein Glas Riesling anbieten?«, fragte Jaspal und zog die Augenbrauen hoch.

»Nein danke, im Moment ist mir nicht nach Wein. Warten Sie, ich muss Ihnen das in Ruhe erklären. Also, wie gesagt, ich handle mit deutschem Riesling und verfolge selbstredend die Weinpresse. So stieß ich auf den Artikel von Julian Somerset. Wöhler & Zeehse: Aromaforschung und Weinkunst am romantischen Rhein. Packende Story. Ich war sofort gefesselt. Und plötzlich wurde mir klar, dass Sie Estelle gekannt haben müssen. Sie hatte doch damals ein Praktikum bei den Rheinischen Aroma Fabriken gemacht und mir immer von ihrem gut aussehenden Chef vorgeschwärmt.« Elisabetta warf Jaspal einen strafenden Blick zu und stieß ihn in die Seite.

»Und da Sie ja inzwischen ausgestiegen sind, dachte ich, dass Sie mir vielleicht helfen können. Eigentlich Estelle. Oder besser gesagt uns beiden.«

»Helfen? Wie kann ich Ihnen denn helfen. Ihnen und Ihrer ... Schwester?«

»Estelle und ich, wir hatten in letzter Zeit nur noch losen Kontakt. Sie lebte ihr Leben in Grasse und ich meines in Lyon. Wir waren vermutlich beide nicht ganz unschuldig daran, dass wir uns auseinandergelebt haben. Erst durch den Verlust merkt man ja, wie wichtig einem derjenige war, den man verloren hat.« Sie zog ein zerfleddertes Papiertaschentuch aus der Jeans und schnäuzte sich. Die Bewegungen, die sie dabei machte, waren eine exakte Kopie der Bewegungsabläufe ihrer Zwillingsschwester.

»Die Polizei tappt immer noch im Dunkeln. Sie hat keine Ahnung, wer Estelle ermordet hat. Und auf die schreckliche Idee kam, ihren Leichnam in einen Sack zu stecken und in einem Teich zu versenken. Als wäre sie ein Stück Müll! Hätte ich bloß besser auf sie aufgepasst!«

Marie schnäuzte sich wieder. Stockend sprach sie weiter, nur mühsam die Tränen unterdrückend. »Also begann ich, Nachforschungen anzustellen. Ich sprach mit der französischen und der deutschen Polizei. Beide ließen mich abblitzen. Sie sagten, ich solle die Ermittlungsarbeit doch bitte schön den Profis überlassen. ›Machen Sie hier nicht auf Miss Marple‹, meinten die Deutschen.«

Elisabetta verfolgte Maries Erzählung mit Spannung. Jaspal hatte ihr bislang wenig über Estelles Ermordung erzählt und anscheinend hatte Joshua ebenfalls geschwiegen. Jaspal kratzte sich am Kinn, sah an Marie vorbei und fixierte einen Punkt jenseits der Panoramascheibe. Nächtelang, während die schwarze Spinne ihn belauerte, hatte er wach gelegen und darüber gegrübelt, wer für die grausame Tat verantwortlich sein könnte. Doch stets hatte ihn die Hektik des nächsten Tages wieder eingeholt. Zudem war er ja weder die Polizei noch Miss Marple ...

»Nachdem die Polizei Estelles Sachen freigegeben hatte, begann ich ihre E-Mails zu durchforsten. Als ich schon aufgeben wollte, wurde ich endlich fündig. Ich ging sofort zur Gendarmerie, aber die ließen mich gar nicht erst vor.« Marie zog ein iPhone aus ihrer Handtasche. »Hier. Lesen Sie. Das habe ich im Papierkorb ihres iPhones gefunden.« Eine E-Mail von Raimond Richter an Estelle Nicolier. Nach einigen Höflichkeiten und Vorschlägen für die Agenda des Treffens bei den Rheinischen Aroma Fabriken folgten die entscheidenden Sätze, die den Ermittlern entgangen waren: »Es wäre mir eine besondere Ehre, wenn Sie mich nach dem Dinner im Saga besuchen würden. Ich habe eine Überraschung für Sie vorbereitet. Ganz privat. Ich verspreche Ihnen, Sie als Kennerin und Liebhaberin der großen Bordeaux-Weine, werden meine Preziosen zu schätzen wissen.« Marie lauerte gespannt auf Jaspals Reaktion. Der sah von dem Text auf, die Augen zu schmalen Schlitzen geformt.

»Jetzt wissen wir endlich, wohin Estelle an jenem Abend aus dem Hotel verschwunden ist.« Jaspal dachte zurück an die Begegnung mit Raimond auf Zeehses ›Tod in der Steillage‹-Party. Richter hatte sich damals noch weitaus merkwürdiger als sonst benommen. Und das Gespräch über künstliche Weine hatte er brüsk abgelehnt. Hatte das etwas mit den Preziosen zu tun, die er Estelle zeigen wollte? Jaspal konnte sich keinen Reim darauf machen, aber tief in seinem Bauch rumorte es. Für alle vernehmbar sagte er: »Sie haben recht, Marie, diese E-Mail sollte die Polizei interessieren.«

»Tut sie aber nicht.«

»Und wie kann ich Ihnen helfen? Soll ich etwa in Richters Wohnung einbrechen und dort nach Beweisen für das Verbrechen suchen?«

»Herr Wöhler, das ist eine ganz hervorragende Idee. Die könnte von mir sein.«

Jaspal seufzte, kniff die Augen zusammen und rieb sich die Stirn. Sollte er Beweise finden, wäre das eine große Hilfe für Marie. Und ihn selbst würde es endgültig entlasten. Er blickte Hilfe suchend zu Elisabetta. Sie nickte zustimmend. Jaspal begriff, dass er keine Wahl hatte.

7.   Tod in der Steillage

Jaspal hielt inne und lauschte in das Treppenhaus hinein. Ein Fernseher plapperte vorlaut, hin und wieder unterbrochen von Applaus aus der Konserve. Vermutlich eine Comedy-Serie. Ansonsten war es still. Noch zwei Schritte, dann stand er vor der Eingangstür. Der Name stimmte. Sein Herz klopfte bis zum Hals und die Beine vibrierten. Verdammt noch mal, Jaspal, reiß dich zusammen. Bleib jetzt um Himmels willen cool. Du hast das hier perfekt geplant. Das kann doch gar nicht schief gehen, motivierte er sich. So lautlos wie möglich ließ er den Schlüssel in das Schloss gleiten, das sich nach zwei Umdrehungen öffnete. Gerade wollte er die Tür aufstoßen, als er hinter sich ein Rattern und Schnurren hörte. Das war der Fahrstuhl, der herauffuhr. Das wird doch nicht ... So schnell er konnte, glitt er in die Wohnung und blieb im dunklen Flur stehen. Er blickte durch den Türspion und war auf alles gefasst, auch wenn er jetzt keinen Plan B mehr hatte. Eine Frau kam aus dem Fahrstuhl und passierte achtlos Richters Wohnungstür. Jaspal atmete durch. Das war knapp gewesen.

Etwas Weiches presste sich gegen seine Beine. Er zuckte zusammen. Dass Richter eine Katze hatte, war ihm neu. Hoffentlich nicht das einzig Neue, was er heute herausfinden würde. Ihre Augen strahlten ihn an wie grelle grüne LEDs. Sie ließ ein Maunzen folgen, wie um zu bestätigen, dass sie ihm wohlgesonnen war. Jaspal strich der Katze über den Kopf und spürte die Schädelknochen unter dem samtigen Fell. Sie würde ihn nicht verpfeifen, so viel war sicher. Er sog die Luft ein und bemerkte, dass Richters Wohnungsflur völlig geruchlos war. Sein Gehirn registrierte kein einziges Molekül, keine einzige Duftassoziation wollte in ihm aufsteigen. Hatte er sich plötzlich in einen Anosmatiker verwandelt? Oder war das typisch für Parfümeurswohnungen? Vielleicht sorgten die auf diese Weise dafür, dass ihre Nasen zu Hause optimal relaxen konnten? Jaspals Augen hatten sich inzwischen an das Dunkel gewöhnt. Es galt jetzt, keine Zeit zu verschwenden. Er hatte einen eindeutigen Auftrag und der musste erledigt werden. Je länger er in der Wohnung blieb, umso größer wurde die Gefahr, entdeckt zu werden.

Vorsichtig schlich Jaspal über den Florteppich, dicht gefolgt von Richters Katze. Er passierte vier Türen und entschied sich dafür, die linke der beiden am Ende des Ganges zu öffnen. Er ließ die Katze vorbei und drückte die Tür behutsam hinter sich zu. Nach einem kurzen Rundumblick schaltete er das Licht an. Erstaunt riss er die Augen auf. Das Wohnzimmer war ähnlich eingerichtet, wie Richters Büro. Mit Perserteppichen, mahagonifarbenen Biedermeiermöbeln und schweren, dunklen Vorhängen. Klar, Richter war ein Fin De Siècle Fan, das wusste Jaspal. Was ihn jedoch irritierte, war die Omnipräsenz von Nasen in diesem gediegenen Ambiente. Die Wände waren gepflastert mit Riechkolben aller nur erdenklicher Farben und Formen. Dicke, fleischige, männliche Nasen und feingliedrige, schlanke, weibliche Nasen. Fotografierte und in Öl gemalte Nasen. Auf dem Wohnzimmertisch stand eine hölzerne Nasenskulptur. Rechts in der Ecke grüßte eine beeindruckende Nase aus rostigem Stahl. Damit war Richters Fetisch klar. Jaspal fasste sich an die eigene Nase und wunderte sich abermals, dass Richters

Wohnung so absolut geruchlos war. Hatte er den Geruchssinn vielleicht doch verloren? Er öffnete die verglaste Schiebetür und schlich weiter ins Esszimmer. Mahagonifarbener Esstisch auf einem Perserteppich, sechs Stühle drum herum und ein Schrank für Gläser und Geschirr. Wieder nicht das, was Jaspal suchte.

Seine Nervosität nahm zu. Bis jetzt war der Plan perfekt aufgegangen. Gut, dass er sich an die Geschichte mit Richters Putzfrau erinnert hatte. Die beiden hatten sich zerstritten und an dieser Sollbruchstelle hatte Jaspal angesetzt. Wie sich herausstellte, hatte sie sich einen Nachschlüssel machen lassen, ohne zu wissen, wofür. Es war ein simples, kleines Machtspielchen gewesen. Das Bewusstsein, jederzeit in Richters Wohnung eindringen zu können, hatte ihr Befriedigung verschafft und war zunächst nicht viel mehr als ihre kleine, heimliche Rache gewesen. Doch als Jaspal bei ihr aufgekreuzt war, war ihr klar geworden, welches Potenzial in dem unscheinbaren Schlüssel steckte. Allein die Andeutung, dass Jaspals Wohnungsbesuch Richter in ernsthafte Schwierigkeiten bringen könnte, reichte aus, um den Deal zwischen ihnen zu besiegeln.

Jaspal stand jetzt wieder im dunklen Flur und hatte die Auswahl zwischen vier Türen, die er noch nicht geöffnet hatte. Blitzschnell ging er den typischen Grundriss einer Vier-Zimmer-Küche-Bad-Wohnung durch. Rechts neben der Wohnzimmertür vermutete er das Schlafzimmer. Ihm gegenüber die Toilette, daneben die Küche und der gegenüber das Kinder-, Arbeits- oder sonst was Zimmer. Das war sein heißester Tipp. Er ging ein paar Schritte nach rechts, öffnete die Tür und registrierte sofort einen feinen Geruch nach abgestandenem Wein. Er hatte absolut richtig gelegen. Und seine Nase funktionierte doch noch. Jaspal zog die Tür hinter sich zu und schaltete das Licht an. Die Katze war verschwunden. Na ja, wenn die unbedingt hier rein wollte, würde sie sich schon bemerkbar machen.

Die Einrichtung war ein Gemisch aus Arbeitszimmer und chemischem Laboratorium. Quer vor dem verdunkelten Fenster stand der Schreibtisch. Linker Hand war ein lang gezogener Arbeitstisch, auf dem leere sowie gefüllte Weinflaschen herumstanden, manche komplett mit Etikett und Kapsel, manche ohne, aber bereits verkorkt. Dazwischen lagen allerlei Etiketten herum. Jaspal registrierte, dass sich alles hier um französische Bordeaux und Burgunder drehte. Und zwar ausschließlich um die von der feinsten Sorte. Alles, was in der französischen Weinwelt Rang und Namen hatte, war hier versammelt: Romanée Conti, Cheval Blanc, Petrus. Ausschließlich die großen Jahrgänge wie 1929, 1947 und 1982. Noch viel interessanter fand Jaspal die rechte Seite des Raumes. Bis zur Decke reichten die Regale, auf denen Chemikaliengläschen wie Perlen an der Schnur aufgereiht standen. Routiniert scannte Jaspal die Labels und identifizierte Tanninpulver, rote Farbstoffe, Aromen aller Art, Ethanol sowie andere, exotische Alkohole, eine Sammlung verschiedenster Zucker und Säuren. Haargenau das, was man nach Jaspals Vorstellung brauchte, um einen künstlichen Wein zusammen zu panschen! Jaspal machte innerlich einen Luftsprung, äußerlich formte er eine Faust und ließ eine perfekt geschwungene Jürgen-Klopp-Säge folgen. Er würde diesem übel riechenden Kommissar Bäumler einen anonymen Hinweis geben. Dann bliebe dem gar nichts anderes mehr übrig, als sich Richters Wohnung akribisch vorzunehmen. Dass Richter mit künstlichem Wein experimentierte, das war jetzt sonnenklar. Aber hatte er auch Estelle kaltblütig ermordet?

Jaspal schauderte bei dem Gedanken. Er dachte an die Flaschen mit Wasserstoffperoxid und Luminol, die in seinem Rucksack lagen. Er musste die beiden Lösungen nur noch vermischen und in die Sprühflasche füllen, dann konnte er in Richters Wohnung auf Spurensuche gehen. Das kalte blaue Leuchten, das nach dem Kontakt mit Blut entstand, würde den Tatort sofort verraten. Vielleicht war der Mord ja genau hier passiert, in Richters Weinlabor? Jaspal klaubte sein iPhone aus der Hosentasche und begann hastig, Beweisfotos der Flaschen, der Etiketten und der Chemikalien zu schießen.

Ohne jede Vorwarnung öffnete sich krachend die Tür hinter seinem Rücken. Instinktiv machte Jaspal einen Schritt nach vorn und drehte sich in Richtung Eingang, wo er Richters massige, dunkle Gestalt wahrnahm.

»Du arrogantes Schwein«, schrie der ihn an, holte aus und traf den Eindringling hart am Kopf. Jaspal spürte einen bohrenden Schmerz. Ihm wurde schwarz vor Augen.

Jaspal fing an, Kälte und Nässe zu fühlen. Etwas Schweres hatte sich von ihm gelöst und er begann, nach oben zu treiben. Der Schleier um ihn herum löste sich allmählich auf. Je klarer er sehen konnte, umso mehr ergriff blanke Panik von ihm Besitz. Er war am Ertrinken. Und er war gefesselt. Richter hatte das Gleiche mit ihm getan wie mit Estelle. Er war chancenlos.

Jaspal spannte die Muskeln an und presste Arme und Beine gegen die Fesseln, die sich schmerzhaft in sein Fleisch schnitten. Die Beine ließen sich keinen Millimeter bewegen, doch an den Armen spürte er, dass die Fesseln nachgaben. Er stemmte sich mit seinem ganzen Willen, seiner ganzen Kraft gegen den nahen

Tod. Wie durch ein Wunder gelang es ihm, erst den einen, dann den anderen Arm wieder freizubekommen. Mit kraftvollen Armbewegungen kämpfte er sich mit der Strömung in Richtung Licht, wobei sein gefesselter Unterkörper ihn wie ein nasser Sack beschwerte. Endlich durchbrach er die Wasseroberfläche. Jaspal tat einen Atemzug, so tief, als sei er eben erst auf die Welt gekommen. Die Wellen glitzerten silbrig im Mondlicht und Jaspal begriff, dass er sich mitten im Rhein befand. Hinter ihm lag die Mülheimer Brücke, von der ihn die Strömung mehr und mehr abtrieb.

Das Ufer, war sein einziger Gedanke. Er zog nach links, die Arme brannten wie Feuer, das Herz pumpte bis zum Zerreißen und immer wieder musste er aufpassen, nicht unterzugehen. Seine Kraft ließ nach. Er fühlte sich wie ein platt gefahrener Reifen, der das letzte Quäntchen Luft verlor. Er tauchte unter und schluckte Wasser, das kalt und abgestanden schmeckte. Endlich näherte sich das Ufer, seine tauben Füße prallten auf etwas Hartes. Noch ein paar Meter, dann wurde es seichter und Jaspal konnte über den Kiesboden robben, bis er auf dem weichen Sandstrand zu liegen kam. Er drehte sich um und blickte den funkelnden Sternen in die Augen. Er hatte es geschafft. Er lebte.

Doch zum Jubeln fehlte ihm die Kraft. Jaspal dachte an Elisabetta und beschloss kurzerhand, sie in ein paar Stunden wieder in die Arme zu schließen. Nach all dem, was er bis jetzt geschafft hatte, sollte das ein Klacks sein. Er richtete den Oberkörper auf und hatte die restlichen Fesseln nach wenigen Handgriffen gelöst. Hatte es Richter wirklich darauf angelegt, ihn zu ertränken? Oder sollte es bloß eine Warnung sein? In jedem Fall hatte Richter sein Ziel verfehlt.

Jaspal inspizierte seinen Körper. Die Beine schmerzten von den Fesseln. Er war übersät mit Abschürfungen. Die Fingernägel waren eingerissen, die Arme baumelten an ihm herunter wie Gummiseile. Obwohl es sommerlich warm war, begann er zu frieren. Doch es half nichts, er musste jemanden finden, der ihm ein Handy lieh, um Elisabetta anzurufen. Jemanden, der nicht zu viele Fragen stellte. Jaspal ballte die Hände zu Fäusten und schleppte sich vom Rheinstrand aus in Richtung Straße.

»Nein, Lisa, wir gehen jetzt definitiv nicht zur Polizei. Dieser Bäumler hat mich auf dem Kieker, das weißt du ja. Beweise hab ich doch auch keine mehr. Handy, Schlüssel, Rucksack – nur Richter weiß, wo die Sachen sind.«

»Was ist mit deinen Verletzungen? Die sind ja wohl Beweis genug!«

»Ich trau dem Bäumler nicht über den Weg. Der dreht mir selbst daraus noch 'nen Strick. Und außerdem steht ja Aussage gegen Aussage. Wir sind so nah dran, Lisa, glaub mir. Ich geh da noch mal rein und dann werde ich Richter den Mord an Estelle beweisen. Das nächste Mal ist das Überraschungsmoment auf unserer Seite.«

»Jetzt machst du auf einmal einen auf Miss Marple?« Ein Schmunzeln umspielte Elisabettas Lippen. Sie drehte das Gesicht zu Jaspal und streichelte zärtlich sein Bein.

»Bitte schau nach vorne, damit wir heil nach Hause kommen. Ich hoffe nicht, dass du mich mit einer alten englischen Dame vergleichst. Obwohl, Charme hatte sie ja. Und Verstand. Auf jeden Fall hat mich jetzt der

Ehrgeiz gepackt. Der wissenschaftlich-kriminalistische, meine ich. Ich, nein wir, werden Richter überführen. Wir dürfen das nicht auf uns sitzen lassen, Lisa!«

»Dann also nicht Miss Marple sondern Ballauf und Schenk, so wie im Kölner Tatort?«

»Wenn du so willst ... Ich bin mir sicher, dass unsere Idee mit dem Luminol ganz hervorragend war. Und den Schlüssel bekommen wir auch wieder, da habe ich gar keine Bedenken. Wir müssen diesmal nur genauer recherchieren, wann Richter unterwegs ist, damit er uns nicht wieder auskontert. Der hat Estelle in seiner Wohnung ermordet, glaub mir.«

»Okay, Jaspal. Aber keine Alleingänge. Und nicht noch mal so ein Risiko. Wenn wir genug zusammenhaben, dann gehen wir zur Polizei und erzählen die ganze Geschichte. Versprochen?«

Jaspal nickte. Elisabetta kniff ihn ins Knie und fragte abermals: »Versprochen, Jaspal?«

»Versprochen.«

Nachdem sie Boppard erreicht hatten, sprang Jaspal unter die Dusche. Er schloss die Augen, legte den Kopf in den Nacken und genoss das warme Wasser, das seinen geschundenen Körper liebkoste. Kaum zu glauben, wie glimpflich er aus der Sache rausgekommen war. Er checkte seinen Zustand und war überrascht, wie wenige Druckstellen und Schürfwunden von der gerade überstandenen Tortur zeugten. Richter war total verrückt geworden. Noch immer klingelten ihm die Worte ›du arrogantes Schwein‹ in den Ohren, mit all dem Hass und den Minderwertigkeitsgefühlen, die in dem Schrei vibrierten. Jaspal dämmerte, dass ihm heute nicht weniger als ein neues Leben geschenkt worden war. Mit Elisabetta, dem Weingut und einem Mordfall, den er aufzuklären hatte. Er würde es auf keinen Fall vermasseln.

»Du bist dir sicher, dass er ein Gewicht an dir festgebunden hatte? Er wollte dich wirklich umbringen?« Elisabettas Hand zitterte, während sie in die beiden Gläser Riesling-Sekt nachfüllte.

»Ja, als ich aus der Ohnmacht erwachte, löste sich etwas Schweres und ich begann, nach oben zu treiben. Dann bekam ich die Arme endlich frei. Ich hab wahnsinniges Glück gehabt.«

Elisabetta nahm Jaspals Kopf in beide Hände und küsste ihn auf die Stirn. Sie hatten es sich im Bett bequem gemacht und ließen den Tag Revue passieren. »Wie bist du denn da hingekommen, mitten in den Rhein?«

»Tja, deswegen hab ich mein Hirn auch schon zermartert. Der hat mich wahrscheinlich in den Kofferraum gepackt, ist ans Wasser gefahren und hat mich dann reingeworfen. Vielleicht in Stammheim, neben dem Bootshaus, das ist ziemlich versteckt, aber man kann bequem mit dem Auto vorfahren. Du kennst die Ecke, oder?«

»Nee, so gut kenne ich Köln jetzt auch wieder nicht. Ich war ja schon froh, dass ich dich überhaupt gefunden habe. Wie ein Häufchen Elend saßt du an der Straße zwischen all den schlafenden Brummis.«

»Ich war ja heilfroh, dass der LKW-Fahrer mir aufgemacht hat. Und dass ich dich anrufen konnte, ohne dass der viele Fragen stellte.« Diesmal nahm Jaspal Elisabettas Kopf zärtlich in die Hände und küsste sie auf die Stirn. »Ich hol uns einen Speierling. Danach gehen wir schlafen.«

Jaspal torkelte die Treppe nach unten. Das Gemisch aus überstandener Lebensgefahr, körperlicher Überanstrengung und Alkohol begann, Wirkung zu zeigen. Doch der Speierling musste jetzt sein. Rolf Heidrich aus Bacharach brannte den schließlich so fantastisch.

Elisabetta und Jaspal stießen an. »Auf Ballauf und Schenk«, gab Elisabetta das Motto vor.

»Ja, Ballauf und Schenk«, erwiderte Jaspal, genoss den kraftvollen, aromatischen Kick des Speierlings und versank kurz darauf in einen unruhigen Schlaf.

Jaspal schreckte hoch und setzte sich auf. Ein Sommergewitter schlug krachend auf den Bopparder Hamm ein. Selbst als Hagelkörner versuchten, das Dach zu perforieren, ließ sich Elisabetta nicht in ihrem Murmeltierschlaf stören, sondern schnurrte behaglich weiter. Ein greller Blitz durchzuckte die Nacht, gefolgt von einem Donnerschlag. Der Höhepunkt des Gewitters.

Kurz darauf zogen Blitz und Donner weiter durch das Rheintal und ließen Jaspal träumend zurück. Wotan grollte. Die Walküre hatte sich seinem Befehl widersetzt. Wie ein Feuersturm raste der Gott auf sie zu, wild entschlossen, die Treulose zu bestrafen.

»Jaspal, wach auf. Etwas Schreckliches ist passiert!« Jaspal spürte, wie er durchgerüttelt wurde. Nicht unzärtlich, aber sehr bestimmt. Er erinnerte sich an das heftige Gewitter der letzten Nacht. Seine Augen waren zugeklebt, in seinem Schädel hämmerte es. Er fühlte den Restalkohol in sich kreisen.

»Sie haben eine Leiche gefunden, unten in unserem Feuerlay!« Elisabettas Stimme klang zittrig.

»Eine Leiche? Wer? Wer hat die gefunden?«

»Spaziergänger. Heute Morgen. Die mit den Hunden, du weißt schon. Die Polizei hat bereits alles abgeriegelt.«

»Unseren Weinberg? Die trampeln rum? Wer? Weiß man schon, wer es ist?« Jaspal rieb sich die Augen.

»Ein älterer Mann. Mehr wissen die selber noch nicht. Wir sollen uns zu ihrer Verfügung halten.«

»Na toll, gestern hat wohl nicht gereicht.« Jaspal stöhnte und quälte sich aus dem Bett. Er hatte das Gefühl, jeden Knochen einzeln zu spüren und bereute den Speierling. Er zog sich rasch etwas über, folgte Elisabetta in den Verkostungsraum. Hand in Hand blieben sie vor der Panoramascheibe stehen und beobachteten das emsige Treiben unten in ihrem Weinberg. Eine Gruppe weiß gekleideter Ameisen, umzäunt von rot-weißem Absperrband, war mit der Spurensicherung beschäftigt. Erstaunt beobachtete Jaspal, wie sich ein gelber Sportwagen in rasanter Fahrt näherte und in einer Staubwolke zum Stehen kam. Noch mehr staunte er, als er sah, wie sich ein schlaksiger Mann mit gelocktem Haar, kariertem Jackett und rotem Hemd aus dem Auto heraus quälte. »Das ... Das ist ja Bäumler. Was will denn ausgerechnet der hier?«

»Wer?«

»Ja, das muss er sein. Kommissar Bäumler, der Kölner, der wegen Estelles Ermordung ermittelt.«

»Meinst du, die haben den gerufen?«

»Der wird wohl kaum zufällig hier vorbeigekommen sein.« Jaspals Kopfschmerzen meldeten sich wieder zu Wort. Er kniff die Augen zusammen. »Was hat die Leiche im Feuerlay mit Estelles Tod zu tun? Wen die da unten wohl gefunden haben?«

Minutenlang blieben Elisabetta und Jaspal vor der Panoramascheibe stehen. Sie blicken in den Weinberg und beobachteten die Polizisten bei ihrer Arbeit. Jaspal fühlte sich wie ein menschliches Fragezeichen.

Die Rechtsmedizinerin schien extrem nervös zu sein. Ihre eng beieinanderstehenden Augen, die durch dicke Brillengläser starrten, verstärkten den Eindruck von Verkrampftheit. Ihre kurzen Sätze purzelten ungeordnet übereinander her, als ständen sie in nur losem Zusammenhang. Bäumler hatte Mühe, den Sinn des Gestammels zu erfassen.

»Die Leiche, also, ich meine, Sie sehen hier den glatten Durchschuss, ähm das war bestimmt ein geübter Schütze und also den Todeszeitpunkt, den kennen wir noch nicht genau.«

»Was heißt nicht genau? Kennen wir denn den ungefähren Todeszeitpunkt?«

»Ähm, ungefähr schon. Ich meine, das muss wohl gestern Abend zwischen zehn und zwölf gewesen sein. Also ungefähr, meine ich.«

»Zwischen zehn und zwölf. Na sehen Sie, da sind wir doch schon wieder ein Stückchen weiter.« Bäumler betrachtete Raimond Richter. Seine Nase wirkte noch monströser als zu Lebzeiten. Sein Kopf trug ein rundes Loch mitten in der Stirn. Da war die Kugel eingedrungen und hatte ihn am Hinterkopf wieder verlassen. Das nannte man wohl glatten Durchschuss. »Eine Pistole, vermute ich?«

»Ja, eine Walther, Kaliber 9 mm Luger.«

»Eine von uns?«

»Nein, äh, ich glaube nicht. Also die Walther, die gibt es ja auch als Nachbau. Im Internet oder wo auch immer. Also, kann man da kaufen, meine ich. Nein, also das war keine PPK. Vielleicht ein Freak, also ich meine ich weiß es ja nicht aber für mich sieht das so aus.«

Bäumler seufzte. Konnte er nicht einmal in seinem Leben einen halbwegs normalen Rechtsmediziner treffen? Aber normal und Rechtsmediziner, das schloss sich vermutlich aus. »Das sieht ja ganz nach einer Hinrichtung aus.«

»Hinrichtung, ja irgendwie habe ich das auch schon gedacht. Aber Stoffreste hatte er keine am Kopf. Ich meine von wegen Augenbinde und so.«

»Verstehe.« Bäumler ging auf und ab, leise vor sich hinmurmelnd und von der Medizinerin mit wissenschaftlicher Neugier beobachtet. »Was hatte Richter hier zu suchen? Ausgerechnet da, wo Wöhler jetzt wohnt. Man verirrt sich doch nicht einfach so nach Boppard. Grün waren sich die beiden ja nicht gerade und der Richter schien einiges zu wissen, was unangenehm für Wöhler war. Wir müssen die Tatwaffe finden. Und zwar so schnell wie möglich.«

Er griff zum Handy und rief den Erkennungsdienst an. Die waren schon dran, hatten aber noch nichts gefunden.

»Haben Sie noch andere Spuren entdeckt? Fasern, Verletzungen et cetera?«

»Na ja schon. Das heißt, ich meine, aber alles peri oder post mortal, verstehen Sie? Also erst mal gibt es Quetschungen und Hämatome auf Höhe der rechten Hüfte. Und dann noch Abschürfungen, eine ganze Menge. Also ich meine, Sie sagten doch dass er unten im Weinberg war?«

»Ja, wir haben ihn am Fuß des Weinberges gefunden. Ist er oberhalb erschossen worden? Und dann herunter gerollt? Bis er von den Rebstöcken gestoppt wurde?«

»Vermutlich, dann ist er wohl von vorn. Also erschossen worden, Auge in Auge, verstehen Sie und auf den Rücken gefallen. Und dann vielleicht gestoßen oder getreten ich weiß nicht aber wohl nachgeholfen und deshalb herunter gerollt über den Schieferboden. Bestimmt ziemlich hart, oder?«

»Genauso könnte es gewesen sein. Eine Hinrichtung, Auge in Auge. Richter fällt auf den Rücken und wird mit ein paar kräftigen Fußtritten hinuntergestoßen. Der Mörder hat nicht versucht, die Leiche zu verstecken. Und er war ein verdammt guter Schütze.«

»Kennen Sie, Herr Bäumler, Tod in der Steillage, also das berühmte Gemälde, meine ich?«

Überrascht drehte sich der Kommissar in Richtung der Rechtsmedizinerin und versuchte, durch die dicken Brillengläser in ihre dunklen Augen zu blicken.

»Tod in der Steillage? Ein Gemälde? Nie gehört.«

»Von Paul Zeehse. Der Renaissance-Tod steht mitten im Bopparder Hamm und richtet eine Pistole auf einen armen Winzer. Kostenpunkt zehn Millionen. Hing erst im MOMA in New York. Zeehse hat es dann zurückgekauft und in seinem Weingut im Bopparder Hamm aufgehängt. Wöhler & Zeehse heißt das Weingut.«

»Wie bitte? Ist das wahr?« Bäumler war platt. Die Rechtsmedizinerin konnte plötzlich völlig normal sprechen und diese Info war Gold wert. Jetzt würde er sich den Wöhler vornehmen. »Se sin ein echte Schatz!« Er bützte die Medizinerin auf beide Wangen, nahm sein

Handy aus der Tasche seines Jacketts und verschwand wippenden Schrittes aus dem Obduktionssaal.

Jaspal schaute sich in dem kargen Zimmer um. Der Boden war orange gefliest, wie man es aus den Siebzigern kannte, die Wände mit ehemals weißer, inzwischen fleckiger Raufaser tapeziert. Er rutschte auf dem unbequemen Holzstuhl, der ihm viel zu klein war, hin und her. Die Neonleuchten blendeten. Er rieb die Augen, bis sie schmerzten. Das schmatzende Geräusch, das er dabei erzeugte, legte sich über die bleierne Stille des Raumes. Um den rechteckigen Tisch standen vier Stühle, in der Mitte lag ein altertümlich aussehendes Aufnahmegerät, das Jaspal eingehend musterte. Warum hatte Bäumler ihn hier herbestellt? Koblenz war definitiv nicht dessen Revier und bislang hatte der Kommissar ihn entweder in der Firma oder gleich zu Hause besucht. Und dann noch die erkennungsdienstliche Behandlung inklusive Abnahme seiner Fingerabdrücke. Wollte er ihn jetzt so richtig in die Mangel nehmen? Wer war der Tote? Was hatte Bäumler gegen ihn in der Hand? Mit einem Krachen wurde die Tür geöffnet, Bäumler kam herein und nahm frontal gegenüber Jaspal an der Langseite des Tisches Platz. Der Raum füllte sich mit dem Gemisch aus abgestandenem Alkohol und Aftershave. »Tag Herr Dr. Wöhler. Wann haben Sie Raimond Richter zuletzt gesehen?«

Jaspal stutzte. Er bereute, keinen Anwalt mitgenommen zu haben. »Ähm, ich denke bei meiner offiziellen Verabschiedung von den Kollegen der Aromafabriken.« Jaspal war fest entschlossen, seinen Besuch bei Richter zu verschweigen.

»Soso, das denken Sie. Was führt Sie nach Boppard? Warum haben Sie bei den Rheinischen Aroma Fabriken gekündigt?«

»Das hatte rein private Gründe. Meine Ehe ging in die Brüche, dazu kam der Patentstreit mit der USF um das Superpheromon. Sie erinnern sich. Dann noch Meinungsverschiedenheiten innerhalb der Geschäftsführung. Es war Zeit für einen Neuanfang.«

»Soso, ein Neuanfang. Und das ausgerechnet in der Weltstadt Boppard. Das war ja auch viel attraktiver als zum Beispiel die Toskana, nicht wahr?«

»Ich verstehe den Hintergrund Ihrer Fragen nicht. Ich fühle mich hier in Boppard sehr wohl. Sie wissen vielleicht, dass ich gemeinsam mit dem Künstler Paul Zeehse ein Weingut übernommen habe. Das war genau die Art von Neustart, die ich brauchte.« Jaspal kniff die Augen zusammen.

Bäumler fauchte: »Der Hintergrund meiner Fragen? Das wiederum ist eine ganz simple: Wie kam der tote Raimond Richter in Ihren Weinberg?«

»Wie bitte?« Jaspal lief es heiß und kalt über den Rücken.

»Der Tote in unserem Weinberg ist Raimond Richter? Der Parfümeur, mein Exkollege?«

Der Kommissar bewegte den Kopf langsam rauf und runter. Er presste die Lippen aufeinander und beobachtete Jaspals Reaktion wie ein Luchs.

Jetzt war klar, warum Bäumler die Ermittlungen übernommen hatte. Und Jaspal war konsterniert. Wie kam Richter nach Boppard und wer zum Teufel hatte ihn ermordet? Jaspal kratzte sich den Hals, bis es glühend heiß wurde und blickte zu Boden.

»Wir durchsuchen gerade Ihr Weingut, und wenn es dort auch nur winzigste Spuren gibt, wir werden sie finden, da können Sie Gift drauf nehmen. Sie geben offiziell zu Protokoll, dass Sie Raimond Richter zuletzt bei

Ihrer Verabschiedung in den Räumen der Rheinischen Aroma Fabriken gesehen haben?«

Jaspal zögerte mit der Antwort. Hier schien sich alles gegen ihn verschworen zu haben. Er musste jetzt mit der Richter-Geschichte rausrücken, sonst würde er sich nur noch tiefer reinreiten. Und er brauchte rasch einen Anwalt.

»Herr Bäumler, ich möchte meinen Anwalt anrufen.« Der Kommissar schmunzelte. »Aber gerne doch, Herr Dr. Wöhler. Schade, dass diese banale Frage Ihnen solche Kopfschmerzen bereitet. Zumal ich sie ja schon einmal gestellt habe. Aber bitte, tun Sie sich keinen Zwang an. Telefonieren Sie.«

Jaspal griff sein iPhone und wischte hastig darauf herum. Mit Anwälten kannte er sich inzwischen aus, er hatte bereits eine veritable Armada in seiner Kontaktliste. Hentzen, der alte Fuchs, war genau der richtige. Er ging sofort ans Telefon und versprach, so zügig wie möglich nach Koblenz zu kommen.

Bäumler richtete sich auf, schüttelte sich wie ein Hund nach dem Regen und starrte in Jaspals Augen. »Überlegen Sie sich diesmal bitte ganz genau, was Sie sagen, Herr Wöhler. Machen Sie sich's so lange bequem, wir sehen uns dann wieder, wenn Ihr Herr Anwalt da ist. Vielleicht haben wir dann ja auch schon erste Ergebnisse von der Haus-, äh von der Weingutsdurchsuchung.« Bäumler machte auf dem Absatz kehrt und ließ die Tür krachend hinter sich ins Schloss fallen. Nur seine Duftmarke blieb zurück.

Die Zeit verging quälend, sie wälzte sich durch das Vernehmungszimmer wie ein schwerfälliger Riesenwurm. Was hatte Richter im Feuerlay zu suchen? Hatte er Wind davon bekommen, dass Jaspal den Anschlag überlebt hatte? Wollte er einen zweiten Versuch starten, ihn um die Ecke zu bringen und war bei der Aktion in der Steillage abgestürzt? Jaspal folgte den schnurgeraden und sich rechtwinklig kreuzenden Spuren, die die Fugen zwischen den orangefarbenen Bodenfliesen zogen. Sie durchliefen alle nur erdenklichen Schattierungen von hellstem Grau bis hin zu tiefstem Schwarz. Er dachte an seine Mutter und an ihr indisches Lebensmotto: ›Mojaka kukiaki hinka hinkawurtuaki mosanka kationda‹. Was du willst, ist nicht das, was du denkst. Was du tust, ist nicht das, was du kannst. Was du empfindest und fühlst, ist alles, was für dich da ist. Stundenlang hatte sie in dem alten Schaukelstuhl gesessen, aus dem Fenster geblickt und mantrahaft diesen einen Satz gemurmelt. Als kleiner Junge hatte er andächtig auf dem verschlissenen Sofa gesessen und die buddhahafte Ruhe bewundert, die Mutter dabei ausgestrahlt hatte.

Viel später erst hatte er sich selbst dieses Mantra zu eigen gemacht. Empfinden und fühlen, oder besser noch sehen, hören, fühlen, riechen und schmecken, das ist alles, was für uns da ist. Und was du willst, ist nicht das, was du denkst. Die Inder brauchten keinen Sigmund Freud, um zu begreifen, dass es das Unbewusste ist, das uns regiert. Und nicht unser ach so überlegener Verstand. Die Welt mit allen fünf Sinnen zu umarmen, das war genau das, was Jaspal von seiner Mutter gelernt hatte. Er war ja nicht aus purem Zufall Aromaforscher geworden. Genau genommen war er ein Sinnenforscher, aber man musste sich heutzutage ja spezialisieren, wenn man es zu etwas bringen wollte. Wie gerne hätte er jetzt ein Gläschen Riesling vor sich stehen gehabt, sich in dessen Bukett vertieft und das Spiel von

182

Säure und Zucker auf der Zunge tanzen lassen. Doch hier gab es nichts als Stille, graue Fugen und die Flecken auf der Raufasertapete, beleuchtet von kaltem Neon.

Krachend sprang die Tür wieder auf und Hentzen hastete herein. Schwer keuchend nahm er gegenüber von Jaspal Platz und begann ohne Umschweife im Stakkatostil zu sprechen. Typisch Hentzen, dachte Jaspal.

»Schneller ging nicht. Köln Koblenz eine Stunde zehn. Das passt doch. Was machen Sie hier? Was liegt gegen Sie vor?«

Jaspal berichtete ausführlich, beginnend mit Marie Nicoliers Besuch und seinem Besuch bei Richter. Hentzen stellte dann und wann Verständnisfragen und stenografierte Jaspals Bericht in einen Notizblock. Er war eines jener selten gewordenen Exemplare, die die Kunst der Schnellschrift noch beherrschten.

»Einfach so rein marschiert? Ganz schön dumm. Aber machen Sie weiter, bitte.« Als Jaspal von dem K.o.-Schlag und seinem Wiederauftauchen im Rhein berichtete, unterbrach Hentzen kurz sein Stenografieren. Er fummelte an seinem gewaltigen Zwirbelbart, der ihm mit den Spitzen fast in die Ohren stach. »Wahnsinn. Ein Verrückter.«

Nach dem Leichenfund in der Steillage folgte der Bericht über die Vernehmung. »Gar nicht gut. Kriminalhauptkommissar angelogen.«

Mit der Identifizierung des Toten beendete Jaspal seine Erzählung. Sekundenlang saßen die beiden Männer sich schweigend gegenüber. Das einzige Geräusch, das die Stille durchbrach, war das Reiben der Haare von Hentzens Zwirbelbart.

»Erst Einbruch, dann Falschaussage. Gar nicht gut. Wir müssen die E-Mail der Zwillingsschwester sichern, die braucht der Bäumler. War das alles oder haben Sie noch was in petto?«

Jaspal schüttelte den Kopf und schaute wie ein ertappter Schuljunge. Was hatte er sich bloß bei dieser Aktion gedacht?

»Passen Sie auf. Sagen Sie einfach die Wahrheit, genau wie gerade eben. Kein Detail aussparen. Um ein Verfahren wegen Einbruchs kommen Sie nicht herum, aber die Begründung dürfte helfen. Wenn die Richters Wohnung und sein Auto durchsuchen, finden die mit Sicherheit die Spuren, die Ihre Aussage bestätigen. Die Durchsuchung bei Ihnen zu Hause ist wahrscheinlich rechtens. Aber keine Panik, was Großes haben die gegen Sie nicht in der Hand.« Mit einem erneuten Krachen der Tür trat Bäumler wieder auf den Plan. »Sin se sich einig geworden?«, fragte er grinsend. Die Lachfalten schnitten sich tief in die ledrige Haut, die Wangen bauten sich zu zwei veritablen Hügeln auf.

»Mein Mandant möchte eine Aussage machen«, eröffnete Hentzen das Gespräch.

»Na dann nur zu, ich bin ganz Ohr.« Bäumlers Laune schien auf einen Höhepunkt zuzusteuern, er schaltete das antiquierte Aufnahmegerät ein.

Jaspal wiederholte seine Erzählung, wobei es ihm gelang, diese wortgleich zu reproduzieren. Der Kommissar unterbrach ihn kein einziges Mal. Stattdessen wippte er mit dem Stuhl vor und zurück und zog die schlabberige Haut des Halses so weit nach unten, wie er konnte. Jaspal ließ sich dadurch nicht irritieren und beendete seine Geschichte mit den Worten: »Genau so ist es passiert, Herr Kommissar, jetzt kennen Sie die ganze Wahrheit.«

»Soso, die ganze Wahrheit. Hat ja auch lange genug gedauert, das mit Ihrer Wahrheit. Ihre Geschichte ist sehr unterhaltsam.« Bäumler lächelte spöttisch, seine Laune schien immer noch prächtig.

Jaspal merkte, dass der Kommissar ihm kein Wort glaubte. Er konnte ihm das noch nicht einmal übel nehmen.

»Herr Kommissar, bitte durchsuchen Sie Richters Wohnung und sein Auto, Sie werden die Spuren finden ...«

Hentzen trat Jaspal vor das Schienbein und fuhr verbal dazwischen: »Was mein Mandant sagen möchte, ist, dass Sie seine Aussage gerne überprüfen können. Zudem ist er jederzeit bereit, sie vor Gericht zu wiederholen, obwohl er sich damit hinsichtlich des Eindringens in Herrn Richters Privatsphäre selbst belastet.«

Jaspal blickte erstaunt. Zwei so ausführliche Sätze hatte er von Hentzen noch nie gehört.

Bäumler hingegen grinste immer noch. »Eindringen in Privatsphäre. Das klingt drollig. Ich nenne das Einbruch. Aber noch viel mehr interessiert mich, wie der tote Richter in den Weinberg Ihres Mandanten kam.« Bäumler wandte sich wieder zu Jaspal. »Den Streit mit Richter geben Sie zu, auch den Einbruch. Ihr Streit mit Frau Nicolier am Abend vor ihrer Ermordung ist ja auch bereits aktenkundig. Herr Wöhler, Sie sind ein sehr streitbarer Mann. Jetzt wird es langsam eng für Sie.«

»In beiden Mordsachen sehe ich nichts, was gegen meinen Mandanten vorläge. Zur falschen Zeit am falschen Ort zu sein ist zum Glück noch nicht strafbar. Die E-Mail, die Frau Nicolier von Herrn Richter erhalten hat, leiten wir selbstverständlich gerne an Sie weiter. Kommen Sie, Herr Dr. Wöhler, wir verlassen diese gastliche Stätte.« Hentzen hatte den Satz kaum beendet, als die Melodie von ›Mer losse d'r Dom en Kölle‹ erklang.

»Äußerst originell«, entfuhr es dem Anwalt.

Davon unbeeindruckt nahm Bäumler sein iPhone und bedeutete den beiden, sitzen zu bleiben. »Stephan Bäumler? ... Frau Bächle, was kann ich für Sie tun? ... Nein, sprechen Sie bitte weiter ... Das ist ja hochinteressant – und der perfekte Moment ... Sie sind ein Schatz ... Nein, kommen Sie bitte sofort ins Präsidium. Der Herr ist zufälligerweise gerade unser Gast ... Nicht wahr? ... Supi, ja bringen Sie das gute Stück am besten gleich mit. Bis gleich, Frau Bächle, wir warten im Vernehmungszimmer ... Ganz meinerseits, Tschö!« Bäumler legte auf. Triumphierend blickte er erst zu Jaspal, dann zu Hentzen. »Meine Herren, ich schlage vor, dass Sie noch ein Weilchen verweilen. Wir haben eine brandneue Beweislage. Die Durchsuchung des Weingutes war überaus erfolgreich. Zumindest für uns.«

Hentzen blickte zu Jaspal, der die Schultern hochzog und den Kopf schüttelte. »Ich habe keine Ahnung, wovon Sie sprechen.«

»Gemach, meine Herren. Meine Kollegin, Kommissarin Bächle wird gleich hier sein.«

Lautlos öffnete sich die Tür, auch das war überraschenderweise möglich. Herein kam eine hochgewachsene Frau. In figurbetontem Hosenanzug und auf weinroten Ballerinas schwebte sie in das Vernehmungszimmer, beäugt von den drei maskulinen Augenpaaren. Sie nahm an der Kurzseite des Tisches, gegenüber von Hentzen Platz.

»Meine Herren, Bächle mein Name, ich bin die in Koblenz zuständige Kommissarin, meine Amtshilfe aus Köln kennen Sie ja bereits.« Sie strich sich die schulterlangen, dunklen Haare aus dem Gesicht und blickte Jaspal aus braunen Augen an. »Kennen wir uns? Ich glaube, wir sind uns schon einmal begegnet?«

»Nicht, dass ich wüsste. Sie verwechseln mich sicherlich mit Rangar Yogeshwar.«

»Ach richtig, das kann sein. Sie sehen diesem gutaussehenden Mann aber auch so was von ähnlich!«

Bäumler verdrehte die Augen und zog die Haut des Halses besonders in die Länge. »Gut, Frau Bächle. Wenn ich Sie gerade richtig verstanden habe, haben Sie die Tatwaffe sichergestellt?«

»Absolut korrekt, Herr Bäumler.« Bächle hob ihre geräumige, weinrote Handtasche, deren Farbe perfekt zu den Ballerinas passte, auf den Vernehmungstisch und begann, darin zu kramen. Wie das Kaninchen aus dem Hut zauberte sie eine durchsichtige Plastiktüte hervor, in der eine Pistole baumelte. »Die haben wir in Ihrem Schuppen hinter dem Haus sichergestellt, Herr Yogeshwar ... äh, Herr Wöhler, tschuldigung. Übrigens nicht gerade gut versteckt.«

»Gratuliere zum schnellen Ermittlungserfolg. Wenn Sie jetzt noch Spuren sicherstellen, zappelt der Täter bestimmt schon bald im Netz«, warf Hentzen im typischen Stakkato ein.

»Enorm scharfsinnig, Herr Hentzen. Von wem stammen noch mal die Fingerabdrücke, die wir auf der Tatwaffe identifiziert haben, Frau Bächle?« Bäumler grinste wie ein Breitmaulfrosch und blickte Beifall heischend in die Runde.

»Auf der Tatwaffe haben wir ausschließlich und zweifelsfrei die Fingerabdrücke von Herrn Dr. Wöhler nachgewiesen«, antwortete Bächle, mit einem bedauernden Blick in Richtung Jaspal.

Jaspal erstarrte. Die Gedanken irrten ziellos durch seinen Kopf. Seine Fingerabdrücke auf der Pistole, mit der Richter erschossen wurde? Das konnte doch alles nicht wahr sein!

»Da will mir doch jemand was anhängen!«

»Den Satz kenne ich – aus mittelmäßigen Fernsehserien«, stieß Bäumler prompt hervor.

»Ein zusammenhangloses Indiz. Wir sollten uns ausführlich unterhalten, wenn Sie mit Ihrer Ermittlungsarbeit fertig sind. Wir unterstützen Sie, wo immer wir es können.« Hentzen stand auf und gab Jaspal ein Zeichen, es ihm gleichzutun.

»Setzen, die Herren!« Bäumler hatte sich erhoben und ließ das Vernehmungszimmer unter dem militärischen Befehl erzittern. »Herr Wöhler, wir werden Sie auf Schmauchspuren untersuchen und dem Haftrichter vorführen. Wir sehen Verdunklungsgefahr und werden Untersuchungshaft beantragen.«

Jaspal hatte das Gefühl, ins Bodenlose zu sinken. Da war sie wieder, die schwarze Spinne. Während er im Bopparder Hamm zusammen mit Elisabetta den fröhlichen Winzer spielte, hatte das Ungeheuer ein neues Netz gesponnen, in dem er jetzt festsaß.

»Herr Dr. Wöhler, die Untersuchungshaft kann ich nicht verhindern. Aber nur mit Indizien, das wird für eine Verurteilung niemals reichen. Kopf hoch, Sie müssen da jetzt durch. Wir werden das letzte Wort haben«, flüsterte Hentzen und klopfte seinem Mandanten freundschaftlich auf die Schulter. Jaspal saß derweil wie gelähmt auf dem unbequemen Stuhl und hörte Richters Schrei nachhallen:

»Du arrogantes Schwein«.

Mit einem Scheppern fiel die Zellentür ins Schloss. Jaspal hörte das harte Reiben von Metall auf Metall, zweimal wurde der Schlüssel im Schloss umgedreht. Dann folgte schwere Stille. Neun Quadratmeter standen den Untersuchungshäftlingen auf der Koblenzer Karthause zu, das galt auch für Jaspal. Er legte sich auf die weißblau karierte Decke in der unteren Etage des zerschabten Doppelstockbettes. Sog den scharfen Sagrotan-Geruch ein, der das Zimmer füllte. Die obere Matratze wölbte sich ihm bedrohlich entgegen, er war heilfroh, die Zelle nicht teilen zu müssen. Selbstverständlich hatten sie Schmauchspuren an seiner Schusshand gefunden. Und er bereute es trotzdem nicht, in den Bopparder Schützenverein eingetreten zu sein. Schließlich wollte er sich integrieren und nicht abgehoben im Hamm über dem dörflichen Leben thronen. Und das Schießen war schon seit Jugendtagen seine Leidenschaft gewesen, die er auch dann nicht aufgegeben hatte, als alle um ihn herum mit dem Golfen anfingen.

Für Bäumler war dies das Tüpfelchen auf dem I gewesen. Der konnte dem Haftrichter eine lückenlose Geschichte präsentieren. Vom Hauptverdächtigen in der ›Mordsache Nicolier‹, über den eingestandenen Wohnungseinbruch samt Streit mit Richter bis hin zu den Fingerabdrücken an der Tatwaffe. Die man zu allem Überfluss in seinem Schuppen gefunden hatte. Der Tatwaffe des passionierten Sportschützen mit Schmauchspuren an der Schusshand, in dessen Weinberg der Tote gelegen hatte.

›Verdunklungsgefahr, absolut eindeutig‹. Mit diesen Worten hatte der Haftrichter Jaspal auf die Koblenzer Karthause geschickt. Würde sich sein Blatt endlich wieder wenden, wenn Bäumler Richters Wohnung durchsucht hatte? Dann musste er doch die Weinfälscherwerkstatt finden. Und Beweise für den Kampf zwischen ihm und seinem Exkollegen. Und Spuren von

Estelles Ermordung? Jaspal ließ den Blick über den Waschplatz, den primitiven, rahmenlosen Spiegel, die Toilette, den hölzernen Tisch mit den zwei Stühlen und das Bücherregal schweifen. Auf den Fernseher, das einzige Extra, das hier im Angebot war, hatte er verzichtet. Wie lange würde er in diesem Kloster auf Staatskosten einsitzen müssen, bis sich alles aufklärte?

»Mojaka kukiaki hinka hinkawurtuaki mosanka kationda«, wiederholte er das mütterliche Mantra noch zehnmal, bis er spürte, wie er langsam ruhiger wurde. Na ja, andere Manager blätterten für so eine innere Einkehr einen Haufen Kohle hin. Er bekam diese Spezialbehandlung frei Haus. Aber was würde aus seiner ersten Weinernte? Würde er die in Freiheit erleben? Elisabetta war eine starke Frau, die Lese würde sie auch ohne ihn hinbekommen.

Wer hatte seine Fingerabdrücke auf die Tatwaffe gezaubert? Richter konnte nicht sein einziger Gegner in diesem Kampf sein. Ihm wurde immer klarer, dass es nicht ausreichen würde, tatenlos in der Zelle rumzusitzen und darauf zu warten, dass Hentzen, Bäumler und die fesche Bächle ihre Arbeit machten. Seine Ermittlungen mussten weitergehen, er musste im Fahrersitz bleiben. Und Elisabetta würde mit Sicherheit eine großartige Miss Marple abgeben, solange er selbst auf der Karthause gefangen war.

8. Hollmann und die Chevaliers

»Der Spätburgunder hat schon lange genug'ne ruhige Kugel im Fass geschoben. Jetzt geht's rauf auf die Bahn.« Hollmann tätschelte das Barriquefass wie ein edles Rennpferd.

»Die Bahn?«

»Na klar, der Rubel muss rollen. Was meinen Sie denn, was so ein winziges Franzosenfässchen kostet. Schätzen Sie doch mal, Herr Kommissar.«

Bäumler zuckte mit den Schultern, sah den vor Energie berstenden Winzer ratlos an.

»Keine Ahnung, Herr Polizist? Na ja, macht nix, ist schließlich nicht Ihr Metier. Nen halben Riesen müssen Sie schon hinlegen. Für gerade mal zweihundertfünfundzwanzig Liter. Wahnsinn, oder? Dazu kommt ja noch, dass der Rotwein ein gutes Jahr in dem Fässchen rumliegt und dass dabei auch noch ständig was verdunstet. Angel's Share, nennen das die Schotten. Angel's Share, verstehen Sie? Das Quäntchen, das man an die Engel abdrücken muss. Nicht schlecht, oder?« Hollmann schüttelte sich vor Lachen und schlug auf seine hautenge, schwarze Lederhose. »Bei den Schotten ist's natürlich hochprozentiger, was die Engel abbekommen, als bei uns. Doch was tut man nicht alles für seine Kunden. Die sind ja tierisch scharf auf unseren Barrique-Spätburgunder vom Bopparder Hamm. Los Chef, Sie probieren jetzt. Widerstand zwecklos.«

Bäumler spürte, wie das Blut in seinen Kopf schoss. Die Zornesader schwoll an und pochte. Er fühlte sich an das fürstliche Essen in der Bastide bei Grasse erinnert. D'Orly hatte ihn genauso behandelt und auch damals hatte er gute Miene zum bösen Spiel gemacht. Was soll's, dachte er. Geduld brauchte man in seinem Job, nur so kam man an die entscheidenden Infos. Und das, was Hollmann am Telefon angedeutet hatte, klang vielversprechend. Bäumler war sich sicher, dass er einen dicken Fisch an der Angel hatte.

Hollmann drehte seinen massigen Körper behände wie ein Profiboxer, öffnete das Fass mit der rechten Hand und steckte einen durchsichtigen Plastikschlauch durch das Spundloch. In seiner Linken baumelten zwei Weingläser, die er aus dem Nichts hervorgezaubert hatte. Er führte das Schlauchende zum Mund, nahm einen kräftigen Zug, der die rote Flüssigkeit blitzschnell aus dem Fass heraufsteigen ließ. Bäumler musste an die Jugendlichen auf Mallorca denken, die die Sangria mit überdimensionierten Strohhalmen aus Eimern soffen. Doch Hollmann beendete das Saugen, kurz bevor der edle Tropfen in seinem Mund landen konnte und klemmte den Schlauch fachmännisch ab. Sekunden später ließ er den roten Saft in die beiden Gläser schießen. Eines davon reichte er Bäumler, das andere rotierte er heftig im Kreis.

»Prost, Chef. Auf die Franzosen!«

»Zum Wohl«, murmelte Bäumler und entschied, sein eigenes Spielchen zu spielen. Er versenkte die Nase in das Glas und schnupperte genüsslich. »Hmm, ganz groß, Herr Hollmann, ich rieche reife Brombeeren, Renekloden und eine feine Unterholznote. Mein Kompliment, Herr Winzer.«

»Herr Kommissar, verarschen Sie mich nicht! Sie sind ein echter Weinkenner und verfügen über eine exzellente Nase, geben Sie's zu!«

»Na ja, den einen oder anderen Wein hab ich in meinem Leben schon getrunken, das stimmt.«

»Na also. Was haben Sie gesagt, was Sie da gerochen haben? Rene Dingsbums?«

»Reneklöden.«

Hollmann hielt seine Nase in das Glas und schaute angestrengt hinein. »Na klar, jetzt rieche ich das auch. Respekt, Herr Kommissar!«

Bäumler lachte in sich hinein. Er hatte gelesen, dass Hollmann zu den führenden Winzern am Bopparder Hamm gehörte. Und ausgerechnet der ließ sich von einem Anosmatiker hinters Licht führen? »Danke für die Weinprobe, Herr Hollmann. Sie sagten am Telefon, dass Raimond Richter am Freitagabend bei Ihnen war?«

Hollmann strich sich über die kurzen Haare. »Ja genau. Die Chevaliers des Grand Crus de Boppard treffen sich einmal im Monat bei mir im Weingut. Raimond Richter gehört seit gut einem Jahr zu uns.«

Verzweifelt kramte Bäumler in seinem Schulfranzösisch.

»Chevaliers, heißt das nicht Ritter?«

»Jaja, die Ritter vom Großen Gewächs von Boppard. Ich weiß, der Name klingt bescheuert, aber ganz bierernst nehmen wir uns auch nicht. Dann schon eher weinernst ... « Hollmanns Lachen erschütterte erneut den Weinkeller.

»Wer gehört alles zu der weinernsten Runde? Wer war am Freitag außer Richter noch dabei?«

»Am Freitag? Hm, lassen Sie mich überlegen.« Hollmann schloss die Augen und schien die Chevaliers der Reihe nach durchzugehen. »Helmut von Roffhausen, seine Freundin Claudia und Marie Nicolier, die Weinhändlerin. Ach so, dann natürlich noch die beiden

Päpste. Paul Zeehse, unser Künstlerpapst und Julian Somerset, der deutsche Weinpapst. Ja richtig, unsere drei Bopparder Winzer hatten sich entschuldigt.«

Hollmanns Aufzählung elektrisierte Bäumler. Fassungslos starrte er auf die Personenliste, die er in sein Notizbuch gekritzelt hatte. Trotz der Kühle des Weinkellers quollen Schweißtropfen aus seiner Stirn, die träge begannen, durch die Furchen in Richtung Ohren zu kriechen. Bäumler zog die Finger durch die tiefen Dackelfalten und schleuderte die Schweißtropfen auf den Betonfußboden. »Der Helmut von Roffhausen, der Chef der Rheinischen Aroma Fabriken?«

»Der ehemalige Geschäftsführer. Ja. Die haben ihn eiskalt abserviert. Ganz miese Tour, wenn Sie mich fragen.«

Von Roffhausen war Mitglied einer Bopparder Weinrunde. Zufälle gab es. Hatte der nicht damals mit einem Bopparder Winzer telefoniert, während er auf dem Laufband Bäumlers Fragen davonlief? Der Kommissar wusste, dass er sich nicht irrte. Auf sein Elefantengedächtnis konnte er sich verlassen, gerade dann, wenn es um scheinbare Details ging. »Und seine Freundin Claudia wer?«

»Claudia Wöhler, die Ex von dem arroganten Inder, der oben im Hamm residiert. Weingut Wöhler und Zeehse, haben Sie vielleicht schon mal von gehört.«

»Herr Wöhler ist für mich kein unbeschriebenes Blatt. Der ist ebenfalls Mitglied in Ihrer Weinrunde?«

»Nee, ganz bestimmt nicht. Wo denken Sie hin? So streitsüchtig, wie der ist, passt der doch in keine Runde zivilisierter Menschen! Genau deswegen habe ich Sie doch angerufen!«

Bäumler nickte zufrieden. Er hatte den Richtigen auf der Karthause festgesetzt, daran bestand kein Zweifel. Die noch fehlenden Puzzleteile würde er auch noch einsammeln. Und ein Paar von denen würde ihm Hollmann liefern.» Sie erwähnten eine Marie Nicolier?«

»Genau, Herr Kommissar, die war zu Gast. Sehr appetitliche Französin. Ich glaube, Somerset hat die angeschleppt. Die hat uns echt ein Loch in den Bauch gefragt. Was die alles wissen wollte. Aber mit Wein kennt die sich aus, da beißt die Maus keinen Faden ab.«

»Also, Zeehse ist Mitglied in Ihrer Ritterrunde, Wöhler jedoch nicht?«

»Exactamente! Der Paul ist so ein herzensguter Mensch. War ja klar, dass der es mit Wöhler nicht lange aushält.«

»Was genau ist denn am Freitagabend passiert, was Sie mir unbedingt erzählen wollten?«

Hollmann strich sich erneut über die Haare. »Na ja, Raimond Richter war den ganzen Abend unruhig. So kenn ich ihn gar nicht. Sonst hat der Sitzfleisch ohne Ende und einen bemerkenswerten Zug. Zuerst verdrückte sich Somerset mit der scharfen Marie, das konnte ich noch gut verstehen.« Hollmann zwinkerte Bäumler zu.

Der aber schaute nur kurz von seinem Notizblock auf und schrieb eilig weiter. »Und dann?«

»Jaja, Geduld, Geduld. Richter sagte, er habe noch was mit Jaspal Wöhler zu klären. Was Persönliches. Er murmelte etwas von Hühnchen rupfen. Verstehen Sie, Herr Kommissar? Hühnchen rupfen! Und am nächsten Morgen liegt er tot im Feuerlay, das kann doch kein Zufall sein. Ich dachte, das sollten Sie wissen.«

»Hat Richter sonst noch was gesagt, außer Hühnchen rupfen, bevor er Ihre Runde verließ?«

»Nein, Chef, das war's. Reicht doch auch, oder?« Hollmann blickte den Kommissar erwartungsvoll an.

Bäumler zuckte mit den Schultern, klappte das abgegriffene Notizbuch zusammen und verließ das Weingut Hollmann mit einem dahin gemurmelten ›Tschö‹. Er hatte das Gefühl, dass sein Kopf mit alten und neuen Puzzleteilchen gefüllt war, die irgendwie zusammenpassen mussten. Momentan aber wirbelten sie wie Schneeflocken im Sturm durcheinander.

Elisabetta schnäuzte in das zerfledderte Papiertaschentuch. Das faserige Ding war kaum noch in der Lage, die Flüssigkeitsmengen aufzusaugen, die ihr ununterbrochen aus Augen und Nase herausquollen. Seitdem der Tote im Feuerlay gefunden worden war, hatten die grausigen Bilder von damals sie wieder fest im Griff. Ihre Eltern waren so stolz auf das gewesen, was sie sich aufgebaut hatten. Ein Weingut, das allen modernen Maßstäben genügte. Alles mit der eigenen Hände Arbeit geschaffen. Und plötzlich hatten sie dagelegen, in ihrem eigenen Wohnzimmer. Die Mutter, hingestreckt direkt hinter der Tür. Den Kopf in einer Blutlache, die sich grell von dem weiß gefliesten Fußboden abhob. Und ein paar Meter weiter ihr Vater, den sie so abgöttisch geliebt hatte. Seine Gesichtszüge starr von dem Entsetzen, die Erschießung seiner Frau mit ansehen zu müssen.

Elisabetta stützte die Arme auf den Tisch, bedeckte das Gesicht mit beiden Händen und bewegte den Kopf träge hin und her. Alle hatten gewusst, dass nur die Cosa Nostra dahinterstecken konnte. Und alle hatten stoisch geschwiegen. Omertà, die berüchtigte Schweigepflicht, Ehrenkodex und Lebensversicherung der italienischen Mafia. ›Wer taub, blind und stumm ist, lebt hundert Jahre in Frieden‹, behauptete ein sizilianisches Sprichwort. Damals war Elisabetta viel zu jung gewesen, um die Hintergründe begreifen zu können. Doch das eisige Schweigen hatte sich wie ein vergifteter Pfeil durch sie hindurch gebohrt. Dieser Schmerz würde für immer bleiben. Mit verweinten Augen versuchte sie vergeblich, durch die Panoramascheibe zu schauen, auf die der Sommerregen eintrommelte.

Gestern noch hatte sie sich überschwänglich über die hohen Öchslewerte gefreut, die sie bei ihrem Kontrollgang durch die Weinberge gemessen hatte. Der Riesling reifte wie im Bilderbuch, lagerte Zucker ein und baute die Säure ab. Wenn das so weiterging, dann würde das ein prächtiger Jahrgang werden. Sie überschlug die Regenmenge, die heute schon heruntergekommen war. Es wäre jammerschade, wenn dieser vermaledeite Regen ihnen auf den letzten Metern noch einen Strich durch die Rechnung machen würde. Erst der Regen und dann Botrytis, diese pilzige Plage, die sich bei warmem Frühherbstwetter explosionsartig ausbreitete. Und dann kam der Punkt, an dem man mit der Ernte beginnen musste. Koste es, was es wolle. Nur, um zumindest einen Teil der Trauben gesund in den Keller zu bringen. Ob reif oder nicht. Ein Horrorszenario für Elisabetta, die die Lage gern unter Kontrolle hatte und der es überhaupt nicht passte, so unter Zugzwang gesetzt zu werden. Ausgerechnet von etwas so banalem wie dem Wetter. Aber was hatte sie denn momentan schon unter Kontrolle? Ihr geliebter Jaspal saß im Gefängnis und wurde des Mordes beschuldigt. Sogar zweier Morde, seitdem sie Richter im Feuerlay gefunden hatten.

Die Wochen vorher waren wie im Traum vergangen. Jaspal war zärtlich, einfühlsam und humorvoll. Es mochte wie die Beschreibung aus einem Groschenroman klingen, aber genauso empfand sie es. Sie hatten gelacht, geliebt und sich die Köpfe heiß diskutiert. Sollten sie mit Maischestandzeiten experimentieren? Sollten sie mit den natürlichen Weinberghefen vergären, oder sich auf Reinzuchthefen verlassen? Lieber weniger Risiko oder gleich den großen Wurf wagen? Plan um Plan hatten sie geschmiedet und Elisabetta hatte es genossen, nur noch nach vorne zu schauen. Zum ersten Mal seit geraumer Zeit konnte sie sich vorstellen, nicht zurück nach Sizilien zu gehen. Sondern einfach hier bei Jaspal zu bleiben. Weit weg von Cosa Nostra und Omertà. Ihre Eltern hätten sie bestimmt in ihrer Entscheidung bestärkt.

Doch plötzlich lag der Tote in ihrem Weinberg, dieser komische Bäumler tauchte auf und sie begann, wieder nach hinten zu schauen. Warum nur hatte sie Jaspal darin bestärkt, in Richters Wohnung einzubrechen? Marie, die Zwillingsschwester der ermordeten Parfümeurin, hatte ihr einfach zu Leid getan. Doch mit einem so hohen Preis hatte sie nicht gerechnet. Elisabettas Blick klebte an der Fensterscheibe, von der das Wasser in dicken Rinnsalen herunter tropfte.

Das Vibrieren des Holztisches durchzuckte Elisabettas Körper. Ihr Telefon. Gute Nachrichten vom Anwalt? Von Jaspal vielleicht? Gespannt nahm sie ab. Es war Marie Nicolier.

»Ich habe gehört, was passiert ist. Schrecklich. Richter tot in eurem Weinberg. Wie grausam. Stimmt es, dass sie Jaspal verhaftet haben?«

»Ja, leider. Der sitzt in Koblenz. Wegen Verdunklungsgefahr. Angeblich waren seine Fingerabdrücke auf der Pistole, mit der Richter erschossen wurde. Das

ist doch Wahnsinn!« Elisabetta musste sich zusammen-
reißen, um nicht erneut in Tränen auszubrechen.

»Ich war bei dem Treffen dieser Chevaliers des
Grand Crus de Boppard. Du weißt, bei Hollmanns. Ich
bin sehr zeitig gegangen, weil ich die Wichtigtuerei der
Männer nicht länger ertragen konnte. Somerset ging es
genauso.«

»Somerset? Du meinst doch nicht etwa den Somerset?«

»Doch, doch. Der Weinpapst höchstpersönlich war
dabei. Der scheint sich gerade intensiv mit dem
Bopparder Hamm zu befassen.«

»Wie bist du denn in diese zwielichtige Runde geraten?«

»Julian hat mich gefragt, ob ich mitkommen will.
Erst dachte ich, der spinnt. Aber als er mir die Gästeliste vorlas, wurde ich hellhörig.«

»Soso Julian hat dich eingeladen. Lass hören!«

»Du wirst staunen: Helmut von Roffhausen, Claudia Wöhler, Raimond Richter, Paul Zeehse und Engelbert Hollmann.«

»Jaspals Exfrau? Und Helmut von was?«

»Von Roffhausen, der Ex-Geschäftsführer der
Rheinischen Aroma Fabriken. Klingelt da was? Zeehse
und Hollmann gemeinsam mit der Kölner Seilschaft
von den Aromafabriken. Das stinkt doch bis sonst wohin!«

»Unser Künstler-Paul war auch dabei? Sehr merk-
würdig. Von dem haben wir ewig nichts mehr gehört.
Dabei waren er und Jaspal früher doch so dicke.«

»Paul und Richter gingen sehr vertraut miteinander
um. Ich will ja nichts sagen, aber ...«

»Paul und Richter? Du spinnst ja wohl! Meinst du etwa, Richter war der Grund, warum er sich so plötzlich von uns getrennt hat?«

»Weiß nicht ... Als Französin habe ich ein sehr feines Gespür dafür, wenn's prickelt.« Marie ließ ein kurzes Glucksen hören, das sie schnell wieder verschluckte. »Richter wirkte den ganzen Abend sehr unruhig und angespannt. Geturtelt hat eher Paul. Richter wirkte so, als wäre er gar nicht bei der Sache. Ich hab den ja zum ersten Mal getroffen, aber ...«

»Was wolltest du denn bei der komischen Ritterrunde? Miss Marple spielen?«

Marie räusperte sich.» Tja, das war wohl mein Plan. Viel rausbekommen habe ich leider nicht. Die schienen sich abgestimmt zu haben, mir bloß nichts zu erzählen. Weder seit wann sie sich treffen, wie sie sich kennengelernt haben noch wer genau zu den Chevaliers gehört. Sie blickten sich immer wieder an und dann folgte das große Schweigen.«

»Omertà«, murmelte Elisabetta fast unhörbar.

»Wie bitte?«

»Ach nichts weiter ...«

»Kann ich irgendwas für euch tun?«

»Nein danke Marie, das ist ganz lieb von dir, aber wir kommen schon zurecht. Jaspal hat einen super Anwalt, diesen Hentzen. Den kennt er schon ewig und der gibt sich richtig viel Mühe. Er sagt, wir sollen ein bisschen Geduld haben, die Indizien wären so schwach, dass Bäumlers Kartenhaus bald zusammenbrechen würde.«

»Bäumler? Hab ich richtig gehört?«

»Ganz genau. Dieser abgewrackte Kölner Kommissar, der auch wegen Estelles Tod ermittelt hat. Wenn jemand Jaspal auf dem Kieker hat, dann der. Also mach

200

bitte keinen Unsinn, wir kriegen das hier schon hin. Du hast mit Estelles schrecklichem Tod weiß Gott genug zu tun. Daniel kommt gleich vorbei. Der kümmert sich rührend um mich. Mit dessen Hilfe klappt das auch mit unserem ersten Jahrgang.«

»Der schnuckelige Daniel kümmert sich rührend um dich?«, flötete Marie ins Telefon.

»Ach Marie, hör doch auf. Du weißt schon, wie ich das meine!«

»Jaja, klar. Es freut mich doch, dass du das nicht völlig allein stemmen musst. Ich bin ja viel zu weit weg.«

»Du ich glaub, ich muss jetzt aufhören, Daniel kommt schon.« Elisabetta hatte eine fröhlich gepfiffene Melodie gehört, wie sie typisch für den Jungwinzer war. Woher nahm der eigentlich immer diese unverschämt gute Laune? Sekunden später dröhnte ein schrilles Klingeln durch das Weingut. Elisabetta verabschiedete sich von Marie und eilte zur Tür. Daniel sah tatsächlich süß aus, der Punkt ging an Marie. Wie üblich trug er sein blaues Winzerhemd, das er unordentlich in die enge Jeans gestopft hatte. Die viel zu kleine Nickelbrille mit den ovalen Gläsern saß schief auf der Nase. Das blonde Haar stand wirr in alle Richtungen, als habe er gerade erst das Bett verlassen.

»Ciao Elisabetta. Passt es? Hast du ein paar Minütchen für mich?«

»Klar, Daniel, hab ich doch schon gesagt. Komm rein.« Sie umarmten einander. Elisabetta spürte, dass Daniel versuchte, diesen Moment auszudehnen. Sie erstarrte. Etwas Festes, Eiskaltes bohrte sich in ihren Rücken. Ihr wurde heiß. Wütend stieß sie den Winzer von sich. »Was soll das Daniel? Spinnst du? Hau ab, verschwinde!« Sie drückte die Haustür auf und versuchte, Daniel heraus zu bugsieren.

»Elisabetta, entschuldige bitte. War es das, was dich so erschrocken hat?« Er hielt eine schlanke Weinflasche in die Luft. »Eine 95er-Riesling-Auslese aus dem Ohlenberg. Ich dachte, wir trinken ein Schlückchen zusammen. Ich freu mich doch immer wie Bolle, wenn ich jemanden treffe, der ein solches Schätzchen zu würdigen weiß! Bitte schmeiß mich nicht raus. Ich komme in friedlicher Absicht.«

Elisabetta atmete erleichtert auf. »Tut mir leid, ich bin im Augenblick ein bisschen neben der Spur. Ich bin ja sonst nicht so schreckhaft. Komm, wir gehen nach oben.«

Sie nahmen an der langen Tafel einander gegenüber Platz. Daniel schaute in Richtung Zeehse-Kunstwerk, Elisabetta blickte durch die Panoramascheibe.

»Wie geht's denn eigentlich unserem armen Jaspal?«

»Ach, so lala. So langsam kriegt er Hummeln im Bauch. Er ist es doch nicht gewohnt einfach so rumzusitzen und darauf zu warten, was passiert. Jaspal ist doch sonst immer der Macher. Der, der die Dinge immer wieder anschiebt und deren Richtung bestimmt.«

»Man muss im Fahrersitz bleiben. Immer mindestens eine Hand am Steuer«, zitierte Daniel den Aromaforscher.

»Ganz genau, du weißt, was ich meine.«

»Sollen wir trotzdem einen Schluck ...?«

»Na klar. Mach schon auf. Ein 95er von deinem Vater?«

»Jepp. Frisch aus unserem Keller. Die 1995er Bopparder Hamm Ohlenberg Riesling-Auslese vom Weingut Alt.«

Elisabetta fasste das Glas tief unten am Stiel an und hielt es auf Armlänge gegen das Licht. »Fantastische, rotgoldene Farbe!« Sie versenkte die Nase in das Weinglas, schloss die Augen und sog die Aromen mit dem Geräusch eines kleinen Walrosses ein. Mit entrücktem Blick sah sie Daniel an. »Was für eine üppige Nase. Ich rieche Aprikosen, Honig, Sherry, sogar Zedernholz und ein bisschen Muskat.«

»Jetzt nimm doch erst mal einen Schluck. Drink it, don't inhale it!«

Elisabetta blickte kritisch, tat aber brav wie ihr geheißen, nahm einen Schluck, den sie geräuschvoll im Mund hin und her bewegte, bevor sie ihn herunterschluckte.» Weich und honigsüß. Sehr anregendes Säure-Süße-Spiel.« Sie schloss die Augen.» Hmm. Ein langer, intensiver Nachhall von salzigen Noten und pfeffriger Würze. Kompliment an deinen alten Herrn. So was bekommt man nicht alle Tage!«

»Tja, die Alten. Gar nicht so einfach, deren Niveau zu erreichen.«

»Wem sagst du das ...«

Schweigend blicken die beiden Winzer erneut aneinander vorbei. Er auf das Gemälde, sie in den wolkengrauen Himmel. Plötzlich schaute Daniel, als habe er eine Erleuchtung.

»Du, sag mal, wurde dieser Richter nicht erschossen?«

»Jaja, angeblich waren doch Jaspals Fingerabdrücke auf der Pistole.«

»Weißt du, dass es genau so gewesen sein könnte?«
Daniel deutete auf den Tod, der die Pistole auf den
Winzer richtete.

»Was meinst du? Was um Himmels willen meinst
du?«

»Na, so wie auf dem Schinken da an der Wand.
Richter wurde genauso erschossen, wie auf Zeehses
Bild. Peng! Und anschließend ist er in euren Feuerlay
herunter gepurzelt.«

»Peng? ... Hmm. Zeehse war bei Hollmanns Weinrunde am Abend vor Richters Tod. Hat Marie mir erzählt.«

»Marie war bei den Chevaliers? Marie Nicolier?
Was wollte die denn da?«

»Miss Marple spielen. Viel hat sie aber nicht her-
ausgefunden. Sie meinte, dass Paul und Richter geturtelt hätten. Kann ich mir gar nicht vorstellen ...« Elisabetta hielt inne und schüttelte den Kopf zum Zeichen,
dass sie diesen Gedanken schnell wieder loswerden
wollte.» Wann immer sie Fragen gestellt hat, waren die
Herren wohl auffallend schweigsam.«

«Jaja, komische Runde, diese Chevaliers. Es gibt
immer wieder Gerüchte um die feinen Herren.«

»So? Jetzt machst du mich aber neugierig. Was erzählt man sich denn so?«

»Na ja, weiß nicht ...« Daniel lief rot an. Er suchte
nach den passenden Worten. »Na ja, wie soll ich sagen
... Angeblich lässt Hollmann manchmal leichte Mäd-
chen und sogar Jungs dazukommen. Manche behaup-
ten, dass Hollmann schon mal im horizontalen Ge-
werbe geschafft hat. Für Geld macht der alles, das
glaub ich schon, aber ...«, er stockte, stützte das Kinn
in die Hand, kniff die Augen zusammen und blickte
Elisabetta an. »Was ich immer wieder gehört habe, ist,

dass bei Hollmanns mehr heraus- als hereingetragen wird.«

»Ist das nicht ziemlich normal bei einem Weingut?«

»Im Prinzip schon. Aber angeblich in die Lieferwagen, die das Restaurant versorgen. Und solche Firmen verkaufen keinen Wein, zumindest nicht den von Hollmann.«

»Hmmm. Vielleicht ist das eine Spur. Was meinst du, Daniel, sollen wir uns mal bei Hollmann umschauen?«

»Na klar. Ich bin dabei. Lass uns einfach bei Hollmann essen gehen. Das kann er uns schließlich nicht verbieten. Wie wär's mit Sonntag, gleich nach dem Weinforum in St. Goar?«

»Abgemacht. Bei dem Forum treffen wir die Pappenheimer ja sowieso alle. Da können wir ja schon mal ein bisschen die Augen offenhalten. Und am Sonntag schauen wir dann genauer nach. Aber bitte, lass uns ganz vorsichtig sein, ja?« Sie gingen zur Tür und verabschiedeten sich mit einer kurzen Umarmung. Im Gehen drehte sich Daniel noch einmal um und ließ ein knappes »Grüß Jaspal« hören. Mit einer fröhlichen Melodie auf den Lippen verschwand er. Elisabetta schloss die Tür erst, als der letzte Ton verklungen war. Ihr nächster Gedanke galt Jaspal. Morgen früh würde sie ihn endlich wieder sehen, auch wenn das leider während der Besuchszeit im Gefängnis war.

Stocksteif und mit dem Rücken zur Wand stand der Vollzugsbeamte im Besuchszimmer und beobachtete Jaspal, ohne ihn direkt anzusehen. Jaspal schien es, als würde er haarscharf an ihm vorbeischauen, um immer dann, wenn er sich unbeobachtet fühlte, den Blick auf

Jaspal zu richten. So entstand der Eindruck, der Aufpasser würde ein Tennismatch verfolgen. Die abgestoßene, graue Tür sprang auf, Elisabetta stürmte herein wie ein Wirbelwind und blieb an Jaspal kleben, als sei er magnetisch. Er umarmte sie so fest, dass er fürchtete, sie zu erdrücken. Es folgte ein langer, intensiver Kuss, in dem all das lag, was die beiden einander mitteilen mussten. Und was, in Worten ausgedrückt, die Besuchszeit bei Weitem überstiegen hätte.

Der Aufpasser räusperte sich mehrmals gekünstelt und mit zunehmender Lautstärke. Elisabetta und Jaspal ließen voneinander ab. Sie nahmen an dem braunen Holztisch Platz, ohne sich auch nur eine Sekunde aus den Händen zu lassen. Jaspal durchströmte ein Gefühl der Wärme, das er schmerzlich vermisst hatte. Es gab jetzt nur noch diesen Augenblick. Den Augenblick des Wiedersehens mit Elisabetta, in dem er mit Haut und Haaren versank. Er hatte vergessen, wie schön sie war. Ihre großen, blaugrünen Augen glänzten feucht. Das dunkle, glatte Haar war weitaus länger, als Jaspal es in Erinnerung hatte. Er sog den frischen Duft ihres Shampoos ein, schloss die Augen und drückte ihre Hände, wie um zu bekräftigen, dass ganz am Ende alles wieder in Ordnung käme.

»Du siehst umwerfend aus, Lisa. Ich liebe dich.«

Elisabetta schluckte, erwiderte den Händedruck und nickte. »Ist es schrecklich?« Ihre Stimme klang rau.

»Na ja, ich hab mich hier schon ganz gut eingelebt. Der Wein könnte besser sein.«

»Jaspal. Sei ehrlich, bitte!«

»Ach weißt du, das ist hier gar nicht so schlimm. Mit den Jungs komme ich gut zurecht. Um sechs Uhr gibt's Frühstück in der Zelle, anschließend arbeite ich in der Kleiderkammer und spiele mit den anderen Fußball im Hof. Hab ich lange nicht mehr getan, aber für hier reichen meine Stürmerqualitäten noch. Die Tage sind uniform, aber dafür vergehen sie wie im Flug. Endlich habe ich mal Zeit, in Ruhe zu lesen und nachzudenken. Andere Manager würden für so ein Programm zur inneren Einkehr ein paar dicke Scheine hinlegen, glaub mir.« Jaspal grinste. Für ein befreites Lachen reichte seine Fröhlichkeit nicht aus.

»Was sagt denn Hentzen? Wann kommst du endlich wieder raus?« Elisabettas Frage war schmerzhaft wie ein Degenstich, mitten durch die Brust geführt.

Genau auf diese Frage hatte Jaspal keine ehrliche Antwort. »Hentzen und Bäumler waren hier. Du weißt, der Kölner Kommissar. Der hat Richters Wohnung durchsucht und nichts gefunden.«

»Nichts gefunden?«

»Nein, angeblich nichts. Kein Weinlabor, keine Kampfspuren. Ich hatte wohl Halluzinationen, als ich da war.«

»Selbst in dem Kofferraum seines Wagens haben die keine Spuren gefunden?«

»Keine Ahnung, ob die da überhaupt gesucht haben. Für Bäumler ist der Fall doch sonnenklar. Darum sitze ich schließlich hier.« Jaspal verstummte. Stille füllte das Besuchszimmer wie eisige Luft. Der Beamte versuchte angestrengt, zwischen Jaspal und Elisabetta hindurchzuschauen. Sein Plan schien zu sein, mit der eisigen Luft zu verschmelzen und das Gespräch der beiden aus dem Zustand völliger Unsichtbarkeit heraus zu verfolgen.

»Jetzt behauptet der Bäumler zu allem Überfluss, Richter wäre vor seinem Tod bei uns gewesen und habe Streit mit mir gehabt. So ein Schwachsinn.« Jaspal haute mit der Faust auf den Tisch. »Tschuldigung, aber ist doch wahr.«

»Du musst dich bei mir nicht entschuldigen, Jaspal.« Elisabetta fasste seine Hand und berichtete, was sie von Marie und Daniel erfahren hatte. Nicht das kleinste Detail ließ sie aus. Jaspal lauschte gebannt und unterbrach sie kein einziges Mal. »Das mit dem Gemälde ist mir auch schon durch den Kopf gegangen. Ob das Zufall ist?«

Jaspal schüttelte den Kopf. »Richter und Paul ein Paar? Schwer zu glauben, aber es würde einiges erklären. Unser Künstler wurde doch immer von den Mädels umschwärmt, als wäre er der einzige Mann auf diesem Planeten. Na ja, das will vielleicht nichts heißen. Richter war Mitglied bei diesen Chevaliers, sagtest du? Wie hießen die noch mal?«

»Chevaliers des Grands Crus de Boppard.«

»Bescheuerter Name. Aber passt zu Hollmann. Für Wein hat sich Richter ja interessiert. Allerdings ausschließlich für französischen. Glaubst du, dass diese Truppe bei Hollmann zusammengehockt und französische Grand Crus probiert hat? Roffhausen soll auch dabei gewesen sein, sagst du?«

»Genau das hat Marie gesagt.«

»Wenn Roffhausen dabei war, kann es nur um Geld gegangen sein. Das ist das Einzige, was den interessiert. Und Hollmann? So schlecht der als Winzer ist, so gerne ist der bei allem ganz vorne dabei, was Geld bringt. Mensch Elisabetta, diese Chevaliers, die stinken doch zum Himmel!«

»Marie meinte, dass die Chevaliers auffällig schweigsam waren und ihre Fragen nicht beantwortet hätten. Sie hat rein gar nichts aus ihnen herausbekommen.«

»Hmm.« Jaspal stützte den Kopf in beide Hände und schaute in Richtung des Justizbeamten, dem so viel Aufmerksamkeit überhaupt nicht passte. Er wich Jaspals Blick aus und starrte an die Decke. »Was, wenn die Chevaliers irgendwelche dunklen Geschäfte gemacht haben? Und Richter ist ihnen in die Quere gekommen? Und dann haben sie es so arrangiert, dass sie mir den Mord in die Schuhe schieben konnten?«

Elisabetta verschränkte die Arme vor der Brust, biss sich auf die Unterlippe. »Du, Daniel hat gesagt, es heißt, aus dem Weingut Hollmann würde mehr herausgebracht als herein. Und zwar von den Lieferwagen des Restaurants.«

»Sehr interessant, Lisa. Das sind alles nur Anhaltspunkte, aber passen würde es.«

»Warte mal, Jaspal, ich hab hier noch was.« Elisabetta fummelte in der Tasche ihrer Jeans herum und zog ein zerknittertes Stück Papier heraus. Währenddessen tat der Beamte einen Schritt nach vorne und beobachtete das suspekte Geschehen in seinem Zuständigkeitsbereich. Einzugreifen traute er sich nicht.

»Guck mal, das hab ich auf der Straße über dem Feuerlay gefunden.«

Jaspal griff nach dem dreiecksförmigen Stück Papier, das durch Regen und Sonne steinhart geworden war. Zwei Seiten des Dreiecks waren von einem schwarzen Strich umrahmt. Die Dritte war die Abrissfläche. ›Ost‹ stand da in schwarzen Lettern parallel zu der Umrahmung der einen Dreiecksseite, wobei das ›O‹ halb angeknabbert war. Die Rückseite des Papierschnipsels war unbedruckt. »Sieht aus wie ein Stück von einem Weinetikett, was meinst du?« Elisabetta nickte. »Ja, das hab ich mir auch gedacht. Wenn man von der Stelle, an der ich das Papierstück gefunden habe, den Weinberg herunterschaut, landet man exakt da, wo sie Richter gefunden haben. Meinst du, das ist Zufall?«

»Die Polizei hat sich ja offensichtlich nicht dafür interessiert. Aber der Schnipsel liegt doch nicht erst seit gestern da, so wie der aussieht. Hast du 'ne Ahnung, von wem das Etikett stammt?«

»Ich hab mir deswegen auch schon das Hirn zermartert. Am Bopparder Hamm gibt es kein Weingut, in dessen Name ›Ost‹ vorkommt. Weder in Boppard noch in Spay oder Osterspai. Ich bin sie alle systematisch durchgegangen.« Jaspal grübelte, wobei er den Beamten anschaute, der angestrengt versuchte, seinem Blick auszuweichen. Plötzlich schlug der Geistesblitz ein. »Wie wär's mit Toni Jost?«

»Du meinst das Weingut Toni Jost aus Bacharach? Peter Jost, den VDP-Winzer mit dem berühmten Hahn?«

»Ja, würd doch passen. Inzwischen wird das Weingut von seiner Tochter Cecilia geleitet. Ich frage mich natürlich, wie dessen Etikett in den Hamm kommt. Welcher Ignorant setzt sich schon mitten in den Hamm und trinkt einen Wein von Jost? Abgesehen davon, dass die Weine spitze sind. Aber da setzt man sich doch eher in die Wolfshöhle oder in den Posten und genießt den romantischen Blick auf Bacharach.«

»Außerdem verliert man beim Trinken doch nicht einfach so das Etikett, oder? Und dann auch noch genau da, wo wahrscheinlich der Mord passiert ist?«

»Merkwürdiger Zufall. Aber vielleicht bauschen wir das jetzt auch auf und das Etikett ist einfach jemandem aus der Tasche gefallen.«

»Ja, kann sein«, murmelte Elisabetta und zwängte den Papierschnipsel zurück in ihre Hosentasche. Sie räusperte sich, fasste Jaspals Hände und sprach mit belegter Stimme.

»Du, Jaspal ...«

»Ja, Schatz?«

Jetzt räusperte sich erneut der Justizbeamte und schaute demonstrativ auf die dicke, aralblaue Uhr an seinem Handgelenk.

Elisabetta grinste ihn freundlich an und nahm den Faden wieder auf. »Ich hab mich mit Daniel verabredet. Wir gehen am Sonntag bei Hollmanns essen. Wir wollen uns da mal unauffällig umschauen. Vielleicht fällt uns ja was auf. Vorher sind wir beim Mittelrhein-Weinforum in St. Goar. Es ist so traurig, dass du nicht dabei sein kannst.«

»Soso, ein Tête-à-Tête mit dem schnuckeligen Daniel, während ich hier im Gefängnis sitze. Bist du dir sicher, dass Daniel nur Detektiv spielen will? Ich fürchte, den interessiert was ganz anderes.«

Elisabetta ließ Jaspals Hände los, stützte beide Arme in die Hüften und schaute entrüstet. »Du spinnst, Jaspal. Du weißt genau, dass du dir keine Sorgen machen musst. Daniel ist einfach nett zu mir und ich bin ja so froh, dass er sich um mich kümmert.«

Jaspal kniff die Augen zusammen und musterte Elisabetta. Insgeheim war es ihm recht, dass sie die Ermittlungsarbeit fortführen wollte. Vielleicht würde sie Spuren finden, die Hentzen oder Bäumler verwerten könnten. Nichts zu tun, wäre sträflich. Schließlich lief mindestens ein Mörder frei herum. Bei dem Gedanken schauderte es ihm. Es war gut, dass Daniel dabei war. »Ist schon in Ordnung, Elisabetta. Bitte sei vorsichtig, erinnere dich an das, was mir passiert ist. Versprich mir, dass ihr euch auf keinen Fall in Gefahr begebt!«

»Ende der Besuchszeit«, verkündete der Justizbeamte, diesmal ohne sich vorher geräuspert zu haben.

»Einunddreißig«, »zweimal die siebenunddreißig bitte«, »die dreiunddreißig da«, »kann ich nen Schluck von der siebenunddreißig haben?« Elisabetta drehte sich wie ein Brummkreisel und schenkte in die Weingläser ein, die ihr von den Besuchern hingestreckt wurden. Wie junge Vögel, die ihre Schnäbel so weit wie möglich aufreißen, um ja etwas abzubekommen von dem Futter, das die Eltern unermüdlich ins Nest schleppen, dachte sie. Die geräumige Halle, die die Form eines Weinfasses hatte, dröhnte vom Geplapper der Menge. Mal ging es um den letztjährigen Jahrgang, dann wieder um den Favoriten unter den angebotenen Weinen oder um das goldene Herbstwetter. Das alljährlich stattfindende Weinforum Mittelrhein auf der Burg Rheinfels schien ein Treffen sämtlicher Best Ager aus der Umgebung zu sein. Sie gruppierten sich um die Bistrotische, die auf dem roten Teppich verteilt waren, und füllten den Saal mit ihren Gesprächen.

Elisabetta sog die kühle Luft ein. Sie genoss das Gemisch aus muffigem Keller und alkoholischer Weinigkeit. Allmählich machte sie sich Sorgen um Daniel. Wo blieb der bloß? Sein Vater stand am Tisch neben ihr. Er wurde nicht müde, die aufgerufenen Nummern auszuschenken und all die Fragen zu beantworten, die die wissbegierigen Weinfreunde loswerden wollten. Wie viel Restzucker hat der? Finden Sie nicht auch, dass der nach Pfirsich riecht? Kann es sein, dass der korkt?

»Nein, kann nicht sein, der hat einen Schraubverschluss.« Elisabetta schaute zu Alfred Alt. Er hatte ein zerfurchtes, sonnengebräuntes Gesicht und schlohweißes, noch sehr dichtes Haar. Er ging gebeugt, wirkte für seine siebzig Jahre aber noch ziemlich fit. Es war nun schon einige Zeit her, dass er das Weingut seinem Sohn übergeben hatte. Doch an Tagen wie heute half er nur zu gerne aus. So leise, dass Elisabetta es kaum verstehen konnte, murmelte er vor sich hin. »Wo bleibt der Jung denn bloß? Der muss doch langsam mal ausgeschlafen haben.«

»Genau das hab ich auch grad gedacht«, antwortete sie. Inzwischen war der alte Alt ihr so richtig ans Herz gewachsen. »Es wird Zeit, dass der Jung eine Frau findet. Der ist doch schon Mitte dreißig und hat nichts anderes als sein Weingut. Und attraktive Frauen gibt es hier doch wahrlich genug.« Alfred Alt blickte zu Elisabetta und zog die Augenbrauen hoch.

Die ignorierte den Unterton und reckte den Hals, um die Menschenmenge besser überblicken zu können. »Da kommt er doch schon«, rief sie aus. Sie hatte den blonden Lockenkopf gesehen, der alle anderen überragte. Neben ihm marschierte ein bulliger Glatzkopf in die Halle, der durch sein mit Goldknöpfen besetztes dunkelblaues Jackett hanseatisch anmutete. Während Daniel in Richtung seines Vaters ging, marschierte der Kapitän schnurstracks auf Hollmann zu. Der hatte hinten links in der Halle seinen Platz, weit weg von Elisabetta und Alfred. Wer war das? Den hatte sie in den Bopparder Weinkreisen noch nie gesehen. Dem Äußeren nach konnte das dieser Chef von Jaspals ehemaliger Firma sein. Wie hieß der noch, von Raffhausen? Genauso hatte Elisabetta ihn sich vorgestellt. War es Zufall, dass er gemeinsam mit Daniel in der Weinhalle erschien? Daniel umarmte seinen Vater und begrüßte Elisabetta mit Küsschen auf beide Wangen. Er schien sich ehrlich zu freuen, die beiden wieder zu sehen. »Tut mir leid, dass ich so spät komme. Erst musste ich mich um eine Lieferung kümmern und danach ging es zu wie im

Taubenschlag. Die Touris kommen ja alle im Herbst vorbei und dann wollen sie mal eben die berühmte Flasche für heut Abend kaufen. Na ja, die Kunden von morgen, ihr wisst schon.«

»Wird Zeit, dass du Unterstützung bekommst, Dani«, sagte Alfred mit einem breiten Grinsen.

»Klar Paps, ich bin dran. Hey Lisa, wie geht's? Hast schon 'ne lahme Hand?«

»Das kann man wohl sagen.« Ihre Sätze flogen wie Fetzen durch die lärmende Halle, während sie die Besucher gemäß der aufgerufenen Nummern mit Wein versorgten. Wenn es ansonsten bei Weinveranstaltungen üblich war, dass jeder Winzer hinter seinen eigenen Weinen stand und sie persönlich vertrat, so galt hier ein anderes Prinzip. In St. Goar gab es prämierte Flaschen vom gesamten Mittelrhein, die nach Typizität anstatt nach Winzern sortiert waren. Die Alts standen hinter ›Riesling Spätlese trocken‹, Elisabetta hinter ›sonstige Rebsorten trocken‹. Während sie aus dem Augenwinkel beobachtete, wie der Kapitän angeregt mit Hollmann diskutierte, hielt Elisabetta Daniel ihr Glas hin.

»Du Daniel, den Sauvignon Blanc hier, vom Philipp, den musst du unbedingt probieren.«

»Den aus dem Mandelstein?«

»Genau, der erste Sauvignon Blanc vom Bopparder Hamm. Nimm mal 'nen Schluck.«

»Mensch, klasse. Die Stachelbeere springt ja echt aus dem Glas. So weich und schmeichelnd im Mund, ohne konturlos zu sein. Nicht zu viel und nicht zu wenig Säure. Und immer wieder blitzsaubere Stachelbeeren. Der kann es mit manchem Neuseeländer aufnehmen! Hey Paps, probier mal. Ich sag doch wir müssen den Müller-Thurgau raushacken und was Internationales pflanzen!«

Der Alte roch, probierte, verzog den Mund und reichte das Glas zurück an seinen Sohn. »Kannst auch gleich Stachelbeerwein machen.«

Daniel schüttelte den Kopf und reichte das Glas zurück an Elisabetta. »Neumodisches Zeug. Hast du nicht darüber deine Diplomarbeit geschrieben?«

»Ja, das stimmt. Vielleicht kannst du deinen Vater ja von der Scheurebe überzeugen. Die baust du dann richtig trocken aus und bekommst fast das gleiche Ergebnis wie mit dem Sauvig...« Mit offenem Mund starrte sie hinüber in die Hallenecke. Der Kapitän drückte Hollmann ein kleines, braunes Päckchen in die Hand, das der eilig unter dem Tisch verschwinden ließ. »Daniel, wer ist der Typ, mit dem du gekommen bist?«

»Welcher Typ? Ich bin allein hier hergekommen. Das weißt du doch.«

»Da drüben, hinter Hollmann. Der telefoniert mit seinem Handy und geht wichtigtuerisch hin und her.«

»Den kenn ich definitiv nicht.« Daniel griff zwei der von ihm stehenden Flaschen und schenkte gleichzeitig in drei hingestreckte Gläser ein.

»Bist du dir sicher? Ihr seid zusammengekommen. Wenn mich nicht alles täuscht, ist das von Raffhausen.«

»Wer zum Teufel soll das denn sein?« Daniel verzog das Gesicht, als hätte er gerade auf etwas Saures gebissen.

»Na, Helmut von Raffhausen, der ehemalige Chef der Rheinischen Aroma Fabriken. Der gehört doch zu den Chevaliers.«

»Roffhausen, nicht Raffhausen.«

»Na also, du kennst ihn ja doch.«

»Elisabetta, hör auf damit. Ich habe einfach nur ein gutes Namensgedächtnis. Woher willst du wissen, dass der das ist?«

»Genauso hat Jaspal ihn beschrieben. Außerdem habe ich den hier noch nie gesehen und er ist schnurstracks auf Hollmann zugegangen. Das muss er sein. Bevor er angefangen hat zu telefonieren, hat er Hollmann ein braunes Päckchen in die Hand gedrückt, das der ganz schnell wieder verschwinden ließ.«

»Ich hab den auch noch nie gesehen. Guck mal, jetzt haut er schon wieder ab.« Beide sahen dem Kapitän hinterher, der zackig und ohne sich ein einziges Mal umzuschauen den Saal verließ.

»Wie war's denn bei Jaspal«, fragte Daniel beiläufig.

»Ach Daniel, ich mach mir so große Sorgen. Hoffentlich kommt er jemals wieder raus. Und hoffentlich tut er sich in der Zwischenzeit nichts an. Der Kommissar Bäumler kommt ja ständig mit frischen Anschuldigungen. Angeblich gab es in Richters Wohnung gar kein Weinlabor.« Elisabetta berichtete von ihrem Besuch auf der Karthause. Mehr als einmal brachte ihr das bitterböse Blicke derjenigen Besucher ein, die länger als gewohnt auf das Füllen der Gläser warten mussten. Sie beendete ihre Erzählung mit der Vermutung, dass Richter den dunklen Geschäften der Chevaliers in die Quere gekommen sei. Gespannt blicke sie in Daniels Gesicht.

»Dunkle Geschäfte? Könnte sein. Hab ich doch gesagt, dass aus Hollmanns Restaurant wesentlich mehr heraus- als hereingetragen wird. Lisa, wir brauchen heute Abend Adleraugen. Das ist die einmalige Gelegenheit, Beweise zu finden. Wir holen Jaspal raus aus der Karthause, mark my words!«

»So gefällst du mir, Daniel!« Elisabetta klaubte aus ihrer Jeans den Etikettenfetzen heraus. »Guck mal. Hab ich genau da gefunden, wo Raimond Richter erschossen wurde. Die Polizei hat das liegen lassen. Jaspal meinte, das könne nur von Toni Jost sein. Komisch, oder? Wer setzt sich schon in den Hamm und trinkt einen Bacharacher. Was meinst du?«

Daniel drehte den Etikettenschnipsel zwischen den Fingern und zuckte mit den Schultern. »Weiß nicht. Meinst du, das hat was zu bedeuten?«

In diesem Augenblick lugte Alfred seinem Sohn neugierig über die Schulter.» Was soll das sein? Ein Etikett vom Peter Jost? Das hat doch immer einen goldenen und keinen schwarzen Rand. Und im gleichen Rot druckt er die Anfangsbuchstaben T und J. Das ist doch Etikettenschwindel!«

»Etikettenschwindel?«, antworteten Elisabetta und Daniel wie aus einem Mund und schauten einander fragend an.

9. Folgenschwere Erkenntnisse

Das Kalamansi-Sorbet zerschmolz auf der Zunge. Es schmeckte süß und säuerlich zugleich. Elisabetta dachte unwillkürlich an reife Mandarinen und Bitterorangen. Verzückt nahm sie einen kleinen Klecks des Schafsjoghurts und eine Scheibe der marinierten Grapefruit. »Nun sind wir endgültig im Dessert-Himmel angekommen, oder willst du mir etwa widersprechen?«, zwinkerte sie Daniel zu.

»Das würde ich doch nie wagen! Man kann Hollmann nachsagen was man will, aber sein Restaurant, das ist einfach spitzenmäßig. Und mit dem Himmel hast du natürlich auch Recht. Der Abend mit dir ist einfach himmlisch«, flötete der Jungwinzer. »Jetzt endlich die Nase in den Eiswein«, befahl er militärisch und schnupperte. »Pfirsiche, konzentrierte Ananas und Bergamotte.« Vorsichtig nahm er ein Pröbchen, auf dem er ausgiebig herumkaute, bevor er es glucksend herunterschluckte. »Am Gaumen elegant und gleichzeitig sooo viel Drive. Einfach phänomenal, dieser Gräfenberg!« Elisabetta hatte es ihm gleichgetan, nickte und ließ verträumt den Blick schweifen. Von den schwarzen Holzdielen mit den roten Läufern bis zur kunstvoll gestrichenen, hohen Decke. Weinranken mit überdimensionierten, grünen Blättern trugen abwechselnd rote und weiße Trauben und formten anmutige Kreise über den Köpfen der Gäste. Besonders faszinierte sie die Galerie, die den ersten Stock des Ballsaals umrahmte. Sie ermöglichte den Zugang zu einer Reihe von Zimmern, die sich hinter schweren, dunklen Holztüren verbargen.

Auf der Galerie waren antike, mahagonischwarze Möbelstücke nach Art eines Museums aufgereiht. Eine bejahrte Kommode wechselte sich mit einem weiß bezogenen Holzbett ab. Gleich daneben stand ein gedrechseltes Kruzifix aus Ebenholz. Die Wände zierten schwülstige Ölgemälde mit Blütenmotiven. Ein liebevolles Dorfmuseum, dachte Elisabetta und lehnte sich zurück. Sie genoss das Feuerwerk aus fruchtigen, sauren und süßen Aromen, das in ihrem Mund explodierte.

Daniel hob die Nase aus dem Weinglas. Er schüttelte den blonden Lockenkopf und zog die Stirn in Falten. »Du, Lisa, mit dem Gräfenberg, da ist was faul!«

»Was? Was meinst du? Der schmeckt doch fantastisch! Kiedricher Gräfenberg Eiswein. Vom gefeierten Robert Weill. Ein Fixstern am deutschen Weinhimmel. Schade, dass Jaspal den jetzt nicht trinken kann. Der Rheingau ist schließlich seine Weinheimat.«

»Die Bergamotte. Die ist eindeutig zu dick aufgetragen. Riech doch mal, ich bin mir sicher.«

Elisabetta schwenkte das Glas und roch. Stoßweise atmete sie ein und in einem Zug wieder aus. »Mit der Bergamotte hast du Recht. Wirklich sehr intensiv. Doch nicht übertrieben, oder?«

»Viel zu dicke. Glaub mir, ich kenne den Gräfenberg wie meine Westentasche. Das hier, das ist 1A Etikettenschwindel!«

Elisabetta knallte das Glas auf den Tisch. »Etikettenschwindel? Du meinst ...«

»Aber sicher!« Daniel schaute nach rechts und links, senkte den Kopf zu Elisabetta und flüsterte: »Wenn man den Gräfenberg kopiert, kann man richtig Asche machen. Vier Mini-Fläschchen davon und schon klingelt ein Tausender in der Kasse.«

Elisabetta flüsterte zurück: »Du meinst, die sind so unverfroren, uns gefälschten Wein zu servieren? Ausgerechnet uns? So dumm ist doch niemand!«

»Vielleicht fühlen die sich zu sicher? Oder haben gar keine echte Flasche im Keller? Hier ist was faul, glaub mir.« Quietschend öffnete sich die mittlere der Türen auf der Galerie. Energischen Schrittes trat ein stämmiger Mann in dunklem Anzug, weißem Hemd und magentafarbener Seidenkrawatte heraus. Er kratze sich den kahlen Schädel, während er in sein Smartphone sprach. Daniel und Elisabetta verrenkten sich die Köpfe, um das Geschehen über ihnen so genau wie möglich beobachten zu können.

»Mensch Daniel, das ist doch schon wieder dieser Raffhausen.«

»Roffhausen. Von Roffhausen«

»Ja, sag ich doch. Was will der hier?«

Erneut quietschte die Tür. Hollmann trat auf die Galerie, bewaffnet mit einem großen, braunen Karton. Er lief von Roffhausen hinterher. Mit Blicken verfolgten Daniel und Elisabetta die beiden Männer. Ohne sich auch nur einmal umzudrehen, nahmen sie die Holztreppe und verschwanden in Richtung Keller.

»Ähm«, räusperte sich die junge Kellnerin. Unbemerkt war sie an den Tisch getreten. »Ist alles in Ordnung bei Ihnen oder darf ich noch etwas bringen?«

»Entschuldigung, nein danke, alles ist perfekt«, antwortete Elisabetta, der ihr Starren peinlich war. »Bei Ihnen auf der Galerie steppt ja der Bär«, fügte sie hinzu.

»Stimmt, heute Abend wird geliefert. Da sind alle am Rotieren. Die Logistik für so ein feines Restaurant ist eine hohe Kunst.«

»Sie bekommen heute Nachschub?«

»Ja, genau. Das meiste kaufen wir selbstverständlich frisch auf dem Bopparder Markt ein. Aber der Rest kommt von Gastro Frais. Alles was die liefern, hat super Qualität, das können Sie mir glauben. Der Chef ist da höchst penibel.«

»Wer war denn der Herr mit dem Telefon? Gehört der auch zum Restaurant? Ich kenn den gar nicht.«

»Ach, das ist ein sehr guter Freund vom Chef. Ein hohes Tier aus Köln. Ganz feiner Herr mit exquisiten Manieren. Kommt ursprünglich aus Hamburg. Das hört man noch am spitzen Stein. Der ist Mitglied bei den Chevaliers und greift dem Chef auch sonst schon mal unter die Arme. Ach ja, und eine nette Freundin hat er auch. Nicht mehr die Jüngste, aber eine ausgesprochen elegante Person.«

»Fräulein!«, hallte es genervt durch den Ballsaal. Die Kellnerin zuckte zusammen und murmelte: »Tut mir leid, war nett mit Ihnen zu plaudern, aber ich muss.« Eilig wandte sie sich den ungeduldigen Gästen zu.

»Lisa, das ist unsere Chance. Hast du gehört? Von Roffhausen ist auch dabei. Heute Abend kriegen wir sie zu fassen und damit holen wir Jaspal aus dem Knast.«

»Ja, so machen wir es, Daniel. Aber bitte, lass uns ganz vorsichtig sein, ja?« Elisabetta fröstelte bei dem Gedanken, sich in der kühlen Herbstnacht auf die Lauer zu legen, um Hollmann und Roffhausen zu observieren. Aber gab es eine Alternative?

»Daniel, mir reicht's«, stöhnte Elisabetta. Ihr Rücken schmerzte. Knie und Brustkorb waren inzwischen wund gelegen, der Hals fühlte sich steif wie ein Stahlrohr an.

»Wir liegen schon seit einer Stunde hier. Sei ehrlich, wir haben uns verrannt. Heute Abend kommt garantiert kein Lieferwagen mehr.«

»Die Türen stehen doch noch sperrangelweit offen. Und Licht brennt auch noch. So schnell dürfen wir nicht aufgeben. Mein Gefühl sagt mir, dass hier und heute noch etwas passiert.«

»Dein Gefühl? Soll ich jetzt antworten, dass mit deinem Gefühl was nicht stimmt? Ich erfriere gleich.« Daniel legte den Arm auf Elisabettas Schultern. Sie schob ihn unwirsch beiseite. »Lass das, ich mein's ernst.«

Ein eiskalter Windstoß wehte alkoholisierte Gesprächsfetzen und schmutzige Lachsalven der letzten Reisegruppen herüber, die zu später Stunde die Rheinpromenade unsicher machten. Aus dem Restaurant drang das Geklapper von Geschirr. Elisabetta sog die mürbe, pelzige Herbstluft ein. Wie würde sie jemals wieder von diesem Garagendach herunterkommen? Herauf war es unkompliziert gewesen, mit Hilfe von Daniel und der Mülltonne. Aber runter? Angst stieg in ihr auf, dass der Abend übel enden würde.

»Komm Lisa, bis Mitternacht warten wir noch.«

»Abgemacht, bis Mitternacht. Aber dann ist endgültig Schluss.«

»Okay«, murmelte Daniel. Mit seinem bundeswehrgrünen Feldstecher scannte er zum wiederholten Mal den Hof. Weingut und Restaurant waren in zwei Gebäuden untergebracht, die sich wie Zwillinge ähnelten und dicht aneinander schmiegten. Die Vorderfront lag an der Bopparder Rheinpromenade, auf der Rückseite befand sich ein enger Innenhof. Elisabetta und Daniel lagen auf dem Garagendach, das den Innenhof zur einen Seite begrenzte und sich bereits auf dem Nachbargrundstück befand. So hatten sie den perfekten Überblick über die Rückseite des Hollmannschen Anwesens. Dessen dreistöckige Gebäude waren von schwarzen Schieferdächern gekrönt, dunkle Butzenfenster und hellgraues Fachwerk hoben sich von den weiß gekalkten Fassaden ab. Das erste Stockwerk umrahmte ein Balkon, auf dem üppige Glyzinien wucherten. Links unten, im Restaurant, war der inzwischen gastlose Ballsaal hell erleuchtet. Gleich daneben befand sich ein kleines, halb geöffnetes Tor. Hier hindurch war vorhin die Lieferung von Gastro Frais getragen worden. Herausgetragen wurde keine einzige Kiste, sehr zur Enttäuschung der beiden Spürnasen. Hollmann hatte sich kurz gezeigt und dem Fahrer ein paar Anweisungen gegeben. Von Roffhausen fehlte jegliche Spur.

Seitdem der Lieferwagen das Anwesen verlassen hatte, war nichts mehr passiert.

Das Licht im Ballsaal erlosch. Das Lieferantentor des Restaurants wurde von innen geschlossen. Jetzt war nur noch ein Butzenfenster im ersten Stock des Weingutes hell erleuchtet. Das Tor zur Kelterhalle war einen Spaltbreit geöffnet, dahinter war es stockfinster. Elisabetta verrenkte sich den Hals, um die Uhrzeit zu checken. Gleich musste es so weit sein.

Vier Mal nacheinander erklang ein helles Läuten, gefolgt von zwölf langsamen, sonoren Glockenschlägen. Elisabetta drehte sich auf den Rücken und schaute in den Sternenhimmel. Ihr Körper vibrierte unter den Glockenklängen. St. Severin hatte die Mitternacht eingeläutet. Die Winzerin ergriff die Hand ihres Begleiters und kostete diesen wertvollen Augenblick aus, in dem die Zeit stillzustehen schien. Zugleich wusste sie, dass ihr nächtliches Abenteuer nun zu Ende war.

»Lisa, guck doch«, zischte Daniel aufgeregt. Das Tor zur Kelterhalle war geöffnet worden. Im Halbdunkel erkannte Elisabetta die Umrisse von Hollmann, der mit hastigen Zügen eine Zigarette fertigrauchte und den glimmenden Stummel austrat. Von Roffhausen folgte ihm, wie üblich mit Handy am Ohr. Jetzt ohne Krawatte und Jackett, mit hochgekrempelten Hemdsärmeln. Er beendete das Gespräch und raunte ein paar knappe Sätze, die Daniel und Elisabetta nicht verstanden. Hollmann nickte. Die beiden Männer standen schweigend im Eingang der Kelterhalle, vergruben die Hände in den Hosentaschen und schienen auf irgendetwas zu warten. Dieses Etwas kündigte sich durch das Nageln eines Dieselmotors sowie durch grelles Scheinwerferlicht an, das den Innenhof bühnenreif beleuchtete. Hollmann löste sich aus der Erstarrung. Eilig schritt er in Richtung des vergitterten Tores. Die Scheinwerfer verloschen. Der Lieferwagen mit dem Gastro Frais-Schriftzug fuhr links an der Garage vorbei, bog nach rechts ab und hielt quer vor dem Weingut.

»Wir müssen nach links. Ich seh überhaupt nichts mehr«, raunte Daniel. So lautlos wie möglich robbte das Winzerpaar an den linken Rand des Garagendaches.

Aus dem Lastwagen war ein schlaksiger Zweimeterhüne mit Glatze und tief hängender Jeans herausgesprungen. Er begrüßte die Wartenden per Handschlag. Die drei Männer verschwanden in der Kelterhalle. Elisabetta und Daniel beobachteten das Geschehen wie elektrisiert. Sie trauten sich kaum, zu atmen.

»Mensch Daniel, die halten vor der Kelterhalle, nicht vorm Restaurant. Und diesmal tragen sie nichts herein. Gut, dass wir geblieben sind.«

»Hmm«, antwortete Daniel und richtete den Feldstecher auf die dunkle Halle. »Nichts zu sehen. Mann, ich bin gespannt wie ein Flitzebogen!«

Das Licht in der Kelterhalle wurde angeknipst. Der schlaksige Glatzkopf trat heraus und klappte die Hintertüren des Wagens weit auf. Ihm folgte Hollmann, schwer tragend an drei Pappkisten, die er übereinandergestapelt hatte. Er übergab an den Schlaksigen und verschwand erneut in der Kelterhalle. Der Schlaksige verstaute die Kisten im Lieferwagen. Hollmann schleppte die nächste Fuhre heran, die blitzartig im Wagen verschwand. Dieses Prozedere wiederholte sich über zwanzig Minuten. Hin und wieder tauchte auch von Roffhausen auf, der aber nie mehr als eine einzige Kiste trug. Schließlich versammelten sich die drei vor der Hintertür des Lieferwagens und betrachteten zufrieden das Ergebnis ihrer Arbeit. Hollmann zündete sich wieder eine Zigarette an. Der Schlaksige klappte die Türen zu. Schweigend trotteten die drei in die Kelterhalle und zogen das Tor hinter sich zu. Stille legte sich über den Innenhof des Weinguts Hollmann. Selbst von der Promenade wehte kein Ton mehr herüber.

»Hast du gesehen, dass die Kisten alle unterschiedlich bedruckt sind?«, flüsterte Elisabetta.

»Ja, schien mir auch so.«

»Konntest du die Logos erkennen?«

»Nein, blöderweise nicht.«

»Lisa, wir sind ganz nah dran.«

»Und jetzt?«

»Ich muss runter und nachschauen.«

»Du spinnst, Daniel. Das machst du auf keinen Fall!«

»Wir brauchen Beweise, Lisa. Nur ein paar Minuten. Bin gleich wieder da. Gib mir ein Zeichen, wenn sich in der Kelterhalle irgendetwas tut.«

»Was für ein Zeichen?« Elisabettas Frage verhallte ungehört über dem Garagendach.

Daniel war bereits verschwunden. Erst ein blechernes Scheppern, dann ein dumpfer Aufprall. »Mist!«, zischte Daniel.

Elisabetta horchte ängstlich. »Ist was passiert?«

»Nee, nee. Geht schon wieder. Bin gleich zurück.« Daniel hastete quer über den Innenhof, schaute zum Kellertor und fingerte fieberhaft an den Türen des Lastwagens herum. Die Türen sprangen auf und Daniel leuchtete mit seiner Taschenlampe ins Innere. Er drehte den Kopf zu Elisabetta und formte mit den Fingern das Victoryzeichen.

Elisabetta erschrak. Das Licht der Kelterhalle war wieder eingeschaltet worden. »Daniel! Vorsicht!« Unter ohrenbetäubendem Knarzen öffnete sich das Tor. Daniel machte einen Hechtsprung in den Lieferwagen. Die linke Tür warf er zu, die andere blieb halb geöffnet stehen. Der Schlaksige verabschiedete sich per Handschlag von Hollmann und Roffhausen. Hollmann ging in Richtung Hoftor. Der Schlaksige blieb kurz vor der Rückseite des Lieferwagens stehen. Er schüttelte den Kopf und lugte ins Wageninnere. Elisabetta stockte der Atem. Mit einem Scheppern schmiss er die Tür zu und schloss ab. Behutsam rückwärtsfahrend und ohne das Scheinwerferlicht anzuschalten, verließ der Lieferwagen den Hof des Hollmannschen Anwesens. Der Hausherr kehrte zurück und klatschte sich mit Roffhausen ab. Die beiden verschwanden in der Kelterhalle.

Elisabetta atmete schwer. Erst Jaspal, dann Daniel. Jetzt war sie wieder allein. Mit der grausamen Ermordung ihrer Eltern hatte alles angefangen. Wären die auch dann getötet worden, wenn Elisabetta damals zu Hause gewesen wäre? Waren ihre Eltern nur gestorben, damit ihre Tochter weiterleben konnte? Tränen verschleierten ihren Blick. Ratlos lugte sie in die hell erleuchtete Kelterhalle. Ihr Körper war inzwischen steif vor Anspannung und Kälte. Was sollte sie jetzt unternehmen? Bäumler anrufen? Der würde sie eiskalt abblitzen lassen. Was aber wird passieren, wenn die Ganoven Daniel in ihrem Lieferwagen entdecken?

Diese Typen waren skrupellos. Sie bangte um ihren Winzerfreund. Elisabetta musste hier bleiben. Hier, auf dem Garagendach. Sie konnte gar nicht anders, als mucksmäuschenstill hier zu liegen und Wache zu schieben. Sobald die anfangen sollten, Beweise zu vernichten, würde sie einschreiten. Koste es, was es wolle. Das war sie Jaspal und Daniel ganz einfach schuldig.

Elisabetta versuchte verzweifelt, sich zu befreien. Bei jeder Bewegung schaukelte das monströse Netz, an das sie mit Händen und Füßen gefesselt war. Sie riss Augen und Mund auf, doch nicht der leiseste Ton verließ ihre Kehle. Jaspal, ebenfalls an das Netz gefesselt, fühlte sich hilflos wie ein Kleinkind. Alles hätte er dafür gegeben, seiner Geliebten beizustehen. Das Netz schwankte im dunklen Nichts. Jaspal spannte die Muskeln und versuchte, die rechte Hand aus der Schlinge zu ziehen. Damals, als er im Rhein zu sich kam, hatte das funktioniert und ihn in letzter Sekunde vor dem Ertrinken gerettet. Doch diesmal bewegte sich der Knoten keinen Millimeter. Jaspal versuchte, seinen Frust her-

auszuschreien. Seine Stimmbänder flatterten wie Fahnen im Wind und kratzten schmerzhaft. Doch auch ihm wollte kein Ton gelingen. Elisabetta und Jaspal suchten einander mit den Augen. Sie waren gute zehn Meter voneinander entfernt an das gewaltige Netz gefesselt. In ihrer Hilflosigkeit waren sie einander ganz nah.

Das Netz begann, stoßartig zu schwanken. Ein massiges, pelziges Wesen ließ es unter den Tritten seiner krallenbewehrten Füße erzittern. Jaspal erschrak. Schweiß drang aus allen Poren. Seine Augen füllten sich mit der salzigen, brennenden Sole, die die Stirne herunter rann. Der Anblick machte ihn fassungslos: Das Ungeheuer, eine schwarze Spinne, trug zwei menschliche Köpfe. Den von Hollmann und den von Roffhausen. Die Augen der beiden leuchteten blutrot und wanderten abwechselnd zu Elisabetta und zu Jaspal. Die nackte Angst packte ihn. Ein ohrenbetäubender Knall durchbohrte Jaspals Körper.

Er riss die Augen auf und sah schlaftrunken zu dem abgeschabten Holztisch, auf dem der grauhaarige Gefängniswärter gerade das Frühstück abstellte. »Morgen, Dokter, Zeit zum Aufstehn«, hörte er ihn nuscheln. Dann war es wieder still in Jaspals Zelle. Er wischte sich den Schweiß von der Stirn, kletterte aus dem Bett und warf die klatschnassen Schlafsachen ab. Ein weiterer Tag in der Karthause hatte begonnen.

»Mann Jasp, hört sich voll Horror an. Normal lass ich mich nicht mit Träumen vollsülzen. Aber weil du's bist, geht das mal okay«.

»Weißt du, Horst, der Traum ist ja gar nicht mein Problem. Traumdeutung und so, das ist doch alles Unsinn. Während wir schlafen, verfeuern unsere Neuronen die Bilderreste, die vom Tage übrig sind. Das ist alles. Dann kommt unser Bewusstsein und gibt dem ganzen Bildspektakel einen Sinn. Macht nachträglich einen Film mit simpler Message draus.«

»Klingt echt abgefahren. Ist aber auch nicht mein Problem. Seitdem ich in der Karthause sitze, hab ich eh nichts mehr geträumt.« Horst kratzte sich über die Wangen und reichte Jaspal einen Blaumann, den dieser zusammenlegte und in das stählerne Regal hinter ihm beförderte.

»Der Traum hat mich an meine Freundin erinnert«, sagte Jaspal mehr zu sich selbst, als an Horst gewandt. »Ich habe sie in Gefahr gebracht. Zumindest habe ich die Gefahr nicht verhindert.«

»Wieso?«

»Das ist eine lange Geschichte.«

»Ich hab Zeit.«

Jaspal schmunzelte. Den Humor hatte sein Mithäftling nicht verloren. Bevor er weitersprach, studierte Jaspal Horsts Gesichtszüge. Scarface, wie er liebevoll von den Insassen genannt wurde, hätte in einem James-Bond-Film einen brillanten Bösewicht abgegeben. Er hatte dicke, pechschwarze, nach hinten gekämmte Haare und einen grimmigen Heiner-Brand-Schnurrbart. Die bohrenden, smaragdgrün leuchtenden Augen hoben sich von seiner gelblichen Gesichtshaut ab. Das Markanteste an Horst aber war sein vernarbtes Gesicht.

Wie eine Mondlandschaft zerklüfteten Knoten und Furchen die ledrige Haut. Wenn jemand den Namen Scarface Horst verdient hatte, dann er. In der Regel war Horst so friedlich wie ein Lamm. Es sei denn, man nannte ihn Hotte, dann war es mit dem Spaß vorbei. Warum Horst in der Karthause saß, wusste Jaspal nicht. So gut er sich auch mit ihm verstand, diese Frage hatte er sich bisher verkniffen. Er fürchtete sich vor der Antwort.

»Jetzt glotz mich nicht so an, als hättest du noch nie einen Horst gesehen. Schieß endlich los«, polterte Scarface. Jaspal erzählte, was sich seit seinem Umzug von Köln nach Boppard ereignet hatte. Er schloss die Erzählung mit den Detektivplänen von Elisabetta und Daniel, wegen denen er sich plötzlich solche Sorgen machte.

Scarface stutzte. »Warte mal. Hast du gerade Hollmann gesagt? Engelbert Hollmann aus Boppard? Der Möchtegern-Winzer?«

»Ja klar, den meine ich. Seit wann bist du Weinkenner?«

»Pass bloß auf, Dok Jasp. Spuck hier mal keine großen Töne! Engelbert Hollmann war ein Geschäftspartner von mir. Und zwar ein Riesenarschloch von Geschäftspartner. Das heißt was, wenn ich das sage.« Horst lachte das heisere Lachen des Frontmannes einer in die Jahre gekommenen Heavy-Metal-Band.

»Ein Geschäftspartner? Darf ich fragen, um welche Art von Geschäft es sich handelte?« Im selben Moment bedauerte Jaspal, diese Frage gestellt zu haben.

»Klar Jasp. Frankfurter Straßenstrich. Theodor-Heuss-Allee. Hollmann und ich hatten ein paar Pferdchen laufen. Kein Riesengeschäft, nur Kleinvieh, das einiges an Mist abwarf. Aber Hollmann, der hat uns alles kaputtgemacht mit seiner perversen Brutalität. Da wollte ich nicht mit reingezogen werden. Deshalb habe ich die Geschäftsbeziehung aufgelöst und mich auf andere Geschäftsfelder zurückgezogen.«

Jaspal spürte wenig Lust, noch mehr Details über Horsts Geschäftsfelder zu erfahren. Doch seine Bemerkungen über Hollmann fühlten sich an wie Nadelstiche.» Pervers brutal sagst du? Und du bist dir ganz sicher, dass wir denselben Hollmann meinen, den Winzer Engelbert?«

»Todsicher. Ich behalte meine ehemaligen Geschäftspartner immer im Auge, damit es keine Überraschungen gibt, wenn du weißt, was ich meine.« Horst kratzte sich wieder über seine Narben. Das Geräusch, das er dabei erzeugte, war nichts für schwache Nerven. »Und eins sage ich dir, Jasp: Wenn deine Kleine Hollmann hinterher spioniert, er das merkt und sie zu fassen bekommt, dann Gnade ihr Gott, das kannst du mir glauben!«

Jaspal schluckte. Sein Mund war trocken. Die Angstzustände, die er im Traum durchlebt hatte, schwappten wieder an die Oberfläche seines Bewusstseins. »Scheiße, Horst! Ich sitze hier und kann absolut nichts tun!«

»Kannst du schon, Jasp. Du musst hier nur raus, bevor was Schlimmes passiert.«

»Scherzkeks!«

»Ich mein's ernst. Heute Abend ist doch das Feuerwerk. Und an der Sicherheitsanlage fummeln die auch gerade herum. Hast du nicht gemerkt, wie marode dein Zellentrakt ist? Und glotz mal auf das Mauerstück vor deinem Fenster. Alles, was du brauchst, ist ein Löffel, ein Tischbein und ein Bettlaken. Schwupps, schon bist du draußen.«

Jaspal schaute ungläubig.

»Liest du keine Zeitung? Hamburg, Sommer 2013. Ist exakt so gelaufen. Ein bisschen mehr Allgemeinbildung hätte ich dir schon zugetraut!«

»Und was machst du hier noch, wenn das so einfach geht?«

»Ich hab meine Gründe. Berufliche. Also ... Ist natürlich deine Entscheidung. Aber beschwer dich nachher nicht, wenn deiner Kleinen was zustößt. Ich würd an deiner Stelle nicht lange fackeln! Und wenn du Hollmann triffst, dann grüß ihn bitte ganz lieb von mir. Gut möglich, dass ihm sofort das Blut in den Adern gefriert.« Horst lachte scheppernd.

Jaspal wischte sich über den Mund. War er inzwischen so tief gesunken, dass er ernsthaft über einen Ausbruch nachdachte? Ja, musste er sich selbst eingestehen. So weit war es gekommen.

Jaspals indischer Gleichmut war dahin, er pfiff auf Mutters

›Mojaka kukiaki hinka hinkawurtuaki mosanka kationda‹. Seine rechte Hand schmerzte. Die Knöchel bluteten. Die Finger waren taub. Es half nichts. Mit dem Stiel des Esslöffels kratzte er den letzten Mörtel aus der Fuge. Zum Glück war der butterweich. Die ersten Steine hatte Jaspal noch so leicht herausbekommen, dass es ihm einen Adrenalinschub gegeben hatte. Wütend schlug er mit dem Tischbein so lange gegen den Ziegelstein, bis er ihn endlich aus der Wand herauslösen konnte. Erneut stiegen Raketen pfeifend in die Luft und lösten eine Welle von Explosionen aus. Jaspal zertrümmerte die Glasscheibe mit dem Stuhlbein. Dann setzte er das Holz genau so an, dass er den Fensterrahmen mit einem einzigen, kräftigen Ruck heraushebeln konnte. Ein kurzer, trockener Knall, gefolgt von drei mittelstarken Explosionen und einem dröhnenden Böllerschlag. Die Innsassen der Karthause schlugen mit den Fäusten gegen die Zellentüren. Sie applaudierten und johlten. Das war das krönende Finale des Feuerwerks.

Das musste reichen. Jaspal setzte sich auf den Zellenstuhl und sog die kühle Herbstluft ein, die durch das Mauerloch neben dem zersplitterten Fenster hereinströmte. Der süße Duft der Freiheit. Er lachte. Vergeblich versuchte er, sich zusammenzureißen. Er hielt sich den Bauch und ließ nicht mehr als ein leises Grunzen zu, bis er merkte, dass ihm Tränen über das Gesicht liefen. ›Aber beschwer dich nachher nicht, wenn deiner Kleinen was zustößt‹, hatte Hotte gesagt. In seiner Abwesenheit traute er sich, ihn Hotte zu nennen. Nein, diesen Vorwurf wollte er sich schlussendlich nicht machen müssen.

Jaspal stieg auf den Stuhl und lugte durch das Zellenfenster. Es war exakt so, wie Hotte es beschrieben hatte. Der Sicherheitsdraht fehlte auf dem Teilstück der Mauer, das seinem Fenster gegenüberlag. Den Baumaßnahmen sei Dank. Jaspal gab sich einen Ruck. Wenn nicht jetzt, wann dann.

Er schob den Stuhl vor das Fenster, stieg hinauf und band das Seil an den Gitterstäben fest. Er hatte es aus den Bezügen seiner Bettdecke und des Kopfkissens zusammengeknotet. Jetzt kam's zum Schwur. Jaspal zwängte den Oberkörper durch das steinerne Loch. Er spürte ein Reißen am Oberarm. Etwas zerfetzte den Hemdärmel und bohrte sich in seine Haut. Er ignorierte die Schmerzen, griff das Seil, gab sich einen Ruck und schon baumelte er außen an der Mauer. Vorsichtig hangelte er sich bis zum unteren Ende des Betttuches. Er schaute nach unten. Bestimmt drei oder vier Meter. Es half nichts. Er ließ los, landete auf den Füßen, versuchte den Aufprall abzufedern und fiel nach hinten. Er hatte es geschafft. Jaspal stand auf, drückte sich gegen die Wand und atmete langsam ein und aus. Jetzt nur noch über die Gefängnismauer, dann hatte er es geschafft. Er sprintete in ihre Richtung, blieb stehen, drückte sich wieder an die Wand, blickte sich um. Da lag eine Holzpalette. Die musste er nur hinstellen, dann hatte er praktisch eine Leiter. Gedacht, getan. Mit wenigen Handgriffen und Klettertritten hangelte sich Jaspal auf die Oberkante der Gefängnismauer. Ohne zu zögern, sprang er in die Tiefe. Wieder fiel er rückwärts, doch diesmal erwischte es sein Steißbein. Die Schmerzen waren fürchterlich. Jaspal lag vor der Mauer, zusammengekrümmt wie ein Kind im Mutterleib.

Nur langsam ließ der Schmerz nach. Es galt jetzt, keine Zeit zu verlieren. Er raffte sich auf und rannte los, mit gebeugtem Rücken. So schnell er konnte. Zum Bahnhof und dann in den nächsten Zug nach Boppard. Das war sein einziger Gedanke. Hoffentlich fuhr gleich einer. Je länger er in Koblenz blieb, umso größer war die Gefahr, dass sie ihn finden würden. Seine Lungen brannten. Zum Glück kannte er den Weg. Er musste nur der Simmerner Straße folgen. Äußerst praktisch, dass die JVA direkt am Bahnhof lag. Er hörte eine Alarmsirene. Sie hatten den Ausbruch entdeckt. Jaspal beschleunigte noch einmal und hastete in die Bahnhofshalle. Die Mittelrheinbahn sollte in drei Minuten von Gleis fünf abfahren. Perfekt, das war zu schaffen. Er rannte auf den Bahnsteig. Da stand sie bereits. Er sprang durch die nächste Tür, hörte das Pfeifen des Schaffners und das mechanische Geräusch der sich hinter ihm schließenden Türen. Der Zug fuhr ab. Er hatte es geschafft. Zumindest bis hier hin. Er dachte an Scarface. Dessen Plan hatte perfekt funktioniert. Jetzt ging es darum, unentdeckt nach Boppard zu kommen, um Elisabetta noch rechtzeitig helfen zu können.

Elisabetta verlagerte ihr Gewicht von der linken auf die rechte Seite. Nun war sie ganzkörpertaub. Ihr Körper formte inzwischen die Höhen und Tiefen des Wellblechs nach, um sich dem Garagendach optimal anpassen zu können. Schwarz und mucksmäuschenstill lag der Innenhof des Weinguts Hollmann vor ihr. Nur das einsame Licht hinter dem Butzenfenster des Weinguts brannte immer noch. Deswegen war sie bis jetzt hier geblieben. Wie mochte es Jaspal wohl gerade ergehen? Schlief er den Schlaf der Gerechten oder wälzte er sich in einem durchgelegenen Gefängnisbett unruhig hin und her? Und was war mit Daniel? War er entdeckt worden oder hockte er nach wie vor im Lieferwagen? Sie schaute vorsichtig auf ihr Smartphone. Daniel anzurufen war nutzlos. Der hatte überhaupt kein Handy. Dieser Sturkopf.

Das Licht hinter der Butzenscheibe erlosch. Elisabetta starrte auf das halb geöffnete Tor der Kelterhalle. Zwei Männer traten aus dem Halbdunkel. Hollmann drückte das Tor ohne abzuschließen hinter sich zu. In Roffhausens Mund steckte eine dicke Zigarre. Er schlug seinem Winzerfreund kumpelhaft auf die Schulter. Oder seinem Geschäftspartner? Die beiden passierten federnden Schrittes die Garage. Elisabetta hörte das heisere Quietschen des Hoftores. Ein dreckiges Männerlachen. Was hatten die Geschäftsfreunde vor? Bestimmt schnell noch einen Absacker an der Promenade trinken und auf den Erfolg der abendlichen Aktion anstoßen. Vielleicht hatten sie schon von Daniels Entdeckung gehört und feixten sich jetzt einen?

Elisabetta drehte sich auf den Rücken und blickte in den sternenklaren Bopparder Nachthimmel. Sie konnte hier liegen bleiben und darauf warten, was als Nächstes passierte. Sie konnte vom Dach herunterspringen, zurück in den Hamm wandern und tot vor Müdigkeit in ihr samtweiches Bett fallen. Oder: Sie konnte vom Dach herunterspringen, schnurstracks in die Kelterhalle gehen und ein für alle Mal klären, was im Weingut Hollmann vor sich ging.

Die letzte Option war die mit Abstand gefährlichste. Und es war die Variante, für die Elisabetta sich in diesem Augenblick entschied. Sie dachte an ihre Eltern, die der Cosa Nostra bis zuletzt so tapfer Paroli geboten hatten. Genau so wollte Elisabetta sein. Sich nicht unterkriegenlassen. Erhobenen Hauptes dem Verbrechen gegenübertreten, ihm tief in die Augen blicken und mit ihrer Willenskraft zur Strecke bringen. Sie spürte den Adrenalinstoß, der frische Energie in ihre Adern pumpte, robbte zum Rand des Garagendaches und sprang ins Ungewisse.

Sie erwischte die Mülltonne mit dem rechten Fuß, rutschte ab und konnte den Aufprall nur mühsam mit den Händen abfedern. Gut, dass sie so lange Handball gespielt hatte. Sie konnte fallen wie ein Profi.

Wie ein Indianer schleichend, wagte sich Elisabetta aus dem Schutz der Garagenwand und trat heraus in den Innenhof. Sie blieb stehen und aktivierte alle ihre Sinne. Kein Laut war zu hören. Sie drückte die Klinke nach unten, zog das Tor einen Spaltbreit auf, bis es wieder zu knarzen begann, und quetschte sich in die Kelterhalle. Sie verschloss das Tor hinter sich, lauschte in die Stille. Es roch kühl, staubig, steinig und pilzig. Genau diesen Geruch liebte Elisabetta. Er versetzte sie augenblicklich zurück in das sizilianische Weingut ihrer Eltern. Stundenlang hatte sie in der Kelterhalle und im Weinkeller herumstöbern können und mit ihren Freundinnen Verstecken hinter den riesigen Weinfässern gespielt. Doch jetzt schüttelte sie die sentimentale Erinnerung wie eine lästige Fliege ab. Sie wollte endlich Klarheit und schaltete die Taschenlampe ein. Links stand eine moderne Traubenpresse, rechts stapelten sich gebrauchte und neue Barriquefässer. Nach einem ärmlichen Weingut sah es hier nicht aus. Geradeaus fiel der Lichtstrahl ihrer Taschenlampe auf eine Treppe, die in den Weinkeller zu führen schien. Schnell nahm sie die steinernen Stufen und gelangte zu einer stählernen Tür, die unverschlossen war.

Im Hollmannschen Weinkeller war es kühl und feucht. Ihr Atem ließ Wölkchen im Schein der Taschenlampe aufsteigen. Die niedrige Decke wölbte sich über ihrem Kopf. Sie stand in einer Gasse, die durch zwei Reihen hölzerner Fuderfässer gebildet wurde. Wie es aussah, hatten diese Fässer schon lange keinen Wein mehr aus der Nähe gesehen. Obwohl sie die Tür hinter sich geschlossen hatte, traute sich Elisabetta nicht, das Kellerlicht anzuknipsen. Stattdessen ließ sie den Lichtkegel ihrer Taschenlampe über die dunklen Felswände gleiten und bewunderte den üppigen Bewuchs von schwarzem Kellertuch.

Wo dieser Pilz, genannt Zasmidium cellare, sich so richtig schön ausbreitet, da fühlt sich auch der Wein sauwohl. Das hatte Elisabetta von ihrem Vater gelernt. Der hatte sie immer wieder nach dem lateinischen Pilznamen gefragt und Elisabetta hatte ein ums andere Mal Plasmodium cellare geantwortet. ›Aber nicht doch, Elisabetta, es heißt Zasmidium. Plasmodium ist doch dieser Malaria-Erreger und der hat mit unserem Kellertuch aber auch gar nichts gemein‹. Dieses kleine Quiz war zu einem Ritual geworden, das Vater und Tochter unsichtbar miteinander verband und natürlich hatten beide gewusst, dass es nur ein Spiel war.

Mensch Lisa, jetzt konzentrier dich gefälligst. Das hier ist kein Spiel. Such nach Spuren, die die Fälscher verraten, murmelte Elisabetta und schritt zwischen den Holzfässern hindurch auf einen Quergang. Sie leuchtete nach links. In einem gemauerten Regal wurden uralte Flaschen, nach Jahrgängen sortiert, aufbewahrt. Spinnweben und Schimmel verbargen die grünen Flaschenböden. Hier konnte sie nicht viel erwarten. Sie leuchtete nach rechts. Da hinten blitzten Stahltanks. Es schienen nicht wenige zu sein. Das war die Richtung, die sie einschlug.

Der Raum mit den Stahltanks wirkte wie ein Fremdkörper in dem modrigen Kellergewölbe. Der Betonfußboden war klinisch sauber und mit hellgrauer Farbe versiegelt. Je fünf riesige Stahltanks standen sich in zwei Reihen gegenüber. Sie sahen aus wie Raumschiffe, durch deren Spundlöcher jederzeit ein paar grüne Aliens hereinklettern konnten, um in Richtung Weltraum abzuheben. Elisabetta leuchtete an die Decke. Na klar, kühlbar waren die Tanks auch noch. Hollmann hatte an nichts gespart und das Tanklager nach modernsten Maßstäben ausgestattet. Elisabetta schritt die Reihe ab und achtete auf jedes Detail. Der Most musste aus der Kelterhalle hier hin gepumpt werden. Optimal war das nicht, setzten trendige Winzer doch darauf, den Wein so wenig wie möglich zu bewegen. Wenn es sich nicht vermeiden ließ, dann versuchten sie, ihn mittels Schwerkraft zu transportieren. Das war hier nur schwer zu verwirklichen. Elisabetta blieb stehen. Ratlos schaute sie den Gang rauf und runter. Die Stahltanks standen dicht an dicht. Alles war so klinisch rein, dass sie beim besten Willen nicht erkennen konnte, wo hier eine Fälscherwerkstatt versteckt sein sollte. War sie auf dem Holzweg?

Was war mit dem historischen Flaschenlager? Unwahrscheinlich, aber die einzige Möglichkeit, die übrig blieb. Eilig schritt sie zwischen den Stahltanks hindurch zu den verstaubten Flaschen. Sie zuckte zusammen und blieb erneut stehen. Ein knarrendes Geräusch. Entfernt, von oben. Exakt so, als wäre das Tor zur Kelterhalle bewegt worden. Saß sie in der Falle? Ein Schauer durchfuhr sie und hinterließ eine Gänsehaut am ganzen Körper. Egal, jetzt war es eh zu spät. Sie hastete in die schummrige Kellerecke, die dem Tanklager gegenüberlag. Ein wahres Kontrastprogramm zu den blitzenden Stahltanks. Das historische Flaschenlager war ein winziger, rechteckiger Raum. Ihre Taschenlampe glitt über uralte Fuderfässer, die eine Gasse bildeten, die zu dem gemauerten Flaschenregal führte. Hier ruhten in steinernen Fächern die eingesponnenen Flaschen alter Jahrgänge. Sie scannte das Regal mit ihrer Taschenlampe. Was war das auf der rechten Seite? Ein Spalt, der das Regal vertikal durchschnitt. Vorsichtig steckte sie die Hand in die enge Öffnung und versuchte, das Regal nach rechts zu drücken. Ohne dass die schmächtige Winzerin viel Kraft aufwenden musste, glitt das schwere Regal zur Seite. Wie von Geisterhand bewegt, verschwand es in der Wand. Sie traute ihren Augen nicht und merkte, wie das Adrenalin ihren Körper abermals auf Touren brachte. Sie war hellwach. Vorsichtig richtete sie ihre Taschenlampe in die vor ihr liegende Dunkelheit. Das war weit mehr, als sie erwartet hatte.

10. Erntezeit

Der Zug fuhr los. Jaspal keuchte. Er ging nach rechts in das Abteil und sackte auf den ersten Fensterplatz gleich hinter der Tür. Er schüttelte den Kopf und betrachtete sein Spiegelbild in der schwarzen Scheibe, die mit Schlieren und Fettflecken übersät war. ›Fuck‹ hatte jemand mit großen, ungelenken Buchstaben in das Fenster geritzt. Er wischte sich den Schweiß von der Stirn und strich die Haare glatt. Sein linker Oberarm schmerzte. Jaspal sah an sich herunter. Mit schwarzer Jeans, dunklen Turnschuhen und Holzfällerhemd samt zerfetztem Ärmel sah er reichlich abgerissen aus. Aber den Häftling auf der Flucht konnte man glücklicherweise nicht auf Anhieb erkennen. Das Blut am Oberarm war geronnen. Er ordnete die Stofffetzen, damit sie die Wunde so gut wie möglich verdeckten.

»Ihren Fahrausweis bitte!«

Irritiert schaute Jaspal auf den dicken Bauch hinter abgewetzter Uniform, der sich ihm in Augenhöhe entgegen wölbte. Ein Schaffner mit grauen Haaren und ebenso grauem Gesicht. »Entschuldigen Sie bitte. Ich hatte es sehr eilig. Kann ich bitte einen Fahrschein kaufen?«

»Nachlösen?« Ohne Jaspal anzublicken, zog der graue Schaffner die Augenbrauen hoch.

»Ja bitte. Nach Boppard.«

»Macht fünf Euro fünfunsiebzich.« Jaspal kramte in der Hosentasche und zog zehn Euro heraus. Der graue Riese nahm den zerknitterten Schein mit spitzen Fingern entgegen und suchte in seinem Portemonnaie nach dem Wechselgeld. Er schien alle Zeit der Welt zu haben. Der Zug stoppte. Jaspal schnellte nach oben. »Entschuldigen Sie bitte, sind wir schon da?«

»Boppard? Nee, dat is Rhens. Dann kommt Spay und dann erst Boppard.« Er reichte Jaspal das Kleingeld und schaute ihm dabei zum ersten Mal ins Gesicht. »Sagen Sie mal, sind Sie etwa der ...?«

Jaspal stutzte. Geistesgegenwärtig erwiderte er: »Nein, tut mir leid. Ich sehe ihm bloß ähnlich.«

»Na jut. Ich dachte schon. Jute Fahrt noch. Übernächste Station nich verpassen. Tschö.«

Jaspal nickte. Er sank zurück in das Stoffpolster und verschränkte die Arme hinter dem Kopf. Es roch nach abgestandenem Bier. Jaspal beobachtete die Duftmoleküle, die durch das Abteil tanzten. Der Zug stoppte wieder. Das musste Spay sein. Zwei Punks, er mit roten, sie mit grünen Haaren, stolperten herein. Beide trugen reichlich Metall im Gesicht. In der Rechten des Rothaarigen baumelte eine schlanke, braune Weinflasche. Jaspal erkannte sofort das Etikett, es stammte von Florian Weingart.

Geschmack hatten die Möchtegern-Outlaws, das musste er zugeben. Volk, Müller und Weingart. Das waren die drei Mittelrhein-Schwergewichte aus dem Örtchen Spay. Für Elisabetta und Jaspal war deren Weinqualität von Anfang an die Messlatte gewesen, die es zu überspringen galt. Der Zug kam mit einem Quietschen zum Stehen. Wie eine Sprungfeder katapultierte sich Jaspal aus dem Polster. Boppard, endlich. Er wandte sich nach links und sprang mit einem Satz auf den Bahnsteig. Noch ein paar Minuten rennen, dann war er bei Hollmann. Und Elisabetta? Hoffentlich war sie nicht in den Fängen dieses Verrückten gelandet, sondern schlummerte im Hamm ihren gerechten sizilianischen Schlaf.

Der Raum war schlauchförmig. Rechts standen glänzende Stahltanks, wie Orgelpfeifen der Größe nach geordnet. Soweit kein bemerkenswertes Bild, auch wenn die Anzahl unterschiedlicher Gebindegrößen überraschte. Die linke Seite jedoch schockierte Elisabetta. Unter einem lang gezogenen Tisch standen blaue Chemikalienfässer dicht an dicht. Oben drauf lagerten metallene Tanks mit bestimmt mehreren Litern Fassungsvermögen sowie große, helle Plastikdosen. Vorsichtig ging sie eine Stufe hinab und zog die Schiebetür hinter sich zu. Ein metallisches Klacken. Sie erschrak. Hatte sie sich eingesperrt? Schwein gehabt, dachte sie, während sie die Tür versuchsweise auf und gleich wieder zu schob. Sie trat näher an den Tisch und ließ die Taschenlampe über die Etiketten der Stahltanks gleiten. Tanninpulver, Wein-, Äpfel- und Milchsäure. Zucker. In den Flaschen und Dosen lagerten Stoffe wie Citronellol und Isoamylacetat. Elisabetta las Etiketten mit unaussprechlichen Namen wie 4-Hydroxy-2,5-dimethyl-3(2H)-furanon. Das hier war kein gewöhnlicher Weinkeller. Hier war ein lupenreines Chemielabor. Und zwar eines, in dem man im ganz großen Stil experimentieren konnte. Elisabetta dachte an Jaspals Beschreibung. So ähnlich musste es in Richters Wohnung ausgesehen haben. Wahrscheinlich nur kleinformatiger.

Sie schaute hinüber zu den Stahltanks, den Orgelpfeifen vor der gegenüberliegenden Wand. Die wurden anscheinend für eine ganz besondere Art des Weinmachens verwendet. Winemaker, Weinmacher. Begriffe, die viele deutsche Winzer kategorisch ablehnten. Zurecht, fand Elisabetta. Hier sah man ja, wohin das führte. Sie zückte ihr Smartphone und begann, Beweisfotos zu knipsen. Noch schnell einen Rundgang und dann nichts wie raus hier. Jetzt endlich war es an der Zeit, Kommissar Bäumler zu alarmieren. Diese Beweislage sollte endgültig reichen, um den Fälschungsskandal auffliegen zu lassen.

Weiter rechts auf dem Tisch lagen Etikettenrollen. Bereits auf den ersten Blick erkannte Elisabetta, dass die Etiketten von ganz verschiedenen Weingütern stammten. Ein Who is Who des deutschen Weinbaus. Robert Weil, Dönnhoff, Künstler, J.J. Prüm und Toni Jost. Elisabetta riss erstaunt die Augen auf. Da lag doch tatsächlich das Etikett von vorhin: Kiedricher Gräfenberg Eiswein, der hervorragende Tropfen mit dem ausgeprägten Bergamotte-Aroma! Daniel hatte also recht gehabt. Und die waren wirklich so unverfroren gewesen, ihnen diesen Wein zu servieren. Geschmeckt hatte er ja, da konnte man nicht meckern.

Elisabetta ließ den Blick über die Chemiefässer, die Tanks und die Plastikdosen schweifen. Des Rätsels Lösung war nun klar. Hier lag es offen vor ihr. Die Weinfälscher hatten billige Grundweine in ihre Tanks gefüllt und sie mit ihrer Chemikaliensammlung so aufgepeppt, dass daraus hochwertige Tropfen wurden. So musste es gewesen sein. Ganz ähnlich wie damals bei dem österreichischen Glykolskandal. Allerdings weitaus cleverer. Die Glykolpanscher hatten billige, süße Weine genommen und sie durch Frostschutzmittel noch süßer, dichter und schmelziger gemacht. Ein simpler Trick, der aber leicht nachzuweisen war.

Die Chevaliers waren deutlich weiter gegangen. Sie hatten dem Wein die Chemikalien zugesetzt, die ihm von Natur aus fehlten. So ein Aufwand lohnte sich natürlich nur dann, wenn man richtig teure Tropfen fälschte. Für billigen Fusel war das viel zu aufwendig. Elisabetta war beeindruckt und erschüttert zugleich. Müdigkeit übermannte sie. Sie zog eines der blauen Chemikalienfässer unter dem Tisch hervor, setzte sich darauf und rieb sich die Augen.

Um so eine chemische Fälschung perfekt hinzube- kommen, musste man wirklich Ahnung von der Mate- rie haben. Winzer und Aromaindustrie. In so einer Kombination konnte das klappen. Und schwer nachzu- weisen waren solche Fälschungen auch. Es musste ja überhaupt erst einmal jemand auf die Idee kommen, da- nach zu suchen. Elisabetta gähnte.

Die Tür wurde ruckartig aufgeschoben, das Licht angeschaltet. Elisabetta sprang auf und kniff die Augen zusammen. Das grelle Licht schmerzte. Hollmann und von Roffhausen bauten sich vor dem Eingang auf. Sie saß in der Falle. Warum bloß, war sie nicht längst ab- gehauen?

»N' Abend. Wen haben wir denn da?«, knurrte von Roffhausen.

»Das ist doch die Kleine von dem Inder«, zischte der Winzer.

Elisabetta überlegte fieberhaft, wie sie reagieren sollte und entschied sich für die mutige Variante. Laut und deutlich, wenn auch mit zitternder Stimme, sagte sie:»Guten Abend. Ich denke, die Sachlage ist klar. Ich weiß jetzt, was hier vorgeht. Ich rufe die Polizei. Es ist vorbei.« Mit zittriger Hand griff Elisabetta ihr Smart- phone und suchte die Notruftaste. Noch bevor sie diese drücken konnte, war Hollmann bei ihr und schlug ihr das Telefon aus der Hand.

»Für uns ist hier gar nichts vorbei, dreckige Schlampe«, schrie er und schlug ihr brutal ins Gesicht. Sie stürzte auf den Betonfußboden, stieß einen spitzen

Schrei aus. Ihr Gesicht brannte. Sofort war Hollmann über ihr. Er stank penetrant nach Alkohol. Er drückte sie auf den Boden, presste ihr den Mund zu. »Schnauze, sonst puste ich dir das Licht aus. Helmut, gib mal das Klebeband da hinten. Ich mach ihr die Fresse zu.«

Von Roffhausen reichte seinem Kompagnon Klebeband und Schere.

»Hilf mal, Helmut.«

Routiniert verklebten sie Elisabetta den Mund, fesselten sie an Händen und Füßen und drehten sie auf den Rücken. Hilflos wie ein Käfer blickte Elisabetta in Hollmanns hasserfüllte Augen. Sie zitterte. Warum war sie so leichtsinnig gewesen und diesen Schurken direkt in die Arme gelaufen?

»Ganz beschissene Idee, hier rumzuschnüffeln. Dafür wirst du bezahlen. Helmut, wie wär's mit der Presse?«

»Presse? Was meinst du?«

»Na, die Weinpresse. Wir packen sie da rein und lassen sie ein paar Runden drehen.«

»Du spinnst doch. Hast du zu viel gesoffen, oder was? Und was machen wir dann? Was, wenn die uns abnippelt?«

»Stell dich nicht so an. Wir lassen sie ein paar Runden drehen und dann unterhalten wir uns in Ruhe. Wer weiß, vielleicht ändert das ja ihre Einstellung.« Hollmann lachte. Er konnte das Lallen nicht verbergen, als er weitersprach. »Weissu, wenn die uns abnippelt, dann isses wie es is. Wir lassen die verschwinden. Zurück nach Sizilien, da kommt die doch her, oder? Ich kenn da 'nen paar Leute, die machen das schon. Kannst die ja schlecht auch noch erschießen oder? Hasste etwa 'ne bessere Idee, Schlaumeier?«

»Schon gut. Es ist zwar absoluter Schwachsinn, aber was soll's. Diesmal lass ich meine Knarre stecken. Wir finden nicht noch mal so 'nen Inder, den wir für uns in den Knast schicken können.«

Elisabetta war starr vor Angst. Sie atmete kräftig aus, um sich zu beruhigen. Aber das half nicht.

»Komm Helmut, pack mit an.« Von Roffhausen griff ihre Füße. Hollmann packte sie am Oberkörper. Elisabetta begann, wie ein Fisch im Netz zu zappeln. Sie trat kraftvoll gegen Roffhausen, der erstaunt zurücktaumelte. Sie hatte jetzt wieder Boden unter den Füßen. Doch Hollmann umklammerte sie wie ein Schraubstock. »Du dreckige Schlampe, jetzt reicht's ... «, fauchte er ihr ins Ohr. Sie spürte einen harten Schlag und verlor das Bewusstsein.

Elisabetta riss die Augen auf. Ihr Kopf schmerzte. Es war dunkel. Sie war gefesselt. Sie versuchte zu schreien, aber es ging nicht. Sie pustete die Backen auf. Das Klebeband riss schmerzhaft an ihrer Haut, bewegte sich jedoch kein Stück. Sie schaute sich um. Eine Blechtrommel, sie lag in einer riesigen Blechtrommel. Etwas Weiches begann, sich unter ihr aufzublähen, so als versuche jemand, sie sanft anzuheben. Das war die Membran! Sie lag in einer Weinpresse. Diese Wahnsinnigen hatten ihre Drohung wahr gemacht! Doch wozu?

Fieberhaft spielte sie durch, was als Nächstes passieren würde. Wenn die Schweine ein Nullachtfünfzehn Programm gewählt hatten, dann würde zunächst einmal leicht gepresst werden. Das schien harmlos. Anschließend würde Vakuum gezogen, um die Membran zu entspannen. Dann würde die Trommel anfangen, sich zu drehen, um die Maische aufzulockern und auf den zweiten Pressvorgang vorzubereiten. Sie selbst würde dann durch die Trommel kugeln und müsste aufpassen, sich nicht zu verletzen. Und dann? Dann würde der nächste Pressvorgang beginnen, diesmal mit höherem Pressdruck. Das alles würde sehr unangenehm werden, aber keinesfalls lebensbedrohlich. Sollte das schon alles gewesen sein? Oder hatte sie etwas übersehen? Ein eiskalter Schauer lief Elisabetta über den Rücken. Was, wenn die nach dem Vakuumziehen die Presse mit Gas füllen würden? Mit Stickstoff oder Kohlendioxid? Soviel sie wusste, war das mit dieser Art von Presse möglich. Sie würde jämmerlich ersticken. Zuzutrauen war das diesen Schweinen! Elisabetta trat mit den Füßen gegen die Stahlwand. Sie musste hier raus, so schnell es ging. »Hilfe, Hilfe, Hilfe «, schrie sie so laut wie möglich gegen das Klebeband an und brachte doch nur ein leises Wimmern hervor.

Keuchend blieb Jaspal vor Hollmanns Anwesen stehen. Er stützte die Arme auf die Knie und wartete, bis die Nadelstiche nachließen, die ihn an beiden Körperseiten traktierten. So hatte er sich zuletzt als Jugendlicher gefühlt. Er betrachtete die Fassade, die aus Zwillingshäusern bestand, die sich eng aneinander schmiegten. Vom Rhein wehte ein kühler Lufthauch herüber. Schweiß rann von seiner Stirne. Es war finster im Hause Hollmann, zumindest hier vorne. Er musste zur Hofseite. Bestimmt war da der Eingang zum Weinkeller. Jaspal begann wieder zu rennen, umkurvte das Weingut, lief vorbei an der Garage und blieb vor dem Stahlgitter stehen. Oben rechts brannte noch Licht hinter einer Butzenscheibe. Jaspal horchte in das Dunkel hinein.

Er registrierte ein seltsames Geräusch. Es schien aus dem rechten Teil des Anwesens zu kommen. Hörte sich an wie eine Waschmaschine. Was war das? Etwas klopfte, wütend, unregelmäßig, irritierend. Das Geräusch passte ganz und gar nicht zu dem regelmäßigen Maschinengeratter. Jaspal überlegte fieberhaft, was er unternehmen sollte. Irgendjemand schien noch oben im Weingut zu sein. Da brannte Licht. Unten, vielleicht befand sich da die Kelterhalle, lief eine Maschine. Was, außer einer Weinpresse konnte das zu dieser Zeit sein? Hatten die Hollmänner tatsächlich bereits mit der Ernte begonnen? Oder hatten die ...?

Jaspal lief es heiß den Rücken herunter. Er zog sich an dem Stahlgitter hoch. Die Muskeln brannten. Er sprang in den Hof hinunter und stand nach wenigen Schritten vor dem Tor der Kelterhalle. Immer noch rappelte die Maschine. Wieder die Schläge. Nicht zu glauben, das klang wie Fußtritte. Seine Halsschlagader pochte, das Herz donnerte gegen den Brustkorb. Jaspal handelte roboterhaft, vollautomatisch. Das Hallentor ließ sich ohne Widerstand öffnen. Drinnen war es finster. Links dröhnte die Maschine, es war tatsächlich die Presse. Doch nach Most roch es nicht. Nur muffig, staubig, pilzig.

Jaspal erschrak. Er hörte ein Wimmern aus der Weinpresse, erkannte die Stimme sofort. Mit zwei kraftvollen Sprüngen stand er vor dem stählernen Ungetüm. »Elisabetta! Ich hol dich da raus!«, rief er und schlug auf den Notausknopf, der ihm in verheißungsvollem Rot entgegen strahlte. Augenblicklich hielt die Presse an. Es wurde still in der dunklen Kelterhalle. Jaspal sprang auf die Weinpresse und schob die Einfüllöffnung mit professionellem Griff beiseite. Er beugte sich über das Loch, zuckte zusammen und spürte, wie ihm Tränen aus den Augen liefen. Vor Wut. Vor Erschöpfung. Und vor Glück.

Elisabetta saß auf dem Boden der Presse. Hilflos schaute sie zu Jaspal herauf. Ihr Mund war mit braunem Klebeband verklebt, sie war an Händen und Füßen gefesselt. Jaspal packte sie an den Schultern und zog sie mit gewaltiger Kraftanstrengung zu sich herauf. Oben angekommen ließ er sie wie ein Kind in seine Arme fallen und trug sie behutsam herunter. Er setzte sie auf den Betonfußboden der Kelterhalle und riss ihr so sanft wie möglich das Klebeband vom Mund. Eilig löste er ihre Fesseln. Sie fielen einander in die Arme, küssten sich und blieben fest umschlungen auf dem kalten Betonboden liegen. Ihre Worte flatterten wie aufgeschreckte Nachtfalter zueinander. »Lisa!«

»Jaspal!«

»Bist du okay? Hast du Schmerzen?«

»Ich bin okay. Was ist mit dir?«

»Auch in Ordnung. Ist ja nicht weit von der Karthause. Ich habe gespürt, dass du in Gefahr bist. Was ist passiert?«

»Diese Schweine ...«

»Wer?«

»Hollmann und Raffhausen.«

«Raffhausen?«

»Na dein Ex-Chef«

»Ex-Chef? Helmut von Roffhausen?« Elisabetta nickte.

»Der und Hollmann haben tatsächlich gemeinsame Sache gemacht?«

Sie begann, wie ein Wasserfall zu sprudeln. »Jaspal, die haben im ganz großen Stil Weine gefälscht. Da hinten im Keller. Das sieht aus wie in einer Chemie-Fabrik, mit blauen Fässern und allem, was die Giftküche so hergibt. Es war schrecklich blöd von mir, da reinzugehen, aber ich war einfach viel zu neugierig. Daniel ist weg. Der ist in den Lieferwagen gesprungen und plötzlich war ich ganz alleine.«

»Daniel ist weg? Wie bist du in die Presse gekommen?«

Jaspal nahm Elisabettas Gesicht zärtlich in die Hände und strich ihr die Haare nach hinten.

»Plötzlich waren die beiden da. Und dann ging alles furchtbar schnell. Erst haben die mich gefesselt und dann
K.o. geschlagen. Als ich aufwachte, in der Weinpresse, hatte ich so riesige Angst. Ich dachte, die fluten die Presse mit Inertgas und lassen mich jämmerlich ersticken. Ach Jaspal, ich bin ja so froh.«

Jaspal und Elisabetta umarmten sich und küssten einander innig. »Du, Lisa, zeig mir den Keller. Ganz schnell und dann nichts wie weg hier.«

»Bist du übergeschnappt? Weißt du überhaupt, wo die beiden sind? Du und dein fataler Forscherdrang! Die sind doch bestimmt noch in der Nähe. Und die sind gemeingefährlich!«

»Ich weiß, Lisa. Nur ganz kurz, ehrlich!«

Elisabetta schüttelte den Kopf so heftig, dass ihre schwarzen Haare durch die Luft wirbelten und Jaspal im Gesicht kitzelten. Ein wohliger Schauer lief ihm über den Rücken. Elisabetta sprang auf, fasste Jaspals Hand und begann zu rennen, ihren Geliebten im Schlepptau. Im Laufschritt ging es die Treppe herunter, zwischen den Holzfässern hindurch und links in das Archiv. Elisabetta schob die Tür beiseite, schnell wieder zu und schon stand das Paar mitten in dem mit Weintanks und Chemikalien gefüllten Raum. Jaspal knipste das Licht an.

»Jaspal, was soll das? Das ist viel zu gefährlich.«

»Nur kurz, Lisa. Die Tür ist doch zu.« Jaspal blickte sich um. Sein Mund blieb offen stehen. »Das ist ja eine lupenreine Fälscherwerkstatt. Du, das sieht genauso aus wie bei Richter zu Hause, nur in viel größerem Maßstab. Hier die Chemikalien, die man braucht und drüben die Tanks zum Panschen. Das ist doch Wahnsinn!«

»Komm, Jaspal, lass uns abhauen!« Kaum hatte Elisabetta ihren Satz beendet, dröhnte das Kratzen von Metall auf Metall durch den Raum. Die Schiebetür wurde kurz geöffnet und fiel krachend wieder zu. Ein Schlüssel drehte sich dreimal im Schloss. Das Licht verlosch.

»Schluss mit lllustig. Bis spääder!«, schrie eine lallende Männerstimme.

Jaspal hastete dorthin, wo nach seiner Erinnerung der Lichtschalter war, drehte ihn folgenlos hin und her. »Die haben uns das Licht ausgeknipst.« Er tastete sich zurück zu Elisabetta und fasste ihre Hand. »Wir sind aber auch so was von bescheuert, denen so einfach in die Falle zu gehen. Das glaubt uns niemand. Es tut mir leid, das ist alles meine Schuld.«

»Ach, hör doch auf, Jaspal. Ohne dich wäre ich bestimmt schon erstickt.«

»Jetzt sind wir beide hinter Schloss und Riegel. Mann ist das bescheuert.« Jaspal brach in ein Lachen aus, das krachend von den Felswänden zurückgeworfen wurde. Elisabetta stimmte mit ein und es dauerte, bis sich beide wieder beruhigt hatten. Erschöpft sank das Paar auf den Betonfußboden. Stille füllte den Kellerraum wie dichter Schneefall an einem frostigen Wintertag.

»Wie bist du eigentlich hier hergekommen?«

»Mit dem Zug.«

»Witzbold. Haben sie dich etwa entlassen?«

»Nein. Ich bin abgehauen.«

»Abgehauen?«

»Ja. Scarface Horst hat mir erklärt, wie das geht. Ganz simpel. Mit Löffel, Tischbein und Bettlaken.«

»Scarface wer? Veräppel mich nicht. Du bist wirklich ausgebrochen?«

Noch bevor Jaspal antworten konnte, knallte es ohrenbetäubend. Gleichzeitig wurde der Kellerraum in gleißend weißes Licht getaucht. Hätten Elisabetta und Jaspal nicht bereits auf dem Boden gekauert, spätestens jetzt wären sie dort gelandet. Jaspal spürte, wie Elisabettas Körper zitterte.

»Frei!«

»Frei!«

»Nur die Geiseln, keine weiteren Personen!«

Vorsichtig öffnete Jaspal die Augen, die er zum Schutz gegen das grelle Licht instinktiv geschlossen hatte. Die Stimmen klangen militärisch, aber trotzdem beruhigend. Vor ihnen stand ein Trupp von vier Männern, die wie Außerirdische aussahen. Sie waren ganz in Schwarz gekleidet. Zwei steckten ihre Pistolen zurück in die Halfter, in den Händen der anderen baumelten Maschinengewehre. Einer der Pistolenmänner klappte das Visier seines Helmes hoch und lächelte Jaspal gutmütig an. »Tschuldigung, dass wir hier so reinplatzen. Alles in Ordnung bei Ihnen?«

»Ja danke. Geht schon. Lisa, ganz ruhig, es ist vorbei.« Behutsam fasste Jaspal Elisabetta an den Schultern und hob sie hoch. Vor lauter Angst hatte sie sich auf dem Fußboden zusammengerollt. Sie öffnete die Augen und schaute sich um.

»Was, was ist passiert?«

»Lisa, wir sind in Sicherheit. Das SEK hat uns befreit. Richtig? Sie sind doch ein SEK, oder?«

»Korrekt«, sprach der Pistolenmann in sonorem Bass und ließ ein knappes »Sagt Bäumler Bescheid. Soll reinkommen«, folgen. Endlich klappten auch die anderen Polizisten ihre Visiere hoch. Einer drehte sich um und stapfte aus dem Keller heraus. Die anderen blieben wie Ölgötzen im Weinkeller stehen. Elisabetta krallte sich an Jaspal fest. Sie zitterte noch immer wie ein Alkoholiker auf Entzug. Auf die Idee, vor Heiterkeit loszuprusten, kam diesmal keiner von beiden.

»Tut mir leid. Wir mussten hier mit Raketendonner rein. Wir hatten ja keine Ahnung, wie die Lage bei Ihnen ist und ob es noch weitere Geiselnehmer gibt. Außerdem wollte Bäumler auf Sicherheit gehen.«

»Bäumler?« Erst bei der zweiten Nennung erkannte Jaspal den Namen. Der hatte ihm gerade noch gefehlt.

»Äh, ja.« Der Pistolenmann kratzte sich am Kopf. »Hauptkommissar Bäumler von der Kölner Mordkommission. Er hat den Fall übernommen, weil die Geiselnahme mit einem Gewaltverbrechen zusammenhängt, in dem er ermittelt.«

»Herr Bäumler ist uns bekannt. Und das Gewaltverbrechen ebenfalls«, erwiderte Jaspal.

Der Pistolenmann guckte überrascht, zuckte mit den Schultern und drehte sich Hilfe suchend in Richtung seiner Kollegen sowie des Eingangs. Dort erschienen zwei Männer, der eine mit kariertem Jackett, orangefarbenem Hemd und brauner Krawatte, der andere mit blauem Winzerhemd und blondem Wuschelkopf. Der mit dem Winzerhemd verharrte kurz im Eingang. Blitzschnell löste er sich aus der Erstarrung, sprintete wie ein junger Hund auf Elisabetta zu und schloss sie in die Arme. Die SEK-Männer verließen den Keller.

»Ich bin so froh, dass dir nichts passiert ist. Ist auch wirklich alles in Ordnung?«, fragte Daniel atemlos.

»Nur ein paar Kratzer. Nicht der Rede wert. Ich bin froh, dass dir nichts passiert ist!«, brachte Elisabetta stockend hervor. Daniel drehte sich zu Jaspal. Es schien, als hätte er dessen Anwesenheit eben erst bemerkt. Die beiden Männer umarmten sich schweigend.

»Ähem. Juten Abend die Dame. Juten Abend d'r Här. Machen Sie sich bitte keine Sorgen. M'r han de Situation im Griff!« Bäumler räusperte sich, schritt zuerst auf Elisabetta und dann auf Jaspal zu und reichte beiden förmlich die Hand. »Die Halunken ... Ich meine die beiden Geiselnehmer ... sind festgesetzt. Sie werden bereits morgen früh dem Haftrichter vorgeführt, das verspreche ich Ihnen.« Bäumler legte eine Hand auf Jaspals Schulter. »Herr Wöhler, also Herr Doktor Wöhler. Tut mir leid, dass wir Sie im Fall Nicolier verdächtigt haben. Wir haben inzwischen Spuren in Herrn Richters Wohnung sowie in seinem Fahrzeug sichergestellt. Aber das war ja auch ein höchst vertrackter Fall. Das Tötungsmotiv kennen wir bis heute nicht. Und dann Ihr Ausbruch aus der Karthause. Also, ich muss schon sagen ... Na ja, Schwamm drüber ... Aber bitte, lassen Sie uns doch an die frische Luft gehen.«

Gute Idee, dachte Jaspal, der feststellen musste, dass Bäumler immer noch das gewohnte, explosive Duftgemisch verströmte.

Hintereinander aufgereiht und schweigsam wie eine Karfreitagsprozession verließ das Grüppchen den Weinkeller. Bäumler voraus, Jaspal den Abschluss bildend. Im Innenhof wurden sie von kühler Herbstluft und blau zuckenden Warnlichtern empfangen. Zwei Polizisten führten gerade von Roffhausen, die Hände auf dem Rücken gefesselt, zu einem Kleinbus. Die Tür wurde aufgeschoben. Jaspal glaubte, Hollmanns Dick-schädel im Wageninneren zu erkennen. Elisabetta blieb abrupt stehen und griff Jaspals Hand. Beim Einsteigen drehte von Roffhausen den Kopf in Richtung der Gruppe. Zwei Augenpaare trafen sich, formten sich zu Schlitzen und duellierten einander wie in einem Italo-Western.

Jaspal hielt dem Blick stand und war doch fassungs-los. Sein Ex-Chef schien überhaupt nicht daran zu den-ken, seinen höhnischen und arroganten Gesichtsaus-druck der aktuellen Lage anzupassen. Die Wagentür fiel mit einem Scheppern ins Schloss.

Elisabetta wandte sich als Erste von dem Geschehen ab, das die gesamte Kellergruppe in ihren Bann gezo-gen hatte.

»Hat er gestanden, der Roffhausen, Herr Kommis-sar?«

»Gestanden? Hier gab's ja nicht viel zu gestehen. Die Freiheitsberaubung ist offensichtlich. Und die Weinfälschung, die Herr Alt zu Protokoll gegeben hat, die werden wir sicherlich nachweisen können, so wie es aussieht.«

»Ich meine den Mord. Die Erschießung von Rai-mond Richter in unserem Weinberg!«

»Hierzu haben wir noch keine Aussage vorliegen. Die Vernehmung der Geiselnehmer steht noch aus. Können Sie sachdienliche Hinweise in diesem Zusam-menhang geben?«

»Aber ja doch. Raffhausen, ich meine Roffhausen. Im Weinkeller. Die haben mich gepackt. Und Holl-mann wollte mich zurück nach Sizilien schicken. Hat er gesagt. Tot natürlich. Er meinte, er kenne da ein paar Leute, die das für ihn erledigen würden. Und dann sagte er zu Roffhausen:

›Du kannst die ja schlecht auch noch erschießen oder?‹ Und Roffhausen antwortete, glauben Sie mir, ich kann mich noch ganz genau an jedes Wort erinnern: ›Diesmal lass ich meine Knarre stecken. Wir finden nicht noch mal so einen Inder, den wir für uns in den Knast schicken können.‹ Das sollte doch für eine Verurteilung reichen, oder, Herr Bäumler?«

Der Kommissar nickte und rieb sich die Hände. »Das klingt ganz ausgezeichnet, Frau ...«

»Marella«.

»Richtig, Frau Marella. Ihre Aussage ist äußerst wertvoll für unsere Ermittlungen. Das war der letzte Puzzlestein, der uns noch fehlte.« Bäumler rieb sich abermals die Hände.

»Ja, so wird ein Schuh draus. Wieder einmal hat der alte Bäumler ein kleines Rätselchen gelöst.« Der Kommissar schüttelte sich und grinste. Er schien höchst zufrieden mit sich und der Welt, während ein dezentes Glimmern das Morgengrauen ankündigte.

Genüsslich biss Jaspal in den noch warmen Zwiebelkuchen. Süßlich-scharfe Zwiebeln, säuerliche Crème fraîche und rauchiger Speck. Das alles auf flaumigem Hefeteig.

»So schmeckt der Herbst«, rief er in die angeheiterte Tischrunde. »Wunderbar, Lisa, man schmeckt sofort, dass du in Deutschlands Weinbau angekommen bist. Besser können es selbst die Bopparder Omas nicht!«

»Hey Jaspal, danke dafür. Aber da ich weiß, was man dir in den letzten Tagen aufgetischt hat, relativiert das dein Kompliment, alter Knastbruder.« Elisabetta knuffte Jaspal in die Seite. Das kurze Wortgefecht lies die Stimmung am großen Gästetisch auf den Siedepunkt steigen.

»Klar – verglichen mit Wasser und Brot schmecken Zwiebelkuchen und Federweißer wie Austern und Champagner. Du alter Knastbruder, du«, wiederholte Paul Zeehse und schlug Jaspal, der zu seiner Rechten saß, kraftvoll auf den Rücken. Die quietschgelbe Sonnenbrille, die er zur Feier des Tages trug, hatte er inzwischen in die Haare gesteckt. Daniel Alt klopfte sich vergnügt auf die Schenkel. »Ja was heißt denn hier Austern und Champagner? Es müssen doch beileibe nicht immer Austern sein. Es ist doch völliger Quatsch, dass Genuss immer komplex und raffiniert sein muss, um gut zu sein.«

»Einfachheit ist die höchste Stufe der Vollendung«, murmelte Joshua Kazmierski, dessen Stimme in dem Trubel fast unterging und der schon die ganze Zeit bedrückt wirkte.

»La simplicità costituisce l′ultima sofisticazione – Lenoardo da Vinci«, übersetzte Elisabetta vergnügt.

»Genau Jaspal«, hob Daniel wieder an, »deshalb verstehe ich auch nicht, dass du zum Zwiebelkuchen ausschließlich Riesling trinkst, den komplett vergorenen, meine ich. Und unseren tollen Federweißen meidest. Federweißer und Zwiebelkuchen, das ist ein aufregendes, ja explosives Paar. Das gehört zusammen, wie Pech und Schwefel ...Nein, Quatsch, ich hab's: Das gehört zusammen wie Wöhler und Zeehse!«

»Wie Wöhler und Zeehse!«, skandierte die Runde und prostete sich mit Riesling und Federweißem gegenseitig zu. Jaspal sprang auf und erhob sein Glas. Feierlich rezitierte er sein indisches Lebensmotto: »Mojaka kukiaki hinka hinkawurtuaki mosanka kationda. Das heißt so viel wie: Was du willst, ist nicht das, was du denkst. Was du tust, ist nicht das, was du kannst. Was du empfindest und fühlst, ist alles, was für dich da ist. Das Mantra meiner Mutter. Im Gefängnis hat es mir sehr geholfen, meinen inneren Kompass immer wieder neu zu justieren. Auf meine Mutter! Auf Aishvarya!«

»Auf Aishvarya«, wiederholte die Runde. Jaspal setzte sich wieder.

»Tut mir leid, Jaspal, mein Entschluss steht fest. So, wie wir es gestern Abend besprochen haben. Ich muss es jetzt loswerden«, flüsterte Elisabetta ihm ins Ohr und sprang ebenfalls auf.» Amici, hört mir zu. Es war eine wunderbare Zeit mit euch und ich habe so unendlich viel mehr gelernt, als Zwiebelkuchen zu backen. Obwohl ich das Rezept mitnehmen werde, da könnt ihr euch sicher sein.« Diese Einleitung ließ die lärmende Runde sofort verstummen.

»Um es kurz zu machen, ich gehe zurück nach Sizilien, nach Hause, nach Catania, zurück zum Vino dell'Etna. Die letzten Tage haben alles wieder aufgewühlt. Meine Eltern. Was haben die gekämpft und am Ende doch verloren. Ich darf sie nicht länger im Stich lassen. Jaspal, ich liebe dich. Ich liebe euch alle! Es zerreißt mir das Herz. Doch jetzt muss ich zurück und den Kampf unserer Familie weiterkämpfen.« Elisabetta setzte sich und blickte zu Jaspal und Zeehse. Ihre Augen glänzten feucht. »Ihr beiden Chaoten schafft das auch ohne mich. Auf Wöhler und Zeehse!«

»Auf Wöhler und Zeehse«, schallte es simultan aus vier Männerkehlen, jedoch verhaltener als zuvor.

»Willst du nicht bis nach der Lese bleiben, Lisa? Nur noch ein paar Tage?«, fragte Jaspal vorsichtig.

»Nein Jaspal, das tut mir leid. Wenn ich jetzt bleibe, dann will ich auch wissen, wie es mit unserem Wein weitergeht, will ihn hätscheln und tätscheln wie mein eigenes Kind. Deshalb genau jetzt. Wir können doch skypen, Jaspal. Ich bin doch nicht aus der Welt!«

»Skypen, ja klar.« Jaspal bemerkte, wie ein Schatten über Elisabettas Gesicht huschte.

»Es ist alles meine Schuld«, durchbrach Joshua die erzwungene Stille.

»Wie bitte?«, tönte es ihm vielstimmig entgegen.

»Aber ja doch. Ich hab mir die blödsinnige Geocaching-Tour ausgedacht, die direkt zur Leiche führte. Und damit hat der ganze Schlamassel doch angefangen. Ohne unsere Tour würde Estelle Nicolier vielleicht immer noch im Naturschutzgebiet liegen. Und Celine würde noch leben. Und die Erpressung der Rheinischen Aroma Fabriken, die Nummer mit dem Schwein, das war doch ganz große Scheiße, die ich da verzapft habe.«

»Josh, jetzt mach mal halblang. Wenn hier jemand Schuld hat, dann ja wohl Raimond mit seiner verfluchten Weinfälscherei«, entgegnete Zeehse, der aufgewühlt wirkte.

»Raimond wollte sichtbar werden. Er, der sich vom kleinen Laboranten bis zum Chefparfümeur hochgedient hatte. Selbst zum Chevalier de l'Ordre des Arts et des Lettres haben sie ihn ernannt! Und trotzdem hat ihn bei den Aromafabriken niemand ernst genommen.«

Jaspal stockte der Atem. Fassungslos schaute er zu Zeehse. Was genau sollte das jetzt werden, eine Verteidigungsrede für Richter?

»Paul, das ist doch völliger Quatsch. Richter genoss bei uns hohes Ansehen, schon aufgrund seiner beeindruckenden Nase. Es war seine Arroganz in Tateinheit mit Affektiertheit, die uns alle so nervte!«

»Jetzt lass mich hier mal meinen Punkt machen, Jaspal! Raimond hat es so empfunden, das sollte doch reichen, oder? Also, Raimond wollte was ganz Besonderes, etwas richtig Großes schaffen. Mehr als immer nur neue Parfüms, eins wie das andere und der ständig wechselnden Mode unterworfen. So kam er schließlich auf die Idee mit dem künstlichen Wein und hat angefangen, wie besessen daran zu arbeiten. Und er hat es geschafft. Die großen Jahrgänge von Cheval Blanc, 1982, 1990. Nachgebaut hat er sie. Wie Modellautos. Nur halt mit Chemikalien.«

Zeehse beförderte seine wallenden Haare mit einem gekonnten Schwenk nach hinten und schaute in die Runde, die seiner Erzählung gebannt lauschte. Als er fortfuhr, hätte man eine Stecknadel fallen hören können.» Und dann kam Estelle, die große französische Parfümeurin zu Besuch. Vor ihr wollte Raimond glänzen. Er war sich so sicher, dass seine Imitationen inzwischen perfekt waren.«

»Fälschungen bitteschön, nicht Imitationen«, warf Jaspal ein.

»Ja, okay, seine Fälschungen. Aber ihre Nase war so fein, dass sie den Betrug sofort bemerkt hat. Sie hat sich über Raimond lustig gemacht. Und dann ist es passiert. Er hat einfach zugeschlagen.«

Die Runde schwieg betreten. »Woher weißt du das alles so genau, Paul?« Jaspals Mund war trocken.

»Von Raimond. Er selbst hat es mir erzählt.«

»Richter hat dir das erzählt? Und warum bist du nicht zur Polizei gegangen? Oder zumindest zu uns?«

»Raimond und ich, wir haben uns geliebt. Und er wollte doch reinen Tisch machen. Aber genau das war sein Todesurteil.«

»Sein Todesurteil? Wie meinst du das?« Zum zweiten Mal an diesem Abend, der so heiter begonnen hatte, fühlte Jaspal sich, als würde ihm der Boden unter den Füßen weggezogen. Er betrachtete Pauls Ölgemälde.

Da stand er, der Renaissance-Tod. Inmitten des Feuerlays stand er und umklammerte mit seiner knochigen Hand eine Pistole. War das Geschehen der letzten Wochen nicht mehr als eine Performance, die Paul, der große Künstler, minutiös geplant hatte? Jaspal verwarf diesen absurden Gedanken so schnell, wie er gekommen war und konzentrierte sich wieder auf Zeehses Beichte.

»Ja, das war sein Todesurteil. Sie waren auf ihn angewiesen, denn nur er allein konnte die Weine so dermaßen perfekt fälschen. All die großen Gewächse und all die sauteuren Beerenauslesen und Eisweine. Hollmann und von Roffhausen hatten ein richtig lukratives Business hochgezogen. Und plötzlich wollte Raimond aussteigen, um mit mir zusammen ein neues Leben zu beginnen.«

»Deshalb hat von Roffhausen ihn eiskalt exekutiert. Und gleichzeitig ein paar wunderschöne Spuren gelegt, die auf direktem Weg zu mir führen sollten. Mit der Imitation deines Gemäldes angefangen«, ergänzte Jaspal Pauls Erzählung. Der Künstler nickte.

»Ohne euch, Lisa und Daniel, säßen wir jetzt nicht hier«, fuhr Jaspal fort. »Euer Plan war natürlich ziemlich schwachsinnig, auch wenn er am Ende aufgegangen ist. Einfach mal bei Hollmann vorbei gehen und nachschauen, was da alles so vor sich geht. Ihr hättet dabei drauf gehen können!«

»War es vielleicht schlauer, aus dem Gefängnis auszubrechen? Wie so'n waschechter Knacki?«, frotzelte Elisabetta. Jaspal schmunzelte und strich über ihre langen, glatten Haare. Sie vibrierten unter seinen Fingerspitzen wie die Saiten einer Stradivari. Elisabetta rutschte nach vorn. »So, Jungs«, sagte sie mit heiserer

Stimme, »ich muss jetzt los. Kofferpacken und so. Bitte macht es mir nicht so schwer.«

Sie stand auf und verließ den Raum ohne sich noch einmal umzudrehen.

Jeder der vier Männer starrte nun in eine andere Richtung. Vier Köpfe, die versuchten, das Chaos in ihren Hirnen zu ordnen. Es war Jaspal, der zuerst die Sprache wiederfand.

»Du hast Recht Paul, mit dem Fälschen hat der ganze Schlamassel angefangen. So ist es auch bei mir gewesen.«

»Wie? Sag nicht, du hast auch gefälscht«, rief Daniel entrüstet.

»Na ja, nicht im konkreten Sinn. Wenn ich ehrlich bin, war mein ganzes Leben zuletzt eine einzige Fälschung. Parfümierte Glitzerwelt, Nobelwohnung im Kranhaus, nur noch neben Claudia her gelebt und zu guter Letzt das Superpheromon. Mehr Fake geht doch gar nicht.«

Jaspal blickte wieder auf Pauls Gemälde. Manchmal hatte er den Eindruck, dass es mit seiner Maßlosigkeit den Verkostungsraum zerquetschen könnte. »Das war ein Leben in der Flachlage. Nichts weiter.« Jaspal rieb sich die Augen.

»Leben in der Flachlage? Was soll das denn bitteschön heißen?«, platzte es aus Joshua heraus, der offensichtlich am wenigsten folgen konnte.

»Ja, ein Leben in der Flachlage. Dort, wo alle Arbeit von Maschinen gemacht wird. Wo nur Müller-Thurgau wächst und gewaltige Erträge wässriger Weine hervorbringt.«

»Und jetzt ist Leben in der Steillage, oder was?«, fragte Paul vorsichtig und nahm einen Schluck Federweißen.

»Ganz genau. Tief in der Erde verwurzelt, um den kostbaren Lebenssaft aus dem Fels heraussaugen zu können. Handarbeit und Plackerei statt bequemen Vollernters. Aber der Lohn, der kann sich sehen lassen. Oder besser: Schmecken lassen!« Jaspal steckte seine Nase in Lizzies Fässerlay-Riesling und versank in den frischen Aromen von Limetten und Grapefruit, die auf dunklem Schiefergestein tanzten. Würde ihr eigener Riesling Morgenstimmung einmal genauso schmecken? Oder würde er seine ganz eigene Note entfalten? »Leben in der Steillage, aber natürlich ohne Mord und Totschlag«, sagte Jaspal mehr zu sich selbst, als zu der Männerrunde.

»Na, Mord und Totschlag sind ja auch eher unüblich, hier bei uns im beschaulichen Boppard«, antwortete Daniel.

»Dein Wort in Gottes Ohr!« Jaspal musterte die erhitzen Gesichter von Paul, Joshua und Daniel. Er spürte unbändige Vorfreude auf den morgigen Tag. Die Weinlese konnte beginnen.

Über den Autor

Jens Burmeister, 1967 in Wilhelmshaven geboren, ist promovierter Chemiker und arbeitet in der Pharmaforschung. Seit über fünfzehn Jahren schreibt er mit Leidenschaft über das Weinanbaugebiet Mittelrhein. Dem Online-Weinführer folgten die Bücher ›Weinromantik und Terroirkultur‹ sowie ›Mittelrheinwein – Ein dionysisches Porträt‹. Mit ›Tod in der Steillage‹ legte er 2015 seinen ersten Krimi vor. Gemeinsam mit seiner Frau wohnt er in Leverkusen.
www.jensburmeister.com